我的第一本
德語文法
GERMAN

全 MP3 一次下載

http://booknews.com.tw/mp3/9789864542956.htm

此為 ZIP 壓縮檔，請先安裝解壓縮程式或 APP，
iOS 系統請升級至 iOS13 後再行下載，
此為大型檔案，建議使用 WIFI 連線下載，
以免占用流量，並確認連線狀況，以利下載順暢。

　　本書是專為想要更有效率學好德語的人所寫的。學習一門語言有多種入門方式，以母語人士來說，母語者從牙牙學語開始接觸自己的母語，在生活環境中伴隨著成長，學會自己的母語。然而若用同樣的方法來學習外語，會發現即使花費龐大的精力和時間，卻依然徒勞無功。所以，我們會把重點放在基礎文法的學習效率，讓讀者在較短時間內，達到能閱讀一般文章的水平。

　　本書的一大特點是，除了重點式說明的文法講解之外，還列出了帶入文法的大量例句。書中的例句不僅僅只是那些淺顯易懂的句子，還包含了不少德語慣用的表達。學習德語時，要是教材中的例句都只是那些簡單的句子，那麼一旦開始閱讀德語原文書時，閱讀起來就會覺得相當吃力，還會發現不同文化背景在語言表達方式上的不同，因而往往無法讀懂書中實際的內容。透過來自不同文化背景、精通德語的兩位作者的協力，將有助於讓讀者深入體會德語豐富的表現，並理解德語的文法。

　　書中的例句皆有相對應的中文翻譯。翻譯上有時意境傳達不易，所以遇到一些難以理解的例句時，有時會在譯文之中附上補充說明，或者會在文法解說中進行詳述，這不但可減輕閱讀理解上的疑惑，而且也有助於讀者融會貫通正在解說的文法。

　　除了文法解說與例句之外，本書還有練習題。透過這些填空題，讀者能馬上複習到所有學過的文法概念，不會有一學完就忘記的問題。而且練習題還附上音檔的設計，讓讀者可以在作答完之後，邊聽音檔、邊熟悉練習題中的德語。結合閱讀及聽讀的練習，對於德語的學習有助於達到事半功倍的效果。

　　本書旨在閱讀和聽力的結合，因此搭配本書的 QR 碼音檔邊聽、邊練習是非常有效的。建議可以先聽音檔中的德語，然後寫下聽到的內容，再

來對照音檔播放的內容是很好的練習方法。要知道，語言的熟練是透過視覺、聽覺等各方面的刺激來完成的，希望讀者們牢記，沒有什麼方法比良好的學習習慣來的重要。

　　本書在文法的解說上優先考慮的是簡單易懂，而不是一直強調文法術語，也因此我們不像一般文法書那樣將文法規則以條列式列出的解說方式，而是列舉例句的同時進行講解。不過若讀者一時想不起某個文法的使用方式或意思時，可以查詢附錄中的文法索引，並反覆參考書中的講解來增強理解能力。

　　任何語言的單字都有著非常精確的結構，但在使用上卻具有極大的彈性、靈活性，既能用作廣泛的溝通，也能作為深度的應用。建議讀者在學習德語時保持輕鬆的心情，並以虛心的態度來學習這個美麗的語言。

目錄

Kapitel
1

德語字母
與發音

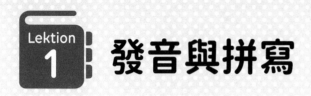

發音與拼寫

Lektion 1

➤ **先從「羅蕾萊」(德語：Loreley)詩歌中探索德語的發音**

在任何語言中，都有其固定使用的基本子音與母音，德語也不例外，不過論發音數量這方面，德語比中文還要多。為了讓讀者能有具體的印象，讓我們來聆聽德國詩人海涅的詩作『羅蕾萊』。在這首詩中呈現出許多德語特有的優美語音。

1_01_1

Ich weiß nicht, was soll es bedeuten,
Daß ich so traurig bin;
Ein Märchen aus alten Zeiten,
Das kommt mir nicht aus dem Sinn.

Die Luft ist kühl und es dunkelt,
Und ruhig fließt der Rhein;
Der Gipfel des Berges funkelt
Im Abendsonnenschein.

Die schönste Jungfrau sitzet
Dort oben wunderbar;
Ihr goldnes Geschmeide blitzet,
Sie kämmt ihr goldenes Haar.

Sie kämmt es mit goldenem Kamme,
Und singt ein Lied dabei;
Das hat eine wundersame,
Gewaltige Melodei.

Den Schiffer im kleinen Schiffe
Ergreift es mit wildem Weh;
Er schaut nicht die Felsenriffe,
Er schaut nur hinauf in die Höh'.

Ich glaube, die Wellen verschlingen
Am Ende Schiffer und Kahn;
Und das hat mit ihrem Singen
Die Lore-Ley getan.

　　雖然德語的子音、母音與中文有部分相似，但在德語中仍有不少獨特、在中文沒有的發音。可藉由音檔的聆聽練習，來辨識出一些不太熟悉的發音。因此，若想要掌握德語發音的竅門，建議您務必要搭配本書所提供的音檔來做練習。

1_01_2

> ➤ 德語的字母

　　德語 30 個字母中的 26 個字母幾乎和英語一樣，另外的 4 個字母是德語所特有的。請見下表。

A	B	C	D	E	F	G	H	I	J	K	L	M
N	O	P	Q	R	S	T	U	V	W	X	Y	Z
Ä	Ö	Ü	ß									

　　在下頁表格中，我們用國際音標來標示每個字母的名稱，要注意這只能當作參考，與我們實際聆聽到的會有些不同，因此，請務必要在聆聽音檔時確實掌握每個字母的名稱和正確的讀法。

字母	字母名稱	字母	字母名稱	字母	字母名稱
A a	[a:]	K k	[ka:]	U u	[u:]
B b	[be:]	L l	[ɛl]	V v	[faʊ]
C c	[tse:]	M m	[ɛm]	W w	[ve:]
D d	[de:]	N n	[ɛn]	X x	[ɪks]
E e	[e:]	O o	[o:]	Y y	[Ypsilɔn]
F f	[ɛf]	P p	[pe:]	Z z	[tsɛt]
G g	[ge:]	Q q	[ku:]	Ä ä	[ɛ:] A-Umlaut
H h	[ha:]	R r	[ɛr]	Ö ö	[ø:] O-Umlaut
I i	[i:]	S s	[ɛs]	Ü ü	[y:] U-Umlaut
J j	[jɔt]	T t	[te:]	ß ß	[ɛs-tsɛt]

> Ä ä、Ö ö、Ü ü、ß ß 是德語特有的字母。「ß」字母原先僅允許使用於小寫字母，自 2017 年開始亦可作為大寫字母使用。

概述德語發音

➤ 母音的發音 🎧

1_01_3

德語的母音 a、e、i、o、u 發音，與注音符號的「ㄚ、ㄟ、ㄧ、ㄛ、ㄨ」相似，但是要注意嘴型的差別，例如 u 的發音要嘟起嘴唇以圓唇發音。此外，所有母音都有短音與長音。以下是幫助各位區別差異的例句，請務必用心聆聽。在這些發音中包含了一些與英語相似的德語，或是被中文化的德語，要仔細注意兩者間的不同。

Hamburg → 漢堡（市）　　Aspirin → 阿斯匹靈　　Kaffee → 咖啡
Kindergarten → 幼稚園　　Vater → 父親

雙母音	發音	例子
ai/ei	[ai]	Mai（五月），Ei（雞蛋），drei（三）
au	[au]	Auge（眼睛），sauber（乾淨的），Baum（樹木）
eu/äu	[ɔy]	neu（新的），Feuer（火），Häuser（房屋）

> 就如上表所示，兩個母音字母可以組合成 [ai]、[au] 和 [ɔy] 等複合母音。ei 的組合發音為 [ai]，而 eu 和 äu 的組合皆發音為 [ɔy]。

1_01_4

➤ ä、ö、ü 的發音

在 A、O 和 U 上面有兩個點是字母的變音符號，一般被稱為母音變音（Umlaut）。

ä 的發音與英文的 [e] 或中文注音符號的「ㄟ」類似。

短音	Äste 樹枝	März 三月	Äcker 旱田
長音	Säge 鋸子	Käse 起司	Ähre 穗

ö 的發音較難表達，具體的發音如下。

首先，把嘴唇形狀保持圓形試著說「ㄛ」，就像是受到感動時所發出的聲音。接下來，再發出驚訝時的「ㄟ」的音，記住這兩種發音方式後，我們試著將嘴唇保持圓形，並同時發出「ㄛ」和「ㄟ」的聲音時，所發出的聲音就會發出我們想要的「ö」的聲音了。這裡要注意保持圓形的嘴唇是很重要的。

現在，請嘗試練習其他如 pö、mö、gö、kö 和 tö 之類的發音。請注意，這些發音的關鍵在於嘴唇保持圓形時所發出像是「ㄟ」的長音。

短音	Köln 科隆（地名）		können 能夠
長音	nötig 必要的	Öl 油	Föhn 焚風（現象）

ü 的發音相當於我們注音的「ㄩ」，以下讓我們具體來說明該如何發音。首先，將嘴唇保持圓形不變並持續發出注音「ㄨ」的聲音，緊接著發出注音「一」的聲音，發「一」的發音時嘴唇一定要保持圓型。這樣自然就會發出 ü 的長音了。

短音　fünf 5　　　　Müll 垃圾　　　Kürbis 南瓜
長音　Tür 門　　　　Mühe 辛苦　　　Brühe 肉湯

1_01_5

➢ 子音的發音

德語與英語在子音方面幾乎是相似的，但需要注意的是，德語與英語在某些子音上是有些差異的。接下來我們來練習 ka、ki、ku、ke、ko 中的 k 音，請注意在發 k 音的時候，不要發成了類似注音「ㄎ」的音。請聽音檔，來練習以下的子音：p、b、k、g、t、d。

p 相當於英文的 p。
Paris 巴黎　　　　　Puppe 娃娃

b 相當於英文的 b。
Bonn 波恩（地名）　　aber 但是　　　　　Bistro 小酒館

注意，若是 b 連接在單字的字尾時，它就會發「p」的音。
Klub 俱樂部　　　　Lob 讚賞

k 相當於英文的 k。
Kanon 卡儂　　　　Kunst 藝術

g 相當於英文的 g。
Gelände 地形　　　Gramm 公克

注意，當 g 在單字的字尾時，它就變成了「k」的發音。

analog 類比　　　　Airbag 安全氣囊

t 相當於英文的 t。

Tabak 香菸　　　　Tee 茶

d 相當於英文的 d。

Dobermann 杜賓犬　　　Daten 數據

要注意，當 d 放在語尾時，就變成了 t 音。

Lied 歌曲　　　　Sand 沙

f 發音時上排牙齒和下唇務必接觸，並發出氣音。

Feuer 火　　　　Familie 家庭　　　　Foto 照片

v 通常與 f 的發音相同。（但外來語除外）

Vater 父親　　　　Vogel 鳥

w 相當於英文中的 v 音。發音方式同 f 音，上排牙齒和下唇接觸，但要震動聲帶發音。

Edelweiß 雪絨花　　　Wurst 香腸

h 相當於英文中的 h 音。

Horn 喇叭　　　　Hut 帽子

j 相當於英文 yes、yoyo 中 y 的音。

Jodel 約德爾　　　　Jacke 夾克

但是 j 出現在外來語時，要發出相當於英文 John 中 j 的音。

Job 工作　　　Journalist 記者

c 當放在母音 a、o、u 及 h 之前時（拉丁、希臘語系的外來語），c 變成 k 音。

Cafeteria 自助餐廳　　　Cola 可樂　　　Chor 唱詩班，合唱團

l 的發音，是舌尖固定在牙齦上方所發出的音。試著連續快速唱出「la-la-la-la」，此時舌頭會貼著上方牙齦，就是這樣的感覺。

Tal 山谷　　　　　　Engel 天使

m 相當於英文中的 m。

Meister 大師；冠軍　　Baum 樹

n 相當於英文中的 n（發音時嘴唇不要閉，並將舌尖抵在上顎發音）。

Wappen 徽章　　　　Natrium 鈉

q 後面總是伴隨著 u。而 qu 是拉丁字母 k + 英語 v 的組合發音。

Qualle 水母　　　　quer 橫向地　　　　Quadrat 正方形

r 字母的發音，有下面兩種發音方式。

1) 彈動舌尖或喉嚨的情況：

　　當您彈動舌尖時，聲音近似注音「ㄌ」的發音。有一種說法是說，當我們振動時，可利用「漱口時的要領」來練習，雖說如此，您只要從喉嚨的後方用力吐氣，那麼您就會感受到小舌有微微的振動感。事實上那是因為當我們張開喉嚨發音時會比較容易吐氣造成的，我們可以藉由「Rat（忠告）」和「rot（紅色的）」的發音來幫助我們練習。

Freitag 星期五　　　　breit 寬的　　　　Brot 麵包

　　在標準德語中，通常是透過振動小舌來進行發音的。儘管如此，彈舌的「r」音一般也被接受為正確的發音，因為 r 的發音無論是在哪種情況的條件下，它多少會振動到小舌。

2) 母音化（完全沒有振動）：

　r 若出現在母音之後，尤其是放在單字字尾時，在這種情況下，它會發出輕微的「a」母音。

Seminar 研討會　　　　Karte 卡片　　　　Feder 羽毛
Ergebnis 結果

`s` 在母音前時，會發出相當於英文 zoo 中 z 的音。
Diesel 柴油機　　　　Seil 繩索　　　　Rose 玫瑰

`z` 發音相當於英文 its 中「ts」的音、注音符號「ㄘ」的音。
Vakzin 疫苗　　　　Zeit 時間

`x` 相當於 Fax（傳真機）發音中 [ks] 的音。
Saxophon 薩克斯風　　　Taxi 計程車
Marx 馬克思（人名)

`y` 除了在字首和字尾之外，也就是出現在字中的情況時，y 都發跟 ü 一樣的音。
Gymnasium 高中　　　typisch 典型的　　　Physik 物理學

`ß` 發音相當於英文 see 中「s」的音，而且這個字母從不放在字首。
Edelweiß 雪絨花　　　heiß 熱的

「ß」可以用 ss 來代替。此外，自 2017 年起，ß 的大寫字母「ß」正式被使用。

➤ **注意拼寫的發音**

1_01_6

`ch`

　ch 的發音基本上可分為兩種，取決於前面接續的母音。由於 ch 的

發音無法用相似的英文或中文來表示，請此請見以下說明。

1) ch 前面為母音 a、o、u、au 時：

它的發音類似於當我們在大笑時「哇哈哈哈」中「哈」或「ha」的聲音。不論是「哈」或「ha」，在發音時都能感覺到喉嚨的震動，但此時在發德語 ch 的發音時，注意不要發出帶有母音「ㄚ」或「a」的音。

Bach 溪流　　　　　　Koch 廚師　　　　　suchen 尋找
Bauch 腹部

2) ch 的前面出現上述 1) 以外的母音字母時：

它的發音相當於馬的叫聲「hee~」中「h」的部分。

ich 我　　　　nicht 不（相當於英語的 not）　　　Milch 牛奶

chs，cks，gs

chs、cks、gs 的發音為「ks」，與 Fax 的「ks」發音相同。
Fuchs 狐狸　　　　　　Sachsen 薩克森（地名）
Trickster 騙子　　　　　unterwegs 在路上

h

h 在母音後面時不發音，而是將其前面的母音拉長。
ah! 啊！　　　　　Eisbahn 溜冰場　　　　Ohm 歐姆

ng，nk

n+g 的組合發音相當於英文 sing 中 ng 的鼻音 [ŋ]。
lang 長的　　　　　singen 唱歌

n+k 的組合發音相當於英文 thank 中 nk 的 [ŋk]。
tanken 加油　　　　danken 感謝

bb...zz 等

兩重複子音的情況，前面接續的母音通常會發短促的音。

Krabbe 螃蟹　　　　　　Affe 猴　　　　　　Tanne 冷杉　　🎧

dt

組合音 dt 的發音與 t 相同。

Stadt 城市　　　　　　gewandt 熟練的　　🎧
verwandt 有親戚關係的

ig

1) ig 在單字字尾或子音之前時，其發音與「ich」相同。　🎧

König 國王　　　　　　saftig 果汁

2) 單字中有 ig，且字尾是「ich」時，為避免「ich」的音重復，前面的 ig 發音為 [ik]。

ewiglich 永遠　　　　königlich 皇家的　　🎧

3) ig 後面如果接母音 e（或 i），那麼 g 就與 e（或 i）合併發音，如 ge、gi。

Könige 國王們　　　　Heilige 聖人們　　　Königin 女王　　🎧

sch

sch 與英語的「sh」發音相同。（如英文 ship 中的 sh）。

Schiff 船　　　　　　Schlafsack 睡袋　　　schön 美麗的　　🎧

sp

sp 出現在字首時，s 會用相當於英文的「sh」音，再接續 p 一起發音。

Spitz 斯皮茨犬　　　　Spur 追蹤（滑雪術語）　　🎧

st

st 出現在字首時，s 會用相當於英文的「sh」音，再接續 t 一起發音。

Stein 石頭　　　　　　Einstein 愛因斯坦（人名）　　Stadt 城市　🎧

tion

出現在單字字尾的 tion，發音如 [tsion]。　🎧

Aktion 行動　　　　　Nation 國家　　　　　Revolution 革命

tient

出現在單字字尾的 tient，發音如 [tsiɛnt]。

Patient 病患　　　　　Intelligenzquotient 智商　🎧

Kapitel
2

德語文法
與練習題

動詞的用法：現在式 1（規則動詞）

Lektion 1

2_01_1

Ich trinke Kaffee. 我喝咖啡。

本課要來學習動詞的基本用法。動詞是整個德語文法中重要的組成要素之一，請務必掌握使用動詞的要訣。

動詞的現在人稱變化

在德語詞典中，你會看到下列形式的動詞，如 gehen（走；步行）、kaufen（購買）、singen（唱歌）、handeln（採取行動）等。

不過，若將這些單獨的動詞 gehen（走；步行）、lesen（讀；閱讀）與 ich（我）、du（你）、wir（我們）等的「主詞」搭配組成句子時，動詞字尾將依規則產生「字尾變化」。像這種配合不同主詞發生字尾變化的現象，在英文中也有極少數案例，如 he sings（第三人稱單數現在式）。但在德語中只要主詞與動詞結合，動詞字尾就會產生變化。

例如在詞典中以 -en 或 -n 為字尾的動詞，如 singen（唱歌），其字尾前的部分「sing」稱作「語幹」，是構成該單字的「核心」。

例　singen　　sing + en
　　　（唱歌）　　語幹 + 字尾

根據主詞的不同，動詞的「字尾」會發生改變，這也就是「字尾變化」的機制（即「字尾」是隨主詞產生的），現在就以 singen 為例讓我們來了解「字尾變化」的規則。在此之前，我們先來認識德語的主詞人稱代名詞（如：我→ich、你→du、他→er、她→sie、它→es、我們→wir、你們→ihr、他們→sie、您（您們）→Sie 等），而動詞會根據主

詞產生如下的變化：

人稱（單數）	動詞的字尾變化	人稱（複數）	動詞的字尾變化
ich（我）	singe	wir（我們）	singen
du（你）	singst	ihr（你們）	singt
er/sie/es（他/她/它）	singt	sie/Sie（他們/您 您們）	singen

Ich singe hier. 我在這裡唱歌。

Er singt allein. 他獨自唱歌。

Wir singen zusammen. 我們一起唱歌。

　　依上表可知，有三個主詞人稱代名詞（即 wir、sie、Sie）所搭配的動詞，其字尾變化都是「-en」，與詞典中列出的動詞原形「singen」是相同的字尾。不過在文法上，詞典所列出的動詞形態被歸類為「原形動詞」，而當這些「原形動詞」要放進句子裡面做表達時，就要依主詞來變化字尾。也就是說，在句子中「動詞」會隨不同的主詞「進行字尾變化」。

➤ 詞典中的動詞形態＝原形動詞

➤ 在句子中的動詞＝依據主詞變化字尾

　　主詞人稱代名詞 du、ihr 和 Sie 均指與自己交談的對象，也就是第二人稱（相當於英語中的 you）。上表為了方便起見，個別翻譯成中文的「你」、「你們」、「您／您們」，但這並非完全符合中文的意思。在德語文法中要如何使用，完全取決於對象與自己的「親密程度」。粗略來說，當使用像是「您」來與較不親密的對象交談時，就可以用 Sie 來稱呼對方；若與較親密的對象交談時，則可使用 du 和 ihr 來相互稱

呼。不過區分有時可能沒那麼嚴謹，就算都是朋友，也可能會因人而異而有不同的親密程度，我們可以從下圖看出親密（du、ihr）與不親密（Sie）之間尚有重疊的部分。此外，第二人稱「您」、「您們」的敬稱，是原本第三人稱複數 sie（他們）轉用的形式，兩者的動詞字尾變化完全相同，但在書寫第二人稱「您／您們」時，「Sie」的 S 要大寫。

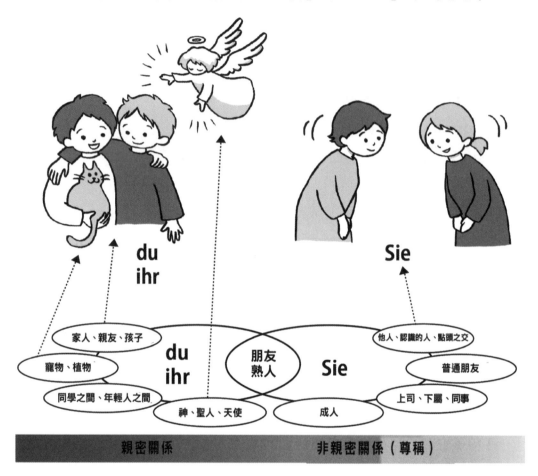

du、er 和 ihr 在進行動詞變化時，為了能使發音順暢，在某些情況會加上「e」的發音，以下是當語幹以「-d」「-t」「-gn」「-chn」等為結尾的動詞。

reden（說話）：du redest, er redet, ihr redet

arbeiten（工作）：du arbeitest, er arbeitet, ihr arbeitet

regnen（下雨）：es regnet（es 固定作為 regnen 的非人稱代名詞）

rechnen（計算）：du rechnest, er rechnet, ihr rechnet

現在式的用法

　　相較於英文現在式，德語現在式的用法所涵蓋的範圍更廣。相較於英語的「真理、習慣、狀態」是用現在式來表達、「正在進行中的動作」是用現在進行式（be 動詞 +-ing）來表達，**德語現在式的表達**則涵蓋了「英語的現在式、現在進行式及未來式」。

　　例如要表達「明天（morgen）」或「下週（nächste Woche）」等**未來**要進行的情況時，通常都以**現在式**的句型來表述。簡單來說，用德語做日常對話時，除了「在過去已經完成的事情」以外，一概都使用現在式來表達。

a) 真理及習慣的情況：

Taiwan liegt in Asien.（台灣在亞洲。）

【liegen 在、*s* Asien 亞洲】

Er raucht ständig.（他不停地抽菸。）

【rauchen 抽菸，ständig 不停地】

b) 現在進行式的情況：

Sie duscht gerade.（她正在洗澡。）

【duschen 洗澡，gerade 現在】

c) 未來式的情況：

Morgen mache ich das.（那件事我明天做。）

【morgen 明天，machen 做，das 那件事】

d) 從過去延續到現在的情況：

Es regnet seit gestern.（從昨天開始就一直在下雨。）

【regnen 下雨（主詞固定為 es），seit gestern 從昨天】

練習題

練習題 1a

請配合主詞在（　）中填入動詞 trinken（喝）正確的字尾變化。

(1)　Ich trink(　　　　) Tee.

　　我喝茶。【Tee 茶】

(2)　Du trink(　　　　) Wasser.

　　你喝水。【Wasser 水】

(3)　Sie trink(　　　　) Milch.

　　她喝牛奶。【Milch 牛奶】

(4)　Sie trink(　　　　) nichts.

　　他們什麼都不喝。【nichts＝英語 nothing】

練習題 1b

請配合主詞在（　）中填入動詞 singen（唱歌）正確的字尾變化。

(1)　Du (　　　　) oft.

　　你總是在唱歌。【oft＝ 英語 often】

(2)　Er (　　　　) gut.

　　他唱得很好。【gut 出色地】

(3)　Sie (　　　　) viel.

　　她唱很多歌。【viel 很多】

(4)　Sie (　　　　) zusammen.

　　他們一起唱歌。【zusammen 一起】

練習題 1c

請使用動詞 schreiben（寫）完成句子：
請對照中文翻譯，在（　　）中填入主詞以及配合主詞的 schreiben 動詞變化。

(1) （　　　　　）schreib（　　　　　）viel.
　　我寫了很多（信）。

(2) （　　　　　）schreib（　　　　　）schlecht.
　　他的字寫得不好。【schlecht 不好地】

(3) （　　　　　）schreib（　　　　　）schön.
　　她的字寫的漂亮。【schön 漂亮地】

(4) （　　　　　）schreib（　　　　　）morgen.
　　我們明天會寫（信）。【morgen 明天】

練習題 1d

請使用動詞 kommen（來）完成句子：
請對照中文翻譯，在（　　）中填入主詞以及配合主詞的 kommen 動詞變化。

(1) （　　　　）（　　　　　）gleich.
　　我馬上來。【gleich 立刻】

(2) （　　　　）（　　　　　）nicht.
　　你不會來。【nicht 不】

(3) （　　　　）（　　　　　）morgen.
　　他明天會來。【morgen 明天】

(4) （　　　　）（　　　　　）bald.
　　她不久就會來。【bald 不久】

練習題 1e

將下列中文句子翻譯成德語。

(1) 我喝茶。【茶 Tee】

_____

(2) 你正在學習德語。【學習 lernen、德語 Deutsch】

_____

(3) 他很會做飯。【料理 kochen、很好 fantastisch】

_____

(4) 我們留在這裡。【停留 bleiben、這裡 hier】

_____

> **動詞+gern=喜歡做~**
>
> **Ich schwimme gern.** 我喜歡游泳。
>
> **Ich trinke gern Kaffee.** 我喜歡喝咖啡。

練習題 1f

請在（　）中填入正確的單字,以完成符合中文語意的句子。

(1) Ich koche (　　　　) .

我喜歡料理。【kochen 料理】

(2) Sie (　　　　) (　　　　) Deutsch.

她喜歡學習德語。【lernen 學習、Deutsch 德語】

(3) Er (　　　　) (　　　　) .

他喜歡工作。【basteln 工作】

(4) (　　　　) (　　　　) (　　　　) Wein.

我們喜歡喝葡萄酒。【Wein 葡萄酒】

如何造疑問句

2_02_1

Trinkst du Apfelsaft? 你喝蘋果汁嗎？

疑問句分成是非疑問句和疑問詞疑問句兩種形式。

是非疑問句

當要造出以「ja/nein（是／否）」來回答的疑問句時，此類疑問句須把動詞放在句子的開頭。

直述句	→	疑問句
Du trinkst Kaffee.	→	Trinkst du Kaffee?
（你喝咖啡）		（你喝咖啡嗎？）

此類可以用「ja/nein（是／否）」回答的疑問句，稱為「是非疑問句」或是「封閉式疑問句」，這是因為要求對方在「ja 是」和「nein 否」之間做出選擇的疑問句。

疑問詞疑問句

當要用疑問詞造疑問句時，先在句首放疑問詞，於第二個位置放動詞（隨主詞變化的動詞），接著是其他詞類。

疑問詞	動詞	其他詞類?
Was	trinkst	du heute ?

（was 是什麼／什麼）
你今天喝什麼？

用疑問詞來造問句的疑問句稱為「疑問詞疑問句」「補充疑問句」或是「開放式疑問句」。這是因為當提出問題時，是為了要求對方補充訊息（「什麼？」「什麼時候？」「哪裡？」等）。

 **練習題**

2_02_2

練習題 2a
....

請練習將以下的句子改成疑問句。

(1) Du singst oft. 你經常唱歌。【oft 經常】

→ _____

(2) Sie singt viel. 她經常唱歌。【viel 很多】

→ _____

(3) Ihr singt so selten. 你們很少唱歌。【so 非常，selten 很少】

→ _____

(4) Sie singen zusammen. 他們一起唱歌。【zusammen 在一起】

→ _____

練習題 2b
....

請練習將以下的句子改成疑問句。

(1) Du bleibst hier. 你留在這裡。【bleiben 留下，hier 在這裡】

→ _____

(2) Sie bleibt lange. 她在這裡很久了。【lange 很長時間】

→ _____

(3) Wir bleiben alle hier. 我們全都留在這裡。【alle 全部】

→ _____

(4) Ihr bleibt noch. 你們還在嗎？【noch 仍然】

→ _____

練習題 2c

請在（　　）中填入正確的單字，以完成符合中文語意的句子。

(1) Kommst (　　　　　) gleich?—Ja, ich (　　　　　) gleich.

你馬上來嗎？—是的，我很快就到。【gleich 馬上】

(2) Wohnt (　　　　　) dort?—Nein, (　　　　　) (　　　　　)
nicht dort.

她住在那邊嗎？—不，她不住在那裡。【nicht = 英語的 not，dort 那邊】。

(3) Machen (　　　　　) das?—(　　　　　), wir (　　　　　) das.

我們要那樣做嗎？—是的，我們要那樣做。

(4) Schickt (　　　　　) das?—(　　　　　), wir (　　　　　) das.

那個你們會寄嗎？—會，我們會寄。【schicken 發送】

練習題 2d

請使用動詞 kaufen（購買）完成句子：請對照中文翻譯，在（　　）中填入配合主詞
的 kaufen 動詞變化。

(1) 我要再買一些。—你要買什麼？

Ich (　　　　　) noch etwas. — Was (　　　　　) du?

【noch 仍然、etwas 某事物、was 什麼】

(2) 她總是在哪裡購物?—她總是在那裡購物。

Wo (　　　　　) sie immer?—Sie (　　　　　) immer dort.

【wo 在哪裡，immer 總是，dort 在那裡】

(3) 你們總是在哪裡買東西?—我總是在網路上買。

(　　　　　) (　　　　　) ihr immer?—(　　　　　) (　　　　　)
immer online.

【immer 總是，online 在網路上】

(4)　他們什麼時候要買呢?—他們可能明天會買吧。

Wann (　　　　　) sie das?— Sie (　　　　　) das vielleicht

morgen.【vielleicht 也許】

練習題 2e
請使用動詞 machen（做，製作）完成句子：請對照中文翻譯，在（　）中填入配合主詞的 machen 動詞變化。

(1)　你要做那件事嗎？—好，我來做。

(　　　　　) du das?

—Gut, ich (　　　　) das.【gut 好】

(2)　他在做什麼？—他什麼也沒做。

(　　　　　) macht er?—(　　　　) (　　　　) nichts.

【nichts=英語 nothing】

(3)　我們要做什麼嗎？—對喔，我們要做些什麼呢?

(　　　) (　　　　) (　　　　)？

—Tja, was machen (　　　　)？【tja 對喔，嗯】

(4)　你們在做什麼？—我們在製作音樂啊。

(　　　) (　　　　) (　　　　)？

—(　　　　) machen Musik.

【Musik 音樂：Musik machen 製作音樂】

練習題 2f

請在（ ）中填入正確的單字，以完成符合中文語意的句子。

(1)　（　　　　　）ich Tee oder Kaffee?

　　我要喝點茶還是喝點咖啡？【Tee 茶，Kaffee 咖啡，oder 或】

(2)　（　　　　　）（　　　　　）gern?—Ja, （　　　　　）malt gern.

　　他喜歡畫畫嗎？—是的，我喜歡。【malen 畫圖】

(3)　（　　　　　）（　　　　　）hier?

　　—Nein, （　　　　　）bleiben nicht hier!

　　我們要留在這裡嗎？—不，我們不會留在這裡。【bleiben 停留】

(4)　（　　　　　）sie etwas?—（　　　　　）, sie （　　　　　）nichts.

　　他們要買些什麼嗎？—不，他們什麼都不買。【etwas 某物，一些】

名詞的性別與格位・定冠詞與不定冠詞

2_03_1

der Weltraum, die Milchstraße, das Sternbild 宇宙、銀河、星座

名詞的性別

德語的名詞具有文法上的性別。歐洲許多語言中的名詞，都具有文法上的性別，且規則相當嚴謹。在某些情況下，其文法上的性別與自然界所指的性別是相符合的（例如人類的男女、生物的公母、雌雄等）。例如：

陽性名詞：Mann（男性）、Onkel（叔叔）、Sohn（兒子）、Gott（神）

陰性名詞：Frau（女性）、Tante（阿姨）、Tochter（女兒）、Göttin（女神）

但是名詞在文法上的性別，在多數情況下，與我們對於男女性別的認知並不相關。例如：

Garten（花園）→陽性、Lampe（燈光）→陰性、Tee（茶）→陽性。

德語的名詞有陽性名詞、陰性名詞，還有中性名詞，因此所有名詞分為陽性、陰性和中性三類。而且如 CD 和 DVD 這類縮寫的名詞，也有其性別之分。

名詞的「性別」由定冠詞（相當於英文「the」）或不定冠詞（相當於英文「a/an」）來表示。陽性名詞的定冠詞與不定冠詞分別為「der / ein」，陰性名詞的為「die / eine」，中性名詞的則為「das / ein」。（/ 前面的皆是定冠詞，/ 後面的皆是不定冠詞）。

陽性名詞：der Vogel、ein Vogel（鳥）

　　　　　der Ton、ein Ton（聲音）

　　　　　der Pkw、ein Pkw（自用車)

陰性名詞：die Wolke、eine Wolke（雲）

　　　　　die Maus、eine Maus（老鼠）

　　　　　die AG、eine AG（公司）

中性名詞：das Kind、ein Kind（孩子）

　　　　　das Haus、ein Haus（房子）

　　　　　das A、ein A（字母 A）

本書中名詞的性別將採用如下方式表示：

陽性名詞 → r（r Mann 男士）

陰性名詞 → e（e Frau 女士）

中性名詞 → s（s Kind 孩子）

複數　　　 → d（d Ferien 休假）*參照第 8 章複數形式。

如何記住名詞的性別

　　由於文法上的性別是由冠詞區別，因此記住名詞最快的方法，就是把冠詞當作單字的一部分一起記住。舉例來說，背單字的時候，我們不要只背「桌子的陽性名詞是 Tisch」，而是要把冠詞一起記住，像是「桌子是 der Tisch」、「手錶是 die Uhr」和「書是 das Buch」等等。由於有很多名詞難以判斷其性別，建議初學者不妨運用背誦九九乘法的方式來練習記憶，搭配朗讀及反覆書寫一定會有顯著的成效，另外也可背誦以名詞為主詞的單句，一來能夠記住單字，二來還能學會單字的使用方法。

名詞的格位

　　我們常會聽到諸如主格和屬格等的格位用語，在德語中，「格位」是至關重要的概念。簡而言之，「格位」就是在句子中名詞與其他詞類之間的相互關係。例如，「主格」是名詞在句子中起「主詞」作用的「格

位」；屬格（所有格），顧名思義指的是「所有、歸屬（誰的～；爸爸的～）」；與格（間接受格），指的就是「間接影響的對象（向～）」；賓格（直接受格）指「動作的目的、對象（做～）」。冠詞的形態變化也顯示了「格位」的差異。例如，在陽性名詞的情況下，定冠詞會根據格位的不同而進行如下的變化。

主格→der　　　　　　　屬格（所有格）→des
與格（間接受格）→dem　賓格（直接受格）→den
　　（關於冠詞的變化，將在本書第 4 章和第 5 章中介紹）

現在來看看陽性名詞的例句，以加深印象。

主格　Der Hund bellt.（狗吠叫。）【r Hund 狗，bellen 叫】

屬格　Das ist der Vorbote des Taifuns.（這是颱風的前兆。）
　　　【das 這個，ist 是，r Vorbote 預兆，r Taifun 颱風】

與格　Er dankt dem Redner.（他感謝演講者。）
　　　【danken 感謝，r Redner 演講者】

賓格　Er holt den Wein.（他去拿葡萄酒。）
　　　【holen 拿來，r Wein 葡萄酒】

這四種格位，「主格」、「屬格」、「與格」和「賓格」，在德語中通常分別被稱為第一格、第二格、第三格與第四格。

第一格：基本上指的是主詞的格位。

第二格：基本上指的是歸屬及佔有的格位。

第三格：相當於間接受格。表示間接接受動作的格位。

第四格：相當於直接受格。表示直接接受動作的格位。

綜合以上，簡述如下：

德語稱呼	英語稱呼	文法功能
第一格	主格	成為主詞
第二格	所有格	表示歸屬及所有
第三格	間接受格	動詞間接作用到的對象
第四格	直接受格	動詞直接作用到的對象

為什麼是「第一格」而不是「主格」？

名詞的格位取決於它與其他詞類（例如動詞、介系詞等）的關係，在這種情況下，「主格」不一定表示主詞，「屬格」也不一定表示其所屬。為了避免混淆，德語使用第一格，第二格等數字形式來表示。（請參閱第11章「介系詞」的解說）。

在這些格位中，第一格與第四格經常使用，而第三格經常與介系詞連用，目前第二格的使用非常有限。

定冠詞和不定冠詞

現在讓我們看看定冠詞和不定冠詞的差異。在英語中，基本上大家都能夠區別「the」與「a/an」的差別，定冠詞用在當說話者和聽者（讀者）都知道的對象時，而不定冠詞則是指不特定、任意的單一對象。換言之，定冠詞適用於已知對象，不定冠詞則適用於未知對象。由於中文不存在冠詞，因此冠詞的概念對我們來說是相當陌生的。在德語中，**冠詞**用來明確表達該名詞到底是特定的（已知）對象（例如「那件事」），還是任意的（未知的）對象（例如「某件事」）的功能，德語這種特定的形式會表現在很多地方。中文比較沒有這樣明顯的區分，因此此種文化差異，我們只能融入並接受。以下例句是針對定冠詞和不定冠詞的練習，藉由例句中的對話，有助於我們理解不特定的某件事物是如何透過兩種冠詞的運作，而變成已知的對象。

⇨Steht hier eine Hütte?—Ja, die Hütte dort drüben.

這裡有山間小屋嗎？—有的，山間小屋就在那邊。

【hier 這裡，stehen 有／存在／站立，e Hütte 小屋，dort drüben 在那邊（=英文 over there）】

⇨Brauchen wir ein Passwort?—Ja, das Passwort hier.

我們需要密碼嗎？—是的，這是密碼。【brauchen 需要】

⇨Ich suche einen Schirm.—Ich nehme den Schirm hier.

（在商店裡）我在找一把雨傘。—我去把這把傘拿過來。

【suchen 尋找 r Schirm 雨傘】

⇨Nehmen Sie auch einen Espresso?

—Nein, ich nehme den Cappuccino。

您也想來杯濃縮咖啡嗎？—不，我要卡布奇諾。

【nehmen 拿／吃，喝】

德語與英語的格位大部分類似，但也有不同之處

正如格位基本含義中解釋的那樣，德語的第一、第二，第三及第四格大致相當於英文的「主格」「所有格」「間接受格」「直接受格」，在格位上兩者大部分類似，但也有不同之處，因此一些常用動詞在選擇格位時要非常仔細。

像是 fragen「問（問題）」、bitten「向～請求」、treffen「遇見～」等動詞，與英文相對應的動詞也都是及物動詞，在德語中這些動詞的受詞也皆為第四格。Ich frage den Chef.（我問老闆問題）、Wir bitten den Mitarbeiter。（我們拜託同事）、Ich treffe den Verleger.（我見出版商）。

然而，像是 helfen「幫助～」、gefallen「喜歡～」和 gehören「屬於～」等這類動詞，在德語文法中，其受詞則為第三格，與英語的用法不同。例如：Ich helfe dem Kind.（我幫忙這孩子）、Die Bilder gefallen dem Zuschauer.（觀眾喜歡這幅畫。）、Das Buch gehört dem Schüler.（這本書

屬於該名學生。）

　　由於德語和英語對格位的概念有時是有些差異的，因此關於受詞的格位，字典會透過以下的方式來說明。例如，當受詞是人或擬人對象時，第二格 jemand（相當於英文 someone）會以第二格形 js（jemandes＝誰的）或「人²」表示；同理，第三格用 jm（jemandem＝給誰）或「人³」來表示；第四格則用 jn（jemanden＝對某人做～）或「人⁴」來表示。例如 jn fragen「問某人⁴」，jn bitten「向某人⁴請求」，jn treffen「遇見某人⁴」，jm helpen「幫助某人³」，jm gefallen「喜歡某人³」，jm gehören「屬於某人³」等形式表達。遇到這種常出現但難以理解的動詞時，我們只能靠死記硬背了。

　　在字典中，當受詞是事或物時，則用 etwas（某物，相當於英文 something）的縮寫 et 來表示。同理，et² 或「物²」，et³ 或「物³」，et⁴ 或「物⁴」等皆表示不同格位的受詞。例如 et³ entkommen「遠離事物³」，et³ dienen「有益於某事物³」，et⁴ erreichen「伸手碰到某事物⁴」，et⁴ bezahlen「付某事物³的錢」等等。

　　擬聲詞是描述各種聲音用的詞，例如「汪汪」和「咻咻」，德語中也有很多類似的擬聲詞，如 Kikeriki!，Wau-wau!，Miau!，Hatschi!，ticktack 等。

　　不過德語的獨特之處在於，這些「聲音」也能以動詞表達的形式存在，如 summen（蜜蜂嗡嗡叫），miauen（喵喵叫），knipsen（喀嚓一聲拍照），klirren.（玻璃碰撞聲）、quietschen（發出剎車聲等）。此外，在德語的卡通影片或漫畫中，會將動詞中的字尾 -(e)n 移除，來當作畫面上的聲音來用。如 grunzen（豬的尖叫聲）→grunz-grunz!；klopfen（敲門）→klopf, klopf（叩叩）；ächzen（呻吟）→ ächz!（嗚嗚嗚）等。除了以上的擬聲詞，漫畫中也會將動詞語尾移除以表現其動作（擬態詞）。例如，radieren（用橡皮擦擦）→radier（擦擦）；pieksen（戳）→pieks（戳戳）；hoppeln（兔子跳）→hoppel-hoppel（蹦蹦跳）等。

名詞的用法 1．定冠詞的變格

Lektion 4

2_04_1

Das Wetter heute ist schön.
今天天氣很好。

> (1) 德語的名詞有陽性、陰性、中性之分，性別以冠詞的不同來區分。
>
> (2) 名詞在句子中的作用是以「格位」來表示。德語中的四種「格位」以冠詞的形式來區分。

在本章中，我們將學習定冠詞是如何根據「格位」來變化的。

定冠詞的變格

由下表中可知定冠詞是如何根據格位來變化的。

	陽性名詞	陰性名詞	中性名詞	複數形式
第一格（主格）	der Opa	die Tante	das Auto	die Vögel
第二格（屬格）	des Opas	der Tante	des Autos	der Vögel
第三格（與格）	dem Opa	der Tante	dem Auto	den Vögeln
第四格（賓格）	den Opa	die Tante	das Auto	die Vögel

r Opa 爺爺，*e* Tantie 阿姨，*s* Auto 汽車，*d* Vögel 小鳥

在複數形式中，名詞不會有陰陽中性的變化，因此複數形的名詞，使用的定冠詞都是相同的（我們稍後將在第 8 章學習如何構成複數）。

在陽性和中性的第二格，名詞字尾需要加上 -s 或 -es。一般而言，單音節名詞字尾加上 -es，雙音節以上加上 -s，但是以某些子音結尾的名詞，其

字尾會加上-es，例如 -s 或 -ß 結尾的名詞，要在字尾加上 -es（例如 Hauses 家、Fußes 腳等）；而以 -d 或 -t 結尾的名詞，則是在其語尾加上 -s 或 -es（例如 Licht(e)s 燈，Hund(e)s 狗）。若有疑問時可翻閱字典查詢。

定冠詞的變化整理如下表。

	陽性名詞	陰性名詞	中性名詞	複數形式
第一格	der	die	das	die
第二格	des -(e)s	der	des -(e)s	der
第三格	dem	der	dem	den
第四格	den	die	das	die

在本書中，我們使用陽性「*r*」、陰性「*e*」和中性「*s*」來表示名詞的性別。此外，複數名詞用「*d*」表示（*d* Leute「人們」）。

名詞後綴「-in」的功能是可將表示職稱的陽性名詞變為陰性名詞，有時也用來表在國籍上。不過要注意的是，「-in」有時會導致母音變音。
例如：
der König（國王）→ die Königin（王后）
der Bürgermeister（男市長）→ die Bürgermeisterin（女市長）
der Kellner（男服務生）→ die Kellnerin（女服務生）
der Arzt（男醫師）→ die Ärztin（女醫師）
der Franzose（法國男性）→ die Französin（法國女性）
der Japaner（日本男性）→ die Japanerin（日本女性）

但要注意到der Deutsche（德國男性）→ die Deutsche（德國女性），Deutsche 是由形容詞 deutsch 配合冠詞而產生的名詞。
在人群中有男有女的情況，以往習慣使用陽性複數，或者是將兩種形式都寫出來。不過，最近有些人對於使用陽性形式作為標準這件事引發質疑。

練習題 4a

請對照中文翻譯，在（　）中填入正確的定冠詞，以完成符合中文語意的句子。（全部爲第一格）

(1) (　　　　　) Sonne scheint.

陽光普照。【e Sonne 太陽，scheinen 閃耀】

(2) (　　　　　) Wetter heute ist schön.

今天天氣真好。【s Wetter 天氣，heute 今天，schön 好的】

(3) (　　　　　) Wagen ist neu.

那輛車是新的。【r Wagen 車，neu 新的】

(4) (　　　　　) Kinder spielen zusammen.

孩子們一起玩耍。【d Kinder：s Kind（孩子）的複數形式，spielen 玩耍，zusammen 一起】

練習題 4b

請對照中文翻譯，在（　）中填入正確的定冠詞，以完成符合中文語意的句子。（全部爲第四格）

(1) Ich nehme (　　　　　) Wagen.

我買那輛車。【r Wagen 車、 nehmen 買】

(2) Die Ärztin näht (　　　　　) Wunde.

那位醫生縫合傷口。【e Ärztin 醫師、nähen 縫、e Wunde 傷口】

(3) Er beobachtet (　　　　　) Sterne.

他在觀測星星。【beobachten 觀察、d Sterne：r Stern 星星】

(4) Ich mache heute (　　　　) Abendessen.

我今天會做晚飯。【heute 今天、 s Abendessen 晚餐】

練習題 4c
請對照中文翻譯，在（ ）中填入正確的定冠詞，以完成符合中文語意的句子。（全部爲第三格）

(1) Das passt (　　　　) Chef wahrscheinlich gar nicht.

老闆應該不會中意那個。【das 那、jm passen 適合某人³、r Chef 老闆、wahrscheinlich 可能、gar nicht 一點也不～】

(2) Es widerspricht (　　　　) Zeitgeist.

這違背了時代精神。【widersprechen 反對、r Zeitgeist 時代精神】

(3) Das gehört (　　　　) Stadt.

這屬於這城鎮。【jm gehören 屬於某人³、e Stadt 城鎮】

(4) Wir gratulieren (　　　　) Geburtstagskind.

我們祝賀那位壽星。

【jm gratulieren 祝賀某人³、s Geburtstagskind 壽星】

練習題 4d
請對照中文翻譯，在（ ）中填入正確的定冠詞，以完成符合中文語意的句子。（全部爲第三格）。

(1) Er bringt (　　　　) Gast (　　　　) Rechnung.

他把賬單交給顧客。

【bringen 帶來、r Gast 客人、e Rechnung 帳單】

(2) Sie erklärt (　　　　) Schüler (　　　　) Grammatik.

她向學生解釋文法。

【erklären 説明、r Schüler 學生 e Grammatik 文法】

(3) Oma schenkt (   ) Enkelin (   ) Perlenkette.

奶奶送給孫女一條珍珠項鍊。【e Oma 奶奶、schenken 贈送、e Enkelin 孫女、e Perlenkette 珍珠項鍊】

(4) Sie schicken (   ) Käufer (   ) Ware per Post.

他們透過郵寄方式向買家寄送商品。【schicken 送、r Käufer 買家、e Ware 商品、 per Post 用郵寄】

練習題 4e
·············
請對照中文翻譯，在（ ） 中填入正確的定冠詞，以完成符合中文語意的句子。

(1) (   ) Wanderer genießt (   ) Schönheit (   ) Natur.

徒步旅行者享受自然的美景。【r Wanderer 徒步旅行者、genießen 享受、e Schönheit 美麗、e Natur 自然】

(2) (   ) Spur (   ) Taifuns ist deutlich erkennbar.

可以明確地看出颱風路徑。【e Spur 足跡、r Taifun 颱風、deutlich 明確地、erkennbar 可識別的】

(3) (   ) Grad (   ) Umweltverschmutzung ist erheblich.

環境污染程度非常高。【r Grad 程度、e Umweltverschmutzung 環境汙染、erheblich 顯著的】

(4) (   ) Regeln (   ) Grammatik sind ziemlich kompliziert.

文法規則相當複雜。【d Regeln: e Regel 規則、e Grammatik 文法、ziemlich 相當、kompliziert 複雜的】

名詞的用法 2，不定冠詞的變格

Lektion 5

2_05_1

Da sitzt ein Vogel. 一隻鳥停在那邊。

在第四章我們了解了定冠詞的變格，本章將學習不定冠詞的變格。

不定冠詞的變格

定冠詞是用來指稱特定的對象（這個，那個），不定冠詞則有未指定的任意對象（某一個，有一個，一種）的意思。（請參照第 3 章『名詞的性別與格位‧定冠詞與不定冠詞』）。

下表是不定冠詞的變化表。

	陽性名詞	陰性名詞	中性名詞
第一格（主格）	ein Baum	eine Blume	ein Dorf
第二格（屬格）	eines Baum(e)s	einer Blume	eines Dorf(e)s
第三格（與格）	einem Baum	einer Blume	einem Dorf
第四格（賓格）	einen Baum	eine Blume	ein Dorf

r Baum 樹木、*e* Blume 花朵、*s* Dorf 村落

如果我們仔細觀察字尾的變化，不難發現儘管變化方式幾乎完全不同，但是與定冠詞的變格有相似的軌跡。在不定冠詞中，陽性第一格、中性第一格和中性第四格的「ein」為沒有字尾的形式，這是不定冠詞與定冠詞的差異之處。而且不定冠詞的原意是「任意的一個」，所以不可能有複數形式（任意的複數不會加上「冠詞」，並直接以複數形式表示）。請注意，在陽性和中性第二格中的名詞字尾，要加上-(e)s，這個規則與定冠詞是一樣的*。

45

*加上 -es 的規則，也與定冠詞的情況相同：一般單音節的陽性和中性名詞，字尾是加上 -es。而以 -s、-ß 結尾的名詞，字尾要附加 -es（例如 Hauses 家、Rußes 煤煙等），以 -d、-t 結尾的名詞要附加 -s 或-es（例如 Licht(e)s 燈、Hund(e)s 狗等）。（請參考 p.40 和 p.41 的說明）

針對冠詞的變化整理如下。

	陽性名詞	陰性名詞	中性名詞	複數形式
第一格	ein	eine	ein	—
第二格	eines -(e)s	einer	eines -(e)s	—
第三格	einem	einer	einem	—
第四格	einen	eine	ein	—

 練習題

練習題 5a

請對照中文翻譯,在 ( ) 中填入正確的不定冠詞(第一格),以完成符合中文語意的句子。

(1) Da sitzt ( ) Vogel.

一隻小鳥停在那邊。【sitzen 坐著、r Voge 小鳥】

(2) ( ) Glocke läutet.

鐘聲在響。【e Glocke 鐘、läuten 響】

(3) ( ) Telefon klingelt.

有電話在響。【s Telefon 電話、klingeln 鈴響】

(4) Das ist ( ) Druckfehler.

這有錯字。【r Druckfehler 印刷錯誤,錯字】

練習題 5b

請對照中文翻譯,在 ( ) 中填入正確的不定冠詞(第四格),以完成符合中文語意的句子。

(1) Ich nehme ( ) Rotwein.

我點紅酒。【nehmen 點(餐)、r Rotwein 紅酒】

(2) Hast du ( ) Hobby?

你有嗜好嗎?【s Hobby 嗜好】

(3) Ich brauche ( ) Pause.

我需要休息一下。【brauchen 需要、e Pause 休息】

(4) Er sucht (　　　) Job.

他正在找一份兼職工作。【suchen 尋找、r Job 兼職工作】

練習題 5c

請對照中文翻譯，在（ ）中填入正確的不定冠詞（第三格），以完成符合中文語意的句子。

(1) Das Tier ähnelt (　　　) Fuchs.

這種動物類似於狐狸。【s Tier 動物、ähneln 類似、r Fuchs 狐狸】

(2) Hier begegnet man oft (　　　) Geist.

這裡常會碰到鬼。【begegnen 遇見~、oft 經常、r Geist 幽靈】

(3) Der Hund folgt (　　　) Spur.

狗循著腳印追尋。

【r Hund 狗、et³ folgen 跟隨某事物³、e Spur 足跡，痕跡】

(4) Der Fremdenführer zeigt (　　　) Reisegruppe die Stadt.

導遊帶領旅行團遊覽城市。

【r Fremdenführer 導遊、zeigen 展示、e Reisegruppe 旅行團、e Stadt 城市】

練習題 5d

請對照中文翻譯，在（ ）中填入正確的不定冠詞（第三、四格），以完成符合中文語意的句子。

(1) Sie leiht (　　　) Kollegin (　　　) Notenblatt.

她把樂譜借給一位同事。

【leihen 借給、e Kollegin 同事、s Notenblatt 樂譜】

(2) Wir schicken (　　　　) Freund (　　　　) Weihnachtspäckchen.

我們送一份聖誕禮物給一位朋友。

【 schicken 送、*r* Freund 朋友、*s* Weihnachtspäckchen 聖誕禮物 】

(3) Man verbietet (　　　　) Mieter (　　　　) Haustier.

禁止房客攜帶寵物。

【 man 人們，每一個人、verbieten 禁止、 *r* Mieter 房客、*s* Haustier 寵物 】

(4) Er zeigt (　　　　) Kind (　　　　) Buch.

他給一位孩子看一本書。【 zeigen 展示、*s* Kind 小孩、*s* Buch 書本 】

練習題 5e

請對照中文翻譯，在（　）中填入正確的不定冠詞（第二格），以完成符合中文語意的句子。

(1) Er ist der Sohn (　　　　) Künstlers.

他是一位藝術家的兒子。【 *r* Sohn 兒子、 *r* Künstler 藝術家 】

(2) Das ist das Ergebnis (　　　　) Katastrophe.

這是一場災難的結果。【 *s* Ergebnis 結果、 *e* Katastrophe 大災難 】

(3) Das sind die Nachwirkungen (　　　　) Revolution.

這是革命的後果。

【 *d* Nachwirkungen: *e* Nachwirkung 後果、*e* Revolution 革命 】

(4) Die Ideen (　　　　) Genies sind nicht immer genial.

天才的想法並不總是優越的。

【 *d* Ideen: *e* Idee 想法，主意、*s* Genie 天才、nicht immer 不總是、 genial 巧妙的，卓越的 】

動詞 sein・haben・werden 的用法

2_06_1

Ich bin glücklich. 我很快樂。

首先，我們來學習動詞 sein 和 haben，它們相當於英語中的 to be 和 to have。由於這些動詞的使用頻率很高，所以必須要確實掌握。

動詞 sein 的現在式人稱變化

動詞 sein 相當於英語 be 動詞，其現在式人稱變化如下表所示，為所有德語動詞中最不規則的變化。

sein			
（主詞）人稱－單數		（主詞）人稱－複數	
ich 我	bin	wir 我們	sind
du 你	bist	ihr 你們	seid
er/sie/es 他／她／它	ist	sie/Sie 他們・她們・它們／您・您們	sind

Ich bin froh. 我很高興。【froh 高興的】

Sie ist nett. 她人很好。【nett 和藹的】

Ihr seid da. 你們在那裡。【da 在那裡】

動詞 haben 的現在式人稱變化

haben 相當於英語的 have，在人稱 du 和 er/sie/es 中會有一些特殊的變化。

haben			
（主詞）人稱－單數		（主詞）人稱－複數	
ich 我	habe	wir 我們	haben
du 你	hast	ihr 你們	habt
er/sie/es 他／她／它	hat	sie/Sie 他們・她們・它們／您・您們	haben

Ich habe Zeit. 我有時間。【 e Zeit 時間 】　

Du hast Fieber. 你發燒了。【 s Fieber 發燒 】

Sie haben Ferien. 他們在休假中。

【 d Ferien 假期（發音為 [`fe:riən]）。ie 在外來語中有時會讀作 [iə]，如 Familie 家族（發音為 [fa`mi:liə]）也是一樣的情況 】

動詞 werden 的現在式人稱變化

werden（成為~）在人稱 du 和 er/sie/es 也產生特殊的變化。

werden			
（主詞）人稱－單數		（主詞）人稱－複數	
ich 我	werde	wir 我們	werden
du 你	wirst	ihr 你們	werdet
er/sie/es 他／她／它	wird	sie/Sie 他們・她們・它們／您・您們	werden

Ich werde Dirigent. 我要成為指揮。【 r Dirigent 指揮 】

Sie wird Pilotin. 她要成為一名飛行員。 【 e Pilotin 飛行員 】

Werden wir ein Team? 我們會是一組吧？【 s Team 團隊 】

* 請注意，在 A ist B.（A 是 B。A = B）和 A wird B.（A 變成 B。A→B）的兩種形式中，B 都會是【第一格（主格）】。

** werden 作為助詞，也使用於未來式（第 14 章）和被動式（第 29 章），請好好學習。

練習題

練習題 6a

請使用動詞 sein 完成句子：請對照中文翻譯，在（　）中填入配合主詞的動詞變化。

(1) Ich (　　　　) enttäuscht.

　　我很失望。【enttäuscht 失望的】

(2) Das Kind (　　　　) noch klein.

　　那個孩子還小。【s Kind 孩子、noch 仍然】

(3) (　　　　) ihr schon fertig?

　　你們完成了嗎？【schon 已經、fertig 完成的】

(4) (　　　　) Sie zufrieden?

　　您滿意嗎？【zufrieden 使滿意】

練習題 6b

請使用動詞 sein 完成句子：請對照中文翻譯，在（　）中填入配合主詞的動詞變化。

(1) (　　　　) du auch neu hier?

　　你也是新來的嗎？【neu 新來的】

(2) Sie (　　　　) IT-Spezialistin.

　　她是資訊科技工程師。【e IT-Spezialistin 資訊科技工程師】

(3) (　　　　) ihr Japaner?

　　你們是日本人嗎？【d Japaner：r Japaner 日本人】

(4) (　　　　) Sie hier auch Mitglied?

您也是這裡的會員嗎？【auch 也，s Mitglied 會員】

練習題 6c

請使用動詞 sein 完成句子：請對照中文翻譯，在（ ）中填入配合主詞的動詞變化。

(1) Warum (　　　　) das so?

為什麼會這樣？【warum 為什麼】

(2) Wo (　　　　) der Ausgang?

出口在哪裡？【r Ausgang 出口】

(3) Warum (　　　　) Sie alle hier?

為什麼您們都在這裡？【alle 所有】

(4) Wie (　　　　) das möglich?

這怎麼有可能呢？【wie 如何、möglich 可能的】

練習題 6d

請使用動詞 haben 完成句子：請對照中文翻譯，在（ ）中填入配合主詞的動詞變化。

(1) Wir (　　　　) Durst.

我們口渴了。【r Durst 口渴】

(2) (　　　　) du etwas Zeit?

你有空嗎？【etwas 一點，e Zeit 時間】

(3) Er (　　　　) wirklich Mut.

他真的很勇敢【wirklich 真的，r Mut 勇氣】

(4) Sie (　　　　) alle Angst.

他們都很害怕。【alle 所有的人，e Angst 害怕】

練習題 6e

請使用動詞 haben 完成句子：請對照中文翻譯，在（　）中填入配合主詞的動詞變化。

(1)　Er (　　　　) die Qualifikation.

　　他有那個資格。【 e Qualifikation 資格 】

(2)　(　　　　) du die Informationen?

　　你有資訊嗎？【 d Informationen：e Information 資訊 】

(3)　(　　　　) ihr das Passwort?

　　你們有密碼嗎？【 s Passwort 密碼 】

(4)　(　　　　) Sie die Dokumente?

　　您有文件嗎？【 d Dokumente：s Dokument 文件 】

練習題 6f

請使用動詞 haben 完成句子：請對照中文翻譯，在（　）中填入配合主詞的動詞變化。

(1)　(　　　　) du ein Haustier?

　　你有寵物嗎？【 s Haustier 寵物 】

(2)　Er (　　　　) eine Katze.

　　他有一隻貓。【 e Katze 貓 】

(3)　Sie (　　　　) eine Frage

　　她有個疑問。【 e Frage 疑問 】

(4)　(　　　　) Sie einen Termin?

　　您有預約嗎？【 r Termin 預約 】

請使用動詞 haben 完成句子：請對照中文翻譯，在（ ）中填入配合主詞的動詞變化。

(1) Wo (　　　　　) Sie Schmerzen?

您哪裡疼？【d Schmerzen：r Schmerz 痛苦】

(2) Wieso (　　　　　) er das?

他為什麼有這個？【Wieso 為什麼】

(3) Wo (　　　　　) du den Schlüssel?

你把鑰匙放到哪裡去了？【r Schlüssel 鑰匙】

(4) Wo (　　　　　) ihr das Material?

你們把資料放哪了？【s Material 材料，資料】

動詞的位置

2_07_1

Nur abends trinkt sie Kräutertee.
只有在晚上她才喝花草茶。

在查德語字典時，字典上面的動詞基本形式通常被稱為**原形動詞**，而與之相對的是，當動詞放在句子中時，會根據主詞的不同，而適當地依各人稱改變動詞的形態，這通常被稱為「**動詞變化**」。在德語中，**依人稱做變化的動詞**就如同句子結構的核心，其所處位置完全取決於句子的類型。在本章中，我們會更深入地研究「動詞」在句子中應有的位置。

動詞的位置

動詞的位置由句子的類型決定。

a) 第一個位置（放句首）：是非疑問句（沒有疑問詞）
b) 第二個位置　　　　　：直述句、疑問詞疑問句

在是非疑問句中，動詞放在句首，而疑問詞疑問句要按照「疑問詞＋動詞＋其他字詞」的順序來排列，這裡需要留意的是，上述 b) 所指之直述句「第二個位置」的規則，此「第二個位置」並非指放在句子第二個位置的單字，而是指在句子結構中的第二個元素，例句如下。

⇨ <u>Er</u> <u>trinkt</u> nur abends Kaffee.
　　1　　2
他只在晚上喝咖啡。【nur 只，僅】

⇨ <u>Nur abends</u> <u>trinkt</u> er Kaffee.
　　1　　　　　2
只有在晚上他才喝咖啡。

如上面第二個例句，動詞單字 trinkt 放在第三個位置，但在整個句子結構中卻是第二個元素，主要是因為詞組 nur abends（只在夜晚）是無法分割的構成要素。

動詞在第二個位置

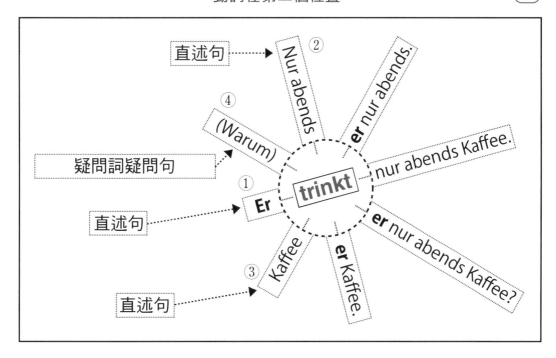

（warum 為什麼→Warum trinkt er nur abends Kaffee? 為什麼他只在晚上喝咖啡？）

同樣地，在 Die Zentrale der Firma ist in Singapur.「我們的總部在新加坡」（*e* Zentrale 總部，*e* Firma 公司）此句型中，我們可以看到 die Zentrale der Firma（公司總部）被視為一個構成要素，因此動詞依規則被放在句子結構中的第二個位置。（因此，如果 die Zentrale der Firma 改成代名詞，上面的句子自然就會變成 Sie ist in Singapur.「她在新加坡。」的句子。正如例句中所示，當德語使用代名詞的時候，用 er 表示名詞是陽性的，sie 則表示其名詞是陰性的，當然 es 表示該名詞是中性的。）

在直述句中將**動詞放在第二位置**，是德語句子的一大特點，無論如何都要嚴格地遵守此規則。因而，儘管一句平實的直述句出現像下面例句這樣語序上的變化時，**動詞依然放在第二位置**。不過因為語序的改變，句子的語感也會稍微有些不同。以下我們從例句 Er spielt immer donnerstags Tennis.「他總是在星期四打網球」及其相關的句子，來觀察這些句子在結構上的變動。（本書用不同的翻譯方式，以便讓您了解句子之間的差異。）

1) Er spielt immer donnerstags Tennis.

他總是在星期四打網球。

2) Donnerstags spielt er immer Tennis.

星期四他總是在打網球。

3) Tennis spielt er immer donnerstags.

說到網球他都是星期四去打。

基本上，放在句首的元素就如同「聚光燈」一樣，被放在動詞的左側，以顯示句子的主題是什麼。之所以會如此，會在之後的從句（第 20 章）時加以細說。

 練習題

練習題 7a

請依照指示變動德文句子的語序，以完成句子。

(1) Sie übt nachmittags Klavier.

她下午練習鋼琴。【üben 練習，nachmittags 下午，s Klavier 鋼琴】

句首為「下午」→Nachmittags ___

句首為「鋼琴」→Klavier ___

(2) Sie schreibt bald eine Antwort.

她馬上會寫信回覆。【bald 很快、 e Antwort 回覆】

句首為「馬上」→ ___

句首為「回覆」→ ___

(3) Ich schlafe morgen früh bis 10.

我會睡到明天早上十點。【schlafen 睡覺，morgen früh 明天早上，bis 10 直到十點】

句首為「明天早上」→ ___

句首為「直到 10 點」→ ___

(4) Wir machen bis nächste Woche einen Plan.

我們將在下星期前製訂出一個計畫。【machen 製作，bis nächste Woche 直到下週，r Plan 計畫】

句首為「直到下星期」→ ___

句首為「計畫」→ ___

(5) Ich bleibe einen Monat lang hier.

我會在這裡待一個月。【bleiben 停留，einen Monat lang 一個月】

句首為「一個月」→ _____

句首為「在這裡」→ _____

練習題 7b
·······················
請對照中文翻譯，使用【　】內提示的單字，來完成以下是非疑問句。

(1) (　　　　) (　　　　) (　　　　) teuer?

那本書貴嗎？【s Buch 書，teuer 貴】

(2) (　　　　) (　　　　) (　　　　) Eigentumswohnung?

（我們）買房好嗎？【e Eigentumswohnung 公寓】

(3) (　　　　) (　　　　) vielleicht eine Idee?

你是否有什麼想法？【vielleicht 也許，是否，e Idee 主意】

(4) (　　　　) (　　　　) (　　　　) gut?

音樂好聽嗎？【e Musik 音樂，klingen 發出聲音，聽起來～，gut 好的】

練習題 7c
·······················
請對照中文翻譯，使用【　】內提示的單字，來完成以下疑問詞疑問句。

(1) (　　　　) (　　　　) denn so etwas?

誰會說這樣的話？

【wer 誰，sagen 說，denn 到底，so etwas 這樣的事情】

(2) (　　　　) (　　　　) (　　　　) eigentlich?

您到底住在哪裡？【wo 在哪裡，wohnen 居住，eigentlich 到底】

(3) (　　　　　) (　　　　　) (　　　　　) mich das?

您為什個問我那件事？【wieso 為什麼，jn fragen 對某人 4 質問 →Ich frage dich. 我問你。】

(4) (　　　　　) (　　　　　) (　　　　　) noch nicht?

您還不認識誰呢？【wen 誰，kennen 知道，noch nicht 還沒有】

練習題 7d

請對照中文翻譯，使用【　】內提示的單字，來完成以下句子。

(1) (　　　　　) (　　　　　) ich (　　　　　) Brief?

我要用什麼寫那封信？【womit 用什麼，schreiben 寫，r Brief 信】

(2) (　　　　　) (　　　　　) denn das Tablet?

那台平板電腦到底在哪裡？

【wo 在哪裡，denn 到底，s Tablet 平板電腦】

(3) (　　　　　) (　　　　　) das nicht?

為什麼無法運作？【wieso 為什麼，funktionieren 運作】

(4) (　　　　　) Akku ist leider alle.

可惜電池沒電了。【r Akku 電池，leider 遺憾，可惜，alle 用完，用盡】

Lektion 8

2_08_1

名詞的複數形式

Wir haben viele Freunde.
我們有很多朋友。

　　如同許多歐洲語言一樣，德語對於兩個以上的人事物也有相對應的複數名詞。英語中，除了一些例外，一般是在單數名詞的字尾加上 -s 或 -es，變成複數名詞。而德語主要是在單數名詞後面加上「-e」、「-er」、「-(e)n」、「-s」這四種字尾，以及不加上字尾（如單數和複數同形）共計五種複數名詞字尾（參照下一頁的列表）。

複數名詞與定冠詞

　　如先前曾解說過的，在冠詞的變格中，複數名詞於文法上的性別會消失，即無法透過冠詞來推測其陰陽中性，且定冠詞從第一格到第四格，皆做同一套的變化，即第一格皆為 die，第二格皆為 der，第三格皆為 den，第四格皆為 die。另外，在第三格的名詞後面須加上字尾「-n」（但是複數第一格位的形態若是簡寫字（例如 USA）或是以「-s」或「-n」結尾時，則第三格的名詞語尾可以不加「-n」）。

如何構成複數名詞

　　如何構成複數形，並沒有簡單的規則。一開始可能會讓您覺得很麻煩，但是只要當你習慣規則時，以後就能靠直覺直接推出這些變化了，所以我們慢慢來學習吧。在字典中所列出的每個名詞複數形式，通常都會用如「-e」、「-er」、「-n」或「-s」等的縮寫來表示字尾的複數形變化。這裡的「-」記號是表示名詞的單數形式。因此，當您在字典看到「-e」時，這意味著，在單數名詞後面加上字尾「-e」，可使該單數名詞變成複數名詞。
r Hund（狗）[-e] ⇨ *d* Hunde

同理，若看到「-en」，即表示在單數名詞後面加上語尾「-en」，就可變成複數形式的名詞。

r Staat（國家）[-en] ⇨ d Staaten

如果只標示「-」的情況，表示該名詞後面不加上任何字母，即該名詞的單數及複數形式相同。

r Kuchen（蛋糕）[-] ⇨ d Kuchen

此外，複數名詞的語尾為「-」、「-e」和「-er」的形式時，有時該單字重的母音需變音。在字典中會以「ᴗ」「ᴗe」和「ᴗer」標記。

Mutter（母親）「ᴗ」 ⇨ Mütter
Hand（手）「ᴗe」 ⇨ Hände
Land（國家）「ᴗer」 ⇨ Länder

複數形式 構成方法	字典 標示	母音 變音	單數 第一格	複數 第一格
字尾不變	-	無	der Onkel（叔叔）	die Onkel
	ᴗ	有	die Mutter（母親）	die Mütter
+e	-e	無	das Jahr（一年）	die Jahre
	ᴗe	有	der Arzt（醫師）	die Ärzte
+er	ᴗer	有	das Haus（家）	die Häuser
+(e)n	-n	無	die Katze（貓）	die Katzen
	-en	無	die Frau（女人）	die Frauen
+s	-s	無	der Park（公園）	die Parks
+er	-er	無	das Bild（圖像）	die Bilder

*註：女性職稱，例如 die Lehrerin（女老師）、die Studentin（女學生）的複數都是「字尾＋nen」。即 die Lehrerinnen、die Studentinnen。

陽性弱變化名詞

有極少數陽性名詞會產生特殊的變化，這些名詞的特徵是，除了第一格單數以外的所有名詞（從第二格單數到第四格複數）都以「-en」結尾。之所以稱為「弱變化」，是因為這些名詞雖然產生了字尾變化，但各格位之間看起來並沒有多大的差異。如下表所示。

	單數	複數
第一格	der Mensch（人類）	die Menschen
第二格	des Menschen	der Menschen
第三格	dem Menschen	den Menschen
第四格	den Menschen	die Menschen

這一類的主要陽性名詞如下：

Assistant（助手）、Automat（自動販賣機）、Franzose（法國人）、Junge（男孩）、Kollege（同事）、Kunde（顧客）、Löwe（獅子）、Mensch（人類）、Neffe（侄子）、Philosoph（哲學家）。以及其他以 -ist/-ent/-e 結尾的陽性名詞（只有 Käse「起司」例外）：Journalist（記者）、Pianist（鋼琴家）、Polizist（警察）、Tourist（觀光客）、Dirigent（指揮者）、Patient（患者）、Präsident（總統）、Affe（猴子）等。

特殊變化的名詞

「Herr」、「Name」和「Herz」雖然是經常被使用的名詞，但它們與陽性弱變化名詞的變化類似，會進行特殊的語尾變化。

		r Herr（男性）	r Name（姓名）	s Herz（心臟）
單數	第一格	der Herr	der Name	das Herz
	第二格	des Herrn	des Namens	des Herzens
	第三格	dem Herrn	dem Namen	dem Herzen
	第四格	den Herrn	den Namen	das Herz

複數	第一格	die Herren	die Namen	die Herzen
	第二格	der Herren	der Namen	der Herzen
	第三格	den Herren	den Namen	den Herzen
	第四格	die Herren	die Namen	die Herzen

在其他源自希臘文和拉丁文的單字中，也可以觀察到一些進行特殊複數形變化的例子。例如：*s* Museum（博物館）→Museen、*s* Lexikon（百科全書）→Lexika、*e* Firma（公司）→Firmen 等。

> 德語中一些名詞固定只有複數形式。如 *d* Eltern（父母）、*d* Geschwister（兄弟姐妹）、*d* Leute（人）、*d* Ferien（假期）等。另外，有些名詞雖是單數形卻有複數的意思。如 *s* Obst（水果）、*s* Gemüse（蔬菜）等。還有一些不能單獨計算的抽象名詞如 *r* Durst（口渴）、*r* Hunger（飢餓）、*s* Fieber（發燒）、*r* Ärger（憤怒），以及物質名詞如 *e* Milch（牛奶）、*e* Butter（奶油）等這類名詞都是沒有複數形式。

如何查字典

讓我們來學習如何從字典中查名詞的複數形式。通常，在字典中查找名詞時，會在單字旁看到如下的符號。

Freund 【ˋfrɔynd】 m. -(e)s / -e ① 朋友…
↑ ↑ ↑ ↑ ↑ ↑
單字 發音 性別 單數形第二格 複數形 意思

我們依順序來看。首先是單字本身 Freund，然後是音標【ˋfrɔynd】，再來是名詞的性別。陽性、陰性和中性的性別分別用「m、f、n」或是「陽、陰、中」來標記（本書用 *r*、*e* 和 *s* 標記）。接著是單數形式第二格的字尾，這裡標記單數第二格字尾，是為了表示該名詞後面要加上字尾 -s 或 -es。（陰性第二格名詞不用加上字尾，故通常省略其標示）上面所示的 e 出現在括號中，表示該字尾可加 e 也可不加。最後在斜線之後的是複數

名詞第一格的語尾 -e。如上面所提過的「陽性弱變化名詞」，以「Student [ʃtu`dɛnt] m. -en / -en ①大學生...」為例，Student 為陽性名詞，在單數第二格時不加字尾「-(e)s」，而是加上「-en」，同時其複數形也是加上相同的字尾「-en」，由此可知 Student 為陽性弱變化名詞（部分字典會明確記載）。

關於複合名詞

除了名詞以外，名詞通常也會與動詞、形容詞等其他詞類連結，構成複合詞（參照以下例子）。這類複合詞的「數量」、「性別」以連結時放在後面的名詞為基準。也就是說，最後的字詞為陰性名詞則複合後的詞為陰性名詞，同理最後的名詞為複數時則該複合後的詞亦為複數。

> 例　s Tennis（網球）＋ r Schläger（球拍）＝r Tennisschläger（網球拍）
>
> r Sommer（夏天）＋ d Ferien（假期）＝ d Sommerferien（暑假）

> 當我們要記名詞時，如第 3 章所述連同定冠詞一併記住。如 der Wagen 一輛汽車，die Tür 一扇門，das Haus 一棟房子等等這樣的方式來記住。在本書中，我們以陽性「r」、陰性「e」和中性「s」字母表記，由於 r、e、s 是從每個性別的定冠詞第一格的字尾取出來用的，這樣會讓我們對定冠詞比較容易留下印象。而複數之所以用「d」表記，其原因是爲避免與陰性的語尾「e」重疊，由於複數形式的名詞數量不多，對學習不致於產生負擔。

 練習題

2_08_2

練習題 8a

請參考 [ ] 中的標示，將單字改爲複數形後填進（ ）內。

(1)　r Hund 狗 [-e]

　　Die (　　　　　) bellen.

　　狗吠叫。【bellen 吠叫】

(2)　r Monat 月份 [-e]

　　Drei (　　　　　) sind um.

　　三個月過去了。【um 過去】

(3)　e Nacht 夜晚 [¨e]

　　Die (　　　　　) sind noch kühl.

　　晚上還是冷。【noch 還是、 kühl 涼的】

(4)　r Topf 鍋子 [¨e]

　　Die (　　　　　) sind aus Aluminium.

　　鍋子是由鋁製成的。【aus 由~製成】

練習題 8b

請參考 [ ] 中的標示，將單字改爲複數形後填進（ ）內。

(1)　s Haus 房子 [¨er]

　　Das sind (　　　　　) aus Stein.

　　這些是石頭屋。【r Stein 石頭】

(2)　s Kind 孩子 [-er]

　　Hier spielen die (　　　　　) gern.

　　孩子們喜歡在這裡玩耍。

　　【hier 這裡，spielen 玩耍，gern 樂意⇨詳見 p.28】

(3) s Band 絲帶 [⸚er]

Die (　　　　) sind lose.

絲帶解開了。【lose 解開的，鬆開的】

(4) s Licht 燈光 [-er]

Die (　　　　) sind an.

燈亮著。【an 打開的】

練習題 8c

請參考 [ ] 中的標示，將單字改爲複數形後填進（ ）內。

(1) e Fabrik 工廠 [-en]

Überall stehen nur (　　　　).

到處都是工廠。【überall 到處都是、 stehen 建立，存在】

(2) e Amsel 烏鶇 [-n]

Abends singen hier besonders die (　　　　).

晚上的時候，這一帶的烏鶇特別會叫。

【abends 晚上、 singen 唱歌、besonders 尤其】

(3) r Junge 少年 [-n]

Die (　　　　) spielen Fußball.

男孩們正在踢足球。【spielen 玩、打（球）、 r Fußball 足球】

練習題 8d

請參考 [ ] 中的標示，將單字改爲複數形後填進（ ）內。

(1) s Auto 汽車 [-s]

Hier parken viele (　　　　).

這裡停著很多車。【parken 停車、 viele 很多的】

(2) *r* PC [-s]

Die (   ) sind alle ganz neu.

這些 PC 電腦全是新的。【alle 所有 ganz 很、全部 neu 新的】

(3) *e* Schlange 蛇 [-n]

Hier sieht man manchmal (   ).

這裡有時會看到蛇。【sieht 看到（sehen 的第三人稱單數形式。詳見 p.71）、manchmal 有時】

練習題 8e
....

請參考 [ ] 中的標示，將單字改為複數形後填進 （ ） 內。

(1) *r* Platz 座位 [˸e]

Die (   ) sind besetzt.

這些座位都被佔用了。【besetzt 佔據的】

(2) *e* Tomate 番茄 [-n]; *e* Gurke 黃瓜 [-n]

(   ) und (   ) sind wieder billig.

蕃茄和黃瓜也比較便宜。【wieder 再次、又、billig 便宜的】

(3) *e* Orange 柳橙 [-n]; *e* Kiwi 奇異果 [-s]

Bitte drei (   ) und zwei (   ).

請給我三個柳橙和兩個奇異果。【bitte 請、 drei 三、 zwei 二】

(4) *e* Tochter 女兒 [˸er]

Sie haben drei (   ).

他們有三個女兒。【drei 三】

動詞的用法・現在式 2（不規則動詞）

Lektion 9

2_09_1

Schläft das Kind noch? 孩子還在睡嗎？

不規則動詞

德語中大約有 200 個不規則動詞。所謂不規則動詞，就如同我們所熟悉的英文，在過去式和過去分詞的變化中不以規則模式進行變化的動詞（⇨第 24 章）。而這些不規則動詞中，大約有 50 個動詞在現在式的人稱變化裡，還會出現兩個稍微變化母音的地方（du 和 sie/er/es）。正因這樣的變化經常使用，所以我們要徹底記住並熟悉這幾個動詞的變化。在本章我們就來熟悉這些會產生母音變化的不規則動詞。母音變化大致可分為兩種形式，請見以下說明。

1) 母音 a 變為 ä：在 du 和 er 的情況時。

例：ich fahre、du fährst、er/sie/es fährt、wir fahren、ihr fahrt、sie/Sie fahren

2) 母音 e 變為 i(e)：在 du 和 er 的情況時。

例：ich gebe、du gibst、er/sie/es gibt、wir geben、ihr gebt、sie/Sie geben

1) a → ä 的不規則動詞

	fahren（開車）	schlafen（睡覺）	waschen（洗）
ich	fahre	schlafe	wasche
du	fährst	schläfst	wäschst

	fahren（開車）	schlafen（睡覺）	waschen（洗）
er/sie/es	fährt	schläft	wäscht
wir	fahren	schlafen	waschen
ihr	fahrt	schlaft	wascht
sie/Sie	fahren	schlafen	waschen

　　屬於這種類型的其他動詞有 fallen（跌倒）、fangen（抓）、gefallen（喜歡）、halten（保持、停止）*、lassen（讓）*、tragen（攜帶；穿戴），wachsen*（成長）等（以上標有 * 記號的動詞，請參照下面 3) 的說明）。

2) e → i(e) 的不規則動詞變化

	helfen（幫助）	sehen（看見）	geben（給）
ich	helfe	sehe	gebe
du	hilfst	siehst	gibst
er/sie/es	hilft	sieht	gibt
wir	helfen	sehen	geben
ihr	helft	seht	gebt
sie/Sie	helfen	sehen	geben

　　屬於這種類型的其他動詞有 essen*（吃），lesen*（讀），nehmen*（拿→相當於英語的 take），sprechen（說），treffen（撞到某物 4，遇到某人 4）。vergessen*（忘記），versprechen（承諾），brechen（破碎），empfehlen（推薦）等（標有 * 記號的動詞，請參照下面 3) 的說明）。

3) 需要注意的動詞

　　以下動詞除了需要注意母音變化外，還需要注意其字尾變化。

	halten（保持）	essen（吃）	nehmen（拿）	stoßen（碰撞）
ich	halte	esse	nehme	stoße
du	hältst	**isst**	**nimmst**	**stößt**
sie/er/es	**hält**	isst	**nimmt**	**stößt**
wir	halten	essen	nehmen	stoßen
ihr	haltet	esst	nehmt	stoßt
sie/Sie	halten	essen	nehmen	stoßen

*halten（保持）在人稱 sie/er/es 時，不會出現其他動詞在做此人稱變化的字尾「-t」。

**essen（吃）在人稱 du 時，不會出現其他動詞在做此人稱變化的字尾「-st」中的「-s」。對於語幹結尾是「s」的動詞很常見，例如 lassen（製作）、lesen（閱讀）、vergessen（忘記）和 wachsen（成長）。

***nehmen（拿）在人稱 du 和 sie/er/es 時，會去掉語幹中的 h 並插入 m。而正因為去掉 h，母音會變成短母音。

****stoßen（碰撞）在人稱 du 和 sie/er/es 時，會發生母音變音。

如何查字典

　　對於以上這種在做動詞變化時會產生差異極大變化的動詞，字典除了解釋單字的意思之外，還會特別標註動詞的變化。此外，各位也可以去翻閱字典後面所附的不規則動詞變化表中，可以去注意一下「現在式」那一欄中關於這些動詞的變化。

 **練習題**

練習題 9a

請使用指示的動詞完成句子：請對照中文翻譯，在（ ）中填入正確的動詞變化。

(1) fahren（開車）→（ ） du gern nachts?

你喜歡晚上開車嗎？【gern 喜歡、nachts 在夜晚】

(2) fallen（掉落）→Der Apfel（ ） nicht weit vom Stamm.

蘋果掉落時，不會掉在離樹太遠的地方。（相當於諺語：有其父必有其子）【r Apfel 蘋果、nicht 不、weit 遠、r Stamm 樹幹】

(3) schlafen（睡眠）→Er（ ） jetzt.

他現在在睡覺。【jetzt 現在】

(4) waschen（洗）→（ ） du heute noch?

你今天還要洗衣服嗎？【heute 今天、noch 仍然】

練習題 9b

請使用指示的動詞完成句子：請對照中文翻譯，在（ ）中填入正確的動詞變化。

(1) geben（給）→（ ） du mal bitte die Butter?

你能給我一些奶油嗎？【mal 一點、 e Butter 奶油】

(2) helfen（幫助）→（ ） du den Kindern?

你會向孩子們伸出援手嗎？【d Kinder：s Kind 小孩】

(3) sprechen（說話）→Sie（ ） immer deutlich.

她說話總是很清楚。【deutlich 清楚地】

1 德語字母與發音

2 德語文法與練習題

3 解答篇

4 不規則動詞變化表

(4) brechen（破碎）→Vorsicht! Das (　　　　) leicht!

警告！它很快就會壞掉！【Vorsicht! 警告！，leicht 輕易地，容易地】

練習題 9c

請使用指示的動詞完成句子：請對照中文翻譯，在（　）中填入正確的動詞變化。

(1) halten（停止）→Der Zug (　　　　) hier nicht.

列車這裡不停。【r Zug 列車】

(2) essen（吃）→ (　　　　) du das nicht gern?

你不喜歡吃這個嗎？【gern 喜歡】

(3) nehmen（拿；點）→ (　　　　) du Rot- oder Weißwein?

你要紅酒還是白酒？【r Rotwein 紅酒、oder 或是、r Weißwein 白酒】。

*當兩個並列的複合名詞的後半部相同時，如 Rotwein 和 Weisswein，請用上面例句一樣的寫法。

(4) vergessen（忘記）→Sie (　　　　) immer alles.

她總是忘得一乾二淨。【alles 全部的事物】

指示冠詞・否定冠詞・所有格冠詞

Die Katze hier ist unser Haustier.
這隻貓是我們的寵物。

1 德語字母與發音

2 德語文法與練習題

3 解答篇

4 不規則動詞變化表

類似定冠詞與不定冠詞的冠詞

　　冠詞除了有定冠詞和不定冠詞之外，還有其他「能增添細微語感差異」的冠詞。例如 die Katze（那隻貓）和 diese Katze（這裡的貓）、der Hund（這隻狗）和 dieser Hund（這裡的狗）等，這些用法能夠進一步限定對象（相當於英文 the 和 this 的差異）。接下來我們一個個來看隸屬於冠詞之下的其他各個類別。依用法與變化的不同，主要分為「指示冠詞」及類似不定冠詞的「否定冠詞、所有格冠詞」這兩種。

指示冠詞（類似定冠詞的變格）

　　就跟冠詞一樣放置於名詞之前，但可表示具體特有意義、名詞的陰陽性、單複數及格位。格位變化的模式與定冠詞相當相似。下面我們就以 dieser（相當於英語的 this）的變化為例，透過表格來了解吧！

	陽性名詞	陰性名詞	中性名詞	複數
	這裡的狗	這裡的貓	這裡的孩子	這裡的人們
第一格	dieser Hund	diese Katze	dieses Kind	diese Leute
第二格	dieses Hund(e)s	dieser Katze	dieses Kind(e)s	dieser Leute
第三格	diesem Hund	dieser Katze	diesem Kind	diesen Leuten
第四格	diesen Hund	diese Katze	dieses Kind	diese Leute

以下來跟定冠詞的變格做比較吧。

	陽性		陰性		中性		複數	
第一格	der	dieser	die	diese	das	dieses	die	diese
第二格	des	dieses	der	dieser	des	dieses	der	dieser
第三格	dem	diesem	der	dieser	dem	diesem	den	diesen
第四格	den	diesen	die	diese	das	dieses	die	diese

是否發現，只有中性第一格和第四格中的 dieses 和定冠詞 das 的詞尾不同，要多加注意。

指示冠詞有以下這些。

dieser（這個～）

⇨Kennen Sie diesen Sänger nicht?

　您不認識這位歌手嗎？【kennen 知道、 r Sänger 歌手】

solcher（像那樣的～）

⇨Solche Sachen esse ich gern.

　我喜歡吃那樣的東西。【d Sachen：e Sache 東西】

welcher（哪一個～）

⇨Welches Getränk nehmen Sie?

　您想喝哪種飲料?【s Getränk 飲料、 nehmen 拿；點】

jeder（每個～）

⇨Jeder Besucher ist hier willkommen.

　這裡歡迎每一位訪客。【r Besucher 訪客、 willkommen 歡迎】

類似不定冠詞的其他冠詞：否定冠詞、所有格冠詞（類似不定詞冠詞的變格）

1) 否定冠詞 kein

　kein 是不定冠詞 ein 的否定形式。相當於英文的 no（如 no idea、no

books 等）。也就是說，kein 可以看作是代表「沒有」的冠詞。例如當有人問你，Hast du eine Idee?（你有什麼想法嗎？），如果有想法的話就回答 Ja, ich habe eine Idee.。如果沒有想法的話，就可以回答 Nein, ich habe keine Idee.（＝零想法)。

	陽性名詞	陰性名詞	中性名詞	複數
	沒理由	沒時間	沒錢	沒兄弟姊妹
第一格	kein Grund	keine Zeit	kein Geld	keine Geschwister
第二格	keines Grunds	keiner Zeit	keines Geldes	keiner Geschwister
第三格	keinem Grund	keiner Zeit	keinem Geld	keinen Geschwistern
第四格	keinen Grund	keine Zeit	kein Geld	keine Geschwister

以下來跟不定冠詞的變格做比較吧。

	陽性		陰性		中性		複數	
第一格	ein	kein	eine	keine	ein	kein	—	keine
第二格	eines	keines	einer	keiner	eines	keines	—	keiner
第三格	einem	keinem	einer	keiner	einem	keinem	—	keinen
第四格	einen	keinen	eine	keine	ein	kein	—	keine

Ich habe keine Zeit und kein Geld.

我沒有時間也沒有錢。【 e Zeit 時間、s Geld 金錢】

Haben Sie keinen Führerschein?

您沒有駕照嗎？【 r Führerschein 駕照】

★根據 kein 和 nicht 的否定句

當要否定名詞時，若要否定的名詞是特定的事物（即帶有定冠詞的名詞），那麼就要在該名詞前放置 nicht。但是，如果要否定的是不指定的一般事物（即帶有不定冠詞的名詞或無冠詞的名詞），則要在該名詞前放置 kein。

⇨Ich habe nicht die Zeit. （我沒有那個時間。） 🎧

⇨Ich habe keine Zeit. （我沒時間。）

2) 所有格冠詞

　　「所有格冠詞」指的是表達所屬關係的用詞，像是「我的~」、「你的~」等。雖然在英語中有所謂的「所有格人稱代名詞」，如 my、your、his、her 等），但在德語中，這些用法是由冠詞來表達。換言之，就如同德語的不定冠詞是表示「任一的~」，定冠詞表示「這個~」一樣意思，所有格冠詞本身即表示所屬關係、具有「你的」「她的」等意義的冠詞。由此可知，由於所有格冠詞是「冠詞」，所以會根據其後名詞的**性別**、**數量**、**格位**而變化。

Mein Flug geht morgen. 🎧

我的航班明天起飛。（我是明天的航班）【r Flug 航班】

Ich buche morgen meinen Flug.

我明天要預訂我的機位。【buchen 預訂】

　　讓我們以 Katze（貓：陰性名詞）為例，來對比以上這些冠詞的變化。

	定冠詞 （那個）	不定冠詞 （任一的）	否定冠詞 （沒有的）	所有格冠詞 （我的）
第一格	die	eine	keine	meine
第二格	der	einer	keiner	meiner
第三格	der	einer	keiner	meiner
第四格	die	eine	keine	meine

Katze

所有格冠詞的一覽表如下所示。

我的	你的	她的	他的	它的	您的
mein	dein	ihr	sein	sein	Ihr
我們的	你們的	他們的			您們的
unser	euer	ihr			Ihr

與不定冠詞的變格比較如下。

	陽性		陰性		中性		複數	
第一格	ein	mein	eine	meine	ein	mein	—	meine
第二格	eines	meines	einer	meiner	eines	meines	—	meiner
第三格	einem	meinem	einer	meiner	einem	meinem	—	meinen
第四格	einen	meinen	eine	meine	ein	mein	—	meine

否定冠詞、所有格冠詞的變格，與不定冠詞的完全相同。但是不定冠詞有「任一的」的意思在，所以沒有複數形式，而所有格冠詞的複數變化則與指示冠詞相同（=與定冠詞的變化大致相同）。

另外，當「euer」在變化字尾時，要注意它會有如下的變化（r 前面的 e 在某些情況會脫落）。

	第一格	第二格	第三格	第四格
陽性	euer	eures	eurem	euren
陰性	eure	eurer	eurer	eure
中性	euer	eures	eurem	euer
複數	eure	eurer	euren	eure

Das ist meine Familie.

這是我的家人。【e Familie 家庭/家人】

Wo wohnen deine Eltern?

你的父母住在哪裡？【d Eltern 父母】

Ihr Bruder studiert noch.

她的弟弟還在念書。【r Bruder 兄弟、 studieren 學習】

Das hier ist ein Foto seines Elternhauses.

這是他父母家的照片。【s Foto 照片、 s Elternhaus 父母的家】

Ist das Ihre Tasche?

這是您的皮包嗎？【e Tasche 皮包】

Das ist unser Kirschbaum.

這是我們的櫻桃樹。【r Kirschbaum 櫻桃樹】

Habt ihr eure Sonnenbrillen?

你們有太陽眼鏡嗎？【d Sonnenbrillen：e Sonnenbrille 太陽眼鏡】

Ihre Adresse kennen wir nicht.

我們不知道她的地址。【e Adresse 地址】

Wo verbringen Sie Ihren Urlaub?

您在哪裡渡假?【verbringen 渡過、r Urlaub 假期】

 **練習題**

2_10_2

練習題 10a

請使用指示的單字完成句子：請對照中文翻譯，將題目指示的冠詞進行變格並填入（　）中。

(1) dieser→Wem gehört (　　　　　) Hund?

這是誰的狗？

【wem 給誰→請參考第 30 章、jm gehören 屬於某人[3]、r Hund 狗】

(2) welcher→ (　　　　　) Instrument spielst du?

你在玩什麼樂器？【s Instrument 樂器】

(3) solcher→ (　　　　　) Freunde sind ein Gottesgeschenk.

這樣的朋友是上天賜予的禮物。

【d Freunde：r Freund 朋友、s Gottesgeschenk 上天賜予的禮物】

(4) jeder→ (　　　　　) Mitglied hat einen Ausweis.

每個會員都有一張會員卡。【s Mitglied 會員、r Ausweis 身分證】

練習題 10b

請對照中文翻譯，在（　）中填入適當的冠詞。

(1) Heute kommt (　　　　　) Freund.

我朋友今天要來。【heute 今天、r Freund 朋友】

(2) Ist das (　　　　　) Mütze?

這是你的毛帽嗎？【e Mütze 毛帽】

1 德語字母與發音

2 德語文法與練習題

3 解答篇

4 不規則動詞變化表

(3) Leider kennen wir (   ) Adresse nicht.

很遺憾，我們並不知道你們的地址。

【leider 遺憾地、 kennen 知道、 e Adresse 地址】

(4) Nachher essen wir (   ) Apfelkuchen.

我們待會兒要吃你的蘋果蛋糕。

【nachher 待會、 essen 吃、r Apfelkuchen 蘋果蛋糕】

Lektion 11 介系詞1

Das habe ich aus dem Netz.
那是從網路上取得的。

介系詞也是英語中常見的詞類。學習介系詞的困難點在於,每個情境的不同會導致意思微妙的變化。儘管介系詞也有基本意思,但不能僅靠死記,而是要理解使用於各種情境的要領。接下來讓我們先對下圖建立初步印象,以利於之後的學習。

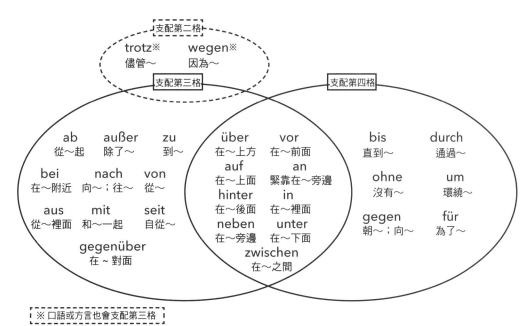

德語主要介系詞的圖表

德語介系詞與格支配

　　學習德語介系詞的關鍵在於一種稱為「介系詞的格支配」的現象，也就是「與介系詞搭配的名詞或代名詞，必須放在特定的格位」的規則。例如，使用介系詞 mit（＝英語 with）時，後面的名詞必須是第三格，例如 mit dem Kind（與那孩子一起）。

　　而 für（＝英語 for）後面接的名詞則必須是第四格，例如 für den Zweck（為此目的）。因此，它們分別被稱作「第三格支配的介系詞」和「第四格支配的介系詞」。這裡所指的名詞的格位，要與本書第三章所述的「名詞的格位」分開來理解，並當成只是一種單純的規則即可。介系詞的格位支配有相當的歷史背景，與學習現代德語無關，這裡就不贅述。下面來看看每組規則的具體用法。常用的介系詞寫在「」內，而介系詞則根據使用情境會呈現不同的意思。如遇到沒學過的成語及慣用句等時，請查字典。（以下的介系詞是按照第二、第三、第四格支配的順序排列，與其使用的頻率無關。例如第二格介系詞在日常對話中很少被使用）

第二格支配的介系詞（搭配第二格名詞的介系詞） 🎧

● während「在~時候、在~期間」

⇨ Er schläft während der Sitzung.

　　他在會議期間睡覺。【e Sitzung 會議】

⇨ Während des Gewitters bleiben wir zu Haus.

　　下雷雨時，我們待在家裡。

　　【s Gewitter 雷雨、bleiben 停留、zu Haus 在家】

● wegen 「由於~」

⇨ Wegen des Regens kommt er heute nicht.

　　因為下雨他今天不來。【r Regen 雨】

● trotz「儘管~」

⇨ Trotz der Gefahr macht er das.

　　儘管有危險，他還是去做。【e Gefahr 危險、 machen 做】

● statt「代替~」

⇨ Statt dieser Musik höre ich lieber etwas anderes.

我換掉這首音樂，更想聽點別的。【e Musik 音樂、 hören 聽、lieber 更喜歡、etwas anderes 別的東西】

第三格支配的介系詞（搭配第三格名詞的介系詞）

● mit「和~一起」

⇨ Wir kommen mit der Familie.

我們和家人一起來。

⇨ Ich mache das mit der Maschine.

我會用那台機器做。【machen 做、 e Maschine 機器】

⇨ Er kommt immer mit dem Bus.

他總是搭公車來。【r Bus 公車】

● aus「從~裡面；從~出來；用~（材料）作」

⇨ Das Wasser kommt aus dieser Quelle.

水從這泉源流出來。【s Wasser 水、e Quelle 泉源】

⇨ Sie kommt aus Shanghai.

她來自上海。

⇨ Das ist nicht aus Holz, sondern alles aus Plastik.

它不是木頭做的，全是由塑料做的。【s Holz 木材、 s Plastik 塑料】

● nach「向～；往～；接著～；按照～」

⇨ Fahren Sie auch nach Deutschland?

您也要去德國嗎？【auch 也、 s Deutschland 德國】

⇨ Nach dem Essen mache ich ein Nickerchen.

吃完飯後我會小睡。【s Essen 吃飯、 machen 做、 s Nickerchen 小睡】

⇨ Wir lernen strikt nach dieser Grammatik.

我們嚴格按照這個文法學習。【lernen 學習、strikt 嚴格地、e Grammatik 文法】

● von「從~、 ~的、根據~、關於~」

⇨ Sie kommt direkt von der Uni.

她直接從大學過來。【direkt 直接地、 e Uni：Universität 大學】

⇨ Der Besitz von Waffen ist illegal.

擁有武器是違法的。【r Besitz 擁有、 d Waffen：e Waffe 武器、 illegal 違法的】

⇨ Das Publikum ist von dieser Sängerin begeistert.

聽眾因這位女歌手而興奮。【s Publikum 聽眾、 e Sängerin 女歌手、 begeistert 興奮的】

⇨ Von dieser Sache hört man hier nie etwas.

這件事當地人沒有聽過。【e Sache 事物、 hören 聽、nie etwas 從未】

介系詞和定冠詞的合併

　　通常介系詞和定冠詞會按以下方式合併：vom＝von dem, zur＝zu der, zum＝zu dem, beim＝bei dem, fürs＝für das, durchs＝durch das, ins=in das, im=in dem, ans=an das, am=an dem。合併前與合併後，兩者意思稍微有些差異，尤其在句子中與動詞搭配使用時可以發現端倪，我們可以透過以下兩例句來發現其微妙之處。例如 Ich gehe zum Arzt.（我去看醫生。）及 Ich gehe zu dem Arzt.（我去看那位醫生。），這兩句之間的差異在於後者更明確指出對象。

● zu「到~、在~的時候」

⇨ Gehst du mit zu der Veranstaltung?

你要一起去那個活動嗎？

【mitgehen 一起去（動詞）、 e Veranstaltung 活動】

⇨ Wir fahren nach Frankfurt zur Oma.

我們要去法蘭克福探望我的祖母。【e Oma 奶奶】

⇨ Zu Weihnachten sind wir wieder alle zusammen.

我們會在聖誕節重聚。【s Weihnachten 聖誕節、wieder 再次、 zusammen 一起】

●bei「在～附近、 在~地點、 在~（某人家）」

⇨ Das Kloster ist gleich bei der Kirche

修道院就在教堂旁邊。【 s Kloster 修道院、gleich 就；正好、e Kirche 教
會】

⇨ Er wohnt bei den Eltern.

他住在父母親的家（他與父母同住）。【 d Eltern 父母】

⇨ Sie arbeitet bei einem Verlag.

她在一家出版社工作。【 r Verlag 出版社】

●seit「自從~」

⇨ Seit Kriegsende ist hier alles wieder normal.

自戰爭結束後，這裡一切又都恢復正常。【 s Kriegsende 戰爭結束、
normal 平常的】

⇨ Dieses Gebäude steht hier seit 200 Jahren.

這座建築已經在這存在兩百年了。【 s Gebäude 建築物、d Jahre：s
Jahr 年】

●ab「從~」

⇨ Ab morgen machen wir Urlaub.

我們從明天開始放假。【 Urlaub machen 去度假】

⇨ Der Zug fährt ab Kiel.

列車從基爾出發。【 r Zug 列車】

第四格支配的介系詞（搭配第四格名詞的介系詞）

●für「為了~、為~交換」

⇨ Das lernt man für die Prüfung.

我們學習是為了考試。【 e Prüfung 考試】

⇨ Wir verkaufen es für 10 Euro.

我們以 10 歐元的價格販售。【 r Euro 歐元】

●durch「通過~」

⇨ Er kommt durch die Tür.

他通過門進來。【e Tür 門】

⇨ Wir gehen durch den Wald.

我們穿過樹林。【r Wald 森林】

●gegen「朝～、反對~、大約~左右」

⇨ Die Fische schwimmen gegen den Strom.

魚逆流而上。【d Fische：r Fisch 魚、r Strom 河流】

⇨ Sie protestieren gegen diese Behandlung.

他們抗議這樣的待遇。【protestieren 抗議、e Behandlung 待遇】

⇨ Wir erwarten Sie gegen 19 Uhr.

我們在晚上 7 點左右等您。【erwarten 等候】

●um「環繞～、在~時間點、 在~的數值」

⇨ Wir fahren um die Stadt herum.

我們開車繞著城市轉。【e Stadt 城市、 herum 繞著】

⇨ Die Bahn fährt um 12 Uhr 15.

火車於中午 12 點 15 分發車。【e Bahn 火車】

⇨ Der Felsen überragt das Haus um 20 Meter.

聳立的岩壁高過房子 20 公尺。【r Felsen 岩壁、überragen 聳立】

●entlang「沿著~（通常放在第四格位之後，但也用於第二格位）」

⇨ Die Straße entlang stehen viele Bäume.

沿路有許多樹木。【e Straße 道路、d Bäume：r Baum 樹木】

⇨ Entlang des Rheins führt ein Radweg.

自行車道沿著萊茵河延伸下去。

【r Rhein 萊茵河、 führen 延伸、r Radweg 自行車專用車道】

●ohne「沒有~」

⇨ Ohne Strom funktioniert dieses Gerät nicht.

沒有供電，此設備無法運作。

【r Strom 電流、funktionieren 運行、s Gerät 機器】

⇨ Diesen Text versteht man auch ohne Übersetzung.

不用翻譯我們也能看懂這篇文章。

【 r Text 文本、verstehen 理解、man 人們、e Übersetzung 翻譯 】

● bis「到~」

⇨ Auf Wiedersehen，bis morgen!

再見，明天見！（直譯：直到明天）【morgen 明天】

⇨ Bis Berlin fahren wir mit dem Zug.

我們將搭乘火車到柏林。

★ bis 通常與其他介系詞一起使用：bis zu...、bis nach...。在這種情況下，名詞的格位變化會根據最後一個介系詞的支配（即 bis 後面的介系詞）。

⇨ Ich lese es bis zum Ende.

我會讀完它。【lesen 讀、s Ende 最後】

⇨ Sie segeln bis nach Amerika.

他們搭帆船航向美國。【segeln 航行】

練習題 11a

請練習以下第三格支配的介系詞：請視情況將適當的語尾填入（　　）內，並翻譯成中文。

(1) Sie fährt mit d(　　　　) Fahrrad.

【 fahren 駕駛；搭乘、 s Fahrrad 自行車 】

_____

(2) Funktioniert das mit dies(　　　　) Batterien?

【 funktionieren 運轉、 d Batterien：e Batterie 電池 】

_____

(3) Die Katze spielt mit d(　　　　) Gummimaus.

【 e Katze 貓、spielen 玩、e Gummimaus 橡膠老鼠 】

_____

(4) Der Zug kommt aus d(　　　　) Tunnel.

【 r Zug 列車、r Tunnel 隧道 】

_____

(5) Dieses Taschenmesser kommt aus d(　　　　) Schweiz.

【 s Taschenmesser 小刀、e Schweiz 瑞士 】

_____

(6) Das stammt aus d(　　　　) Mittelalter.

【 stammen 出生於；來自於、 s Mittelalter 中世紀 】

_____

(7) Das geht nach d(　　　　) Regel.
【gehen 前進；走、 e Regel 規則】

_____

(8) Nach Vertragsabschluss ist keine Änderung möglich.
【r Vertragsabschluss 簽訂合同、e Änderung 變更、möglich 可能的】

_____

(9) Wir fahren nach Zürich.

_____

(10) Das ist von d(　　　　) Herstellerfirma vorgegeben.
【e Herstellerfirma 製造公司、 vorgegeben 預定的】

_____

(11) Diese Information habe ich von ein(　　　　)
Vertrauensperson.
【e Information 資訊、 e Vertrauensperson 值得信賴的人】

_____

(12) Von Köln nach Aachen ist es nicht weit.
【weit 遠的】

_____

(13) Zum Abendessen trinken wir eine Flasche Rotwein.
【s Abendessen 晚餐、 e Flasche 瓶子、 r Rotwein 紅葡萄酒】

_____

(14) Wohin gehen wir? —Nach München zum Olympiapark.

_____

(15) Das wird langsam zu ein(   ) Problem.

【werden 將要；變得、langsam 慢慢地、s Problem 問題】

_____

(16) Sie übernachtet gern bei uns.

【übernachten 過夜】

_____

(17) Beim Einschlafen höre ich gern Musik.

【s Einschlafen 入睡、 hören 聽、 e Musik 音樂】

_____

(18) Das stört beim Arbeiten.

【stören 打擾、 s Arbeiten 工作】

_____

(19) Seit Wochen ist er krank.

【d Wochen：e Woche 週、 krank 生病的】

_____

(20) Seit dies(   ) Zeit haben alle das Wahlrecht.

【alle 所有人、 s Wahlrecht 投票權】

_____

(21) Seit d(   ) Tag sprechen sie nicht mehr miteinander.

【r Tag 一天、sprechen 說話、nicht mehr 不再、miteinander 彼此】

_____

(22) Ab Montag arbeiten wir wieder zusammen.

【r Montag 星期一、wieder 再次、zusammen 一起】

_____

(23) Ab 12 Uhr ist Mittagspause.

【~Uhr ～點鐘、 e Mittagspause 午休】

_____

(24) Der Zug fährt ab München.

【r Zug 列車、 fahren 出發、運行】

_____

練習題 11b

請練習以下第四格支配的介系詞：請視情況將適當的語尾填入（　）內，並翻譯成中文。

(1) Er schreibt für ein(　　　　) Sender und für ein(　　　　) Zeitung.

【schreiben 寫、r Sender 電台、e Zeitung 報社】

_____

(2) Die Schokolade ist für Oma.

【e Schokolade 巧克力】

_____

(3) Der Wind pfeift durch d(　　　　) Fenster.

【r Wind 風、pfeifen 呼嘯吹過、s Fenster 窗戶】

_____

(4) Das geht nur durch Üben und Üben!

【gehen 進行；進展、nur 只、s Üben 練習】

_____

(5) Wir sind gegen solch(　　　　) Politik.

【e Politik 政策】

_____

(6) Gegen 10 Uhr warten wir draußen.

【e Uhr 點鐘、warten 等待、draußen 在戶外】

_____

(7) Das Geschäft ist gleich um d(　　　) Ecke.

【s Geschäft 店鋪、gleich 就在～、e Ecke 角落】

_____

(8) Die Uhr schlägt um Mitternacht.

【e Uhr 時鐘、schlagen 打；敲；響、e Mitternacht 午夜】

_____

(9) Entlang d(　　　) Grenze verläuft eine Straße.

【e Grenze 國境、verlaufen 走向、e Straße 街道】

_____

(10) Dieser Automat funktioniert ohne Bargeld.

【r Automat 自動販賣機、 funktionieren 運作、 s Bargeld 現金】

_____

(11) Ohne Organisation wird es schwierig.

【e Organisation 組織化、 schwierig 困難的】

_____

(12) Bis jetzt ist alles in Ordnung.

【jetzt 現在、alles 全部，一切、in Ordnung 正常，良好】

_____

(13) Dieser Zug geht bis Emden.

【r Zug 列車、gehen 走；去】

_____

Lektion 12 介系詞 2

2_12_1

vormittags in die UB und mittags in der Mensa
上午去大學圖書館，中午在學校餐廳

第三、四格支配的介系詞

　　本章介紹的 9 個介系詞主要是表示空間狀態，不過根據動詞的特徵可以是第三格支配的介系詞，也可以是第四格支配的介系詞。也就是說，當和表示「在某狀態或在某有限範圍內動作」的動詞（如 sein，bleiben，sitzen，stehen，arbeiten 等）搭配時，會是第三格支配的介系詞，若與具有一定方向性帶有「移動、變化、成長」意義的動詞（如 gehen、fahren、legen、tragen 等）連用時，就會是第四格支配的介系詞。這樣的說法有點抽象，但可以由下面的例句來試著去理解。以下我們以「in」為例，看看第三、四格的區別。

1) Ich bin in der Küche.

　　我在廚房。【 e Küche 廚房 】

2) Ich gehe in die Küche.

　　我去廚房。

　　在例句 1) 中的介系詞 in 為第三格支配，例句 2) 中則為第四格支配。其意思分別為「在廚房（裡）」和「去廚房（裡）」，如此一來我們就可以理解，上述兩個句子的區別在於「狀態」及「移動」的表達。類似的例句如下：

3) Ich arbeite in der Küche.

　　我在廚房工作。

4) Ich lege die Sachen in den Schrank.

95

我把東西放到壁櫥裡。【d Sachen：e Sache 東西，r Schrank 壁櫥】

接下來讓我們依序介紹此類用於空間的 9 個介系詞及其實用例句。

●in「在~裡面、進入~」

⇨ Die Schüler gehen in die Schule.

學生們去學校。【e Schule 學校】

⇨ In diesem Park ist ein Kinderspielplatz.

在這公園裡有一個兒童遊樂場。

【r Park 公園、r Kinderspielplatz 兒童遊樂場】

●auf「在~上面、（放）在~上面」

⇨ Das Essen steht auf dem Tisch。

菜在桌上。【s Essen 食物，r Tisch 桌子】

⇨ Er stellt die Teller auf den Tisch。

他把盤子放在桌上。【stellen 放置，d Teller：r Teller 盤子】

●unter「在~下方、（放）在~下方、在~之下」

⇨ Wir leiden unter der Hitze.

我們在高溫下受苦。【leiden 受苦、 e Hitze 炎熱】

⇨ Wir legen das unter den Tisch.

我們把它放在桌子底下。【legen 放置、 r Tisch 桌子】

●an「靠著~、（放）在…旁邊」

⇨ Das Fahrrad steht an der Wand.

自行車靠在牆邊。【s Fahrrad 自行車、 stehen 站立、 e Wand 牆壁】

⇨ Ich hänge das Bild an die Wand.

我把畫掛在牆上。【hängen 懸掛、s Bild 畫】

●vor「在~之前，放~之前」

⇨ Die Schuhe stehen vor der Tür.

鞋子在門前。【d Schuhe：r Schuh 鞋子、 e Tür 門】

⇨ Wir stellen den Sperrmüll vor die Tür.

我們把大件垃圾放在門前。【r Sperrmüll 大件垃圾】

●hinter「在～後面」

⇨ **Er steht hinter der Theke.**

他在**櫃檯**後面。【*e* Theke 櫃台】

⇨ **Ich stelle die Harke hinter das Haus.**

我把**耙子**放在房子後面。【*e* Harke 耙子】

●über「在～之上、超越～」

⇨ **Über den Wolken scheint immer die Sonne.**

太陽總是照耀在雲層之上。

【*d* Wolken：*e* Wolke 雲、scheinen 照耀、*e* Sonne 太陽】

⇨ **Die Vögel fliegen über das Feld.**

鳥兒飛過田野上方。【fliegen 飛翔、 *s* Feld 田野】

●neben「在～旁邊、向（往）～旁邊」

⇨ **Der Pfeffer ist im Schrank neben dem Salz.**

胡椒在**櫥櫃裡鹽**的旁邊。【*r* Pfeffer 胡椒、 im=in dem（請參照以下「介系詞和定冠詞的合併形式」）、*s* Salz 鹽】

⇨ **Sie schreibt einen Kommentar neben den Text.**

她在**文本邊寫評論**。【schreiben 寫、*r* Kommentar 評論、*r* Text 文本，課文】

●zwischen「在～之間」

⇨ **Samstag ist der Tag zwischen Freitag und Sonntag.**

星期六是星期五和星期日之間的一天。【*r* Samstag 星期六、*r* Tag 一天、 *r* Freitag 星期五、*r* Sonntag 星期日】

⇨ **Man gerät zwischen zwei Fronten.**

人們被夾在兩條戰線之間。

【geraten 處於；陷入、*d* Fronten：*e* Front 前線】

介系詞和定冠詞的合併形式

本章這一類介系詞也是一樣有合併形式，並很常用於日常生活中。

im＝in dem, ins＝in das, aufs＝auf das, ans＝an das, am＝an dem

● im＝in dem

⇨ Wir wohnen im Wald.

　我們住在森林裡。【 r Wald 森林 】

● ins＝in das

⇨ Der Ball rollt ins Tor.

　球滾進了球門裡。【 r Ball 球、 rollen 滾動、 s Tor 門 】

● aufs＝auf das

⇨ Wir stellen schon mal den Topf aufs Feuer.

　我們先把鍋子放到火上。【 schon mal 先、 r Topf 鍋 】

● ans＝an das

⇨ Wir stellen die Blumen ans Fenster.

　我們把花放在窗邊。【 stellen 放、 d Blumen：e Blume 花、s Fenster
　窗戶 】

● an dem ＝ am

⇨ Die Blumen sind am Fenster.

　花在窗邊。

練習題 12a

請將以下德文句子翻譯成中文，請注意第三、第四格的差異。

(1) In der Schachtel ist noch Schokolade.

【 e Schachtel 盒子、noch 還有、e Schokolade 巧克力】

_____

(2) In der Pause mache ich ein Schläfchen.

【 e Pause 休息、s Schläfchen 小睡】

_____

(3) Sie suchen im Wald Beeren und Pilze.

【 suchen 尋找、r Wald 森林、d Beeren：e Beere 漿果、d Pilze：r Pilz 蘑菇】

_____

(4) Die Omas gehen sonntags immer in die Kirche.

【 d Omas：e Oma 祖母、sonntags 在星期日、immer 經常、e Kirche 教會】

_____

(5) Da sitzt eine Katze auf dem Dach.

【 sitzen 坐、e Katze 貓、s Dach 屋頂】

_____

(6) Wir gehen mit der Familie auf eine Ferienreise.

【 e Ferienreise 度假之旅】

_____

(7) Wir wohnen auf dem Land.

【wohnen 居住、 s Land 鄉村】

_____

(8) Das ist auf Deutsch geschrieben.

【s Deutsch 德語、 geschrieben 寫下來的】

_____

(9) Das liegt unter der Zeitung.

【liegen 存在；位於、e Zeitung 報紙】

_____

(10) Unter den Leuten ist nur ein Japaner.

【d Leute 人群、nur 只有、r Japaner 日本人】

_____

(11) Wir bauen die Garage unter das Haus.

【bauen 建造、e Garage 車庫、s Haus 房子】

_____

(12) Bei Regen gehen Sie bitte unter die Brücke.

【r Regen 雨、bitte=英語的 please、e Brücke 橋】

_____

(13) Sie hängt das Handtuch an den Haken.

【hängen 懸掛、s Handtuch 毛巾、r Haken 掛鉤】

_____

(14) Das Hotel ist an einem See.

【s Hotel 飯店、r See 湖】

_____

(15) Er schreibt eine Mail an den Chef.

【 schreiben 書寫、e Mail 電子郵件、r Chef 老闆；上司 】

---

(16) Die Schulkinder warten an der Bushaltestelle.

【 d Schulkinder：s Schulkind 學生、warten 等待、e Bushaltestelle 公車站牌 】

---

(17) Vor dem Essen beten sie immer.

【 s Essen 吃飯、beten 祈禱 】

---

(18) Das Fahrrad steht vor dem Zaun.

【 s Fahrrad 自行車、r Zaun 柵欄 】

---

(19) Regnet es? Ich gehe mal kurz vor die Tür.

【 es regnet 下雨、mal kurz 馬上；立即、e Tür 門 】

---

(20) Das erledigen wir noch vor den Weihnachtsferien.

【 erledigen 完成；做好、d Weihnachtsferien 聖誕假期 】

---

(21) Die Schauspieler warten hinter der Bühne.

【 d Schauspieler：r Schauspieler 演員、e Bühne 舞台 】

---

(22) Die Kühe weiden hinter dem Zaun.

【 d Kühe：e Kuh 乳牛、weiden 吃草；放牧、r Zaun 柵欄 】

---

(23) Was liegt wohl hinter dem Horizont?

【liegen 存在；位於、wohl 大概、r Horizont 地平線】

---

(24) Wir werfen die Küchenreste einfach auf den Kompost hinter dem Haus.

【werfen 扔、d Küchenreste：r Küchenrest 廚餘、einfach 僅僅，只是、r Kompost 堆肥】

---

(25) Nebel hängt über dem Tal.

【r Nebel 霧、hängen 籠罩、s Tal 山谷】

---

(26) Über den Wolken ist die Freiheit grenzenlos.

【d Wolken：e Wolke 雲、e Freiheit 自由、grenzenlos 無限的；無邊無際的】

---

(27) Was steht in der Zeitung über den Unfall?

【stehen 有；存在、e Zeitung 新聞、r Unfall 事故】

---

(28) Er legt eine Decke übers Bett.

【legen 擺放；平放、e Decke 毯子、s Bett 床】

---

(29) Neben dem Gleis stehen Schafe auf der Weide.

【s Gleis 鐵軌、d Schafe：s Schaf 棉羊、d Weide 牧場】

---

(30) Neben seiner Arbeit hat er noch einen Mitternachtsjob.

【 *e* Arbeit 工作、 *r* Mitternachtsjob 深夜的工作 】

---

(31) Wir stellen die Vase neben das Klavier.

【 stellen 放置、 *e* Vase 花瓶、 *s* Klavier 鋼琴 】

---

(32) Neben dem Studium jobbt sie in einer Anwaltskanzlei.

【 *s* Studium 學習、jobben 兼職工作、*e* Anwaltskanzlei 律師事務所 】

---

(33) Zwischen den Vorlesungen gehen wir in die Mensa.

【 *d* Vorlesungen：*e* Vorlesung 課程；講課、 *e* Mensa 食堂 】

---

(34) Zwischen den Bäumen sind Spinnweben.

【 *d* Bäume：*r* Baum 樹木、 *d* Spinnweben：*e* Spinnwebe 蜘蛛網 】

---

(35) Zwischen Frühling und Sommer blühen viele Blumen.

【 *r* Frühling 春天、*r* Sommer 夏天、blühen 盛開、*d* Blumen：*e* Blume 花 】

---

(36) Die Vermittlung zwischen zwei Kulturen ist nicht einfach.

【 *e* Vermittlung 調解、*d* Kulturen：*e* Kultur 文化、einfach 簡單的 】

人稱代名詞的變格

2_13_1

Wir sehen ihn ziemlich oft.
我們經常見到他。

人稱代名詞與變格

到目前為止，我們學過了 ich、du、wir、er 和 sie 等代名詞，但由於這些代名詞常用在對人的指稱，因此稱為人稱代名詞。這些代名詞不僅用作主格，還可以用作受格。在這種情況下，自然會發生變格。本章就是要來學代名詞的格變化。先看下表。

在文法中，代名詞根據各自在句子中的作用，分別可稱為人稱代名詞、關係代名詞及指示代名詞等。其中，人稱代名詞可以說是最常用的。

		第一人稱	第二人稱	第三人稱			第二人稱（敬稱）
單數	第一格	ich	du	er	sie	es	Sie
	第二格	meiner	deiner	seiner	ihrer	seiner	Ihrer
	第三格	mir	dir	ihm	ihr	ihm	Ihnen
	第四格	mich	dich	ihn	sie	es	Sie
複數	第一格	wir	ihr	sie			Sie
	第二格	unser	euer	ihrer			Ihrer
	第三格	uns	euch	ihnen			Ihnen
	第四格	uns	euch	sie			Sie

以下我們來看看人稱代名詞是如何使用的。

⇨ Ich besuche dich morgen.

我明天會去看你。【besuchen 拜訪】

⇨ Ich sehe euch ab und zu.

我時不時地就見到你們。【sehen 看見，ab und zu 有時候】

⇨ Liebst du mich? —Ja, ich liebe dich sehr.

你愛我嗎？一是的，我非常愛你。【lieben 愛，sehr 非常】

⇨ Magst du ihn? —Ja, ich mag ihn eigentlich.

你喜歡他嗎？一是的，我真的很喜歡他。

【mögen 喜歡、eigentlich 真的，實際上】

⇨ Lernen Sie Deutsch? —Ja, aber wir lernen es noch nicht so lange.

您們學德語嗎？一是的，但我們還沒學多久。

【aber 但是，noch 還沒有，so 那樣地，lange 長久】

⇨ Begleiten Sie mich?

您要跟我來嗎？【jn begleiten 跟隨某人[4] 去】

⇨ Essen die Kinder gern Pizza? —Ja, sie essen sie gern.

孩子們喜歡吃披薩嗎？一是的，他們非常喜歡。【e Pizza 披薩】

⇨ Fragst du sie? —Nein, ich frage sie lieber nicht.

你會去問她嗎一不，我寧可不問。

【jn fragen 問某人[4]、lieber nicht 寧願不～】

⇨ Kennst du den Roman? —Ja, ich lese ihn gerade.

你知道那本小說嗎？一知道，我正在讀。

【kennen 知道、r Roman 小說，lesen 讀，gerade 正好】

⇨ Man sucht euch schon lange.

大家找你們很久。【suchen 尋找，schon lange 很久】

⇨ Siehst du es auch?

你也看到了嗎？【sehen 看到，auch 也】

⇨ Das ist mein PC. Ich brauche ihn heute.

這是我的電腦。我今天需要它。

【 r PC 電腦、brauchen 需要、heute 今天 】

⇨ Wir verstehen ihn nicht.

我們不理解他。【 verstehen 理解 】

⇨ Uns ist das egal.

這對我們來說都沒差。【 egal 無所謂的；一樣的 】

⇨ Helfen Sie mir?

您能幫助我嗎？【 jm helfen 幫助某人 [3] 】

⇨ Mir ist kalt.

我覺得冷。【 kalt 寒冷的 】

人稱代名詞與性別

　　人稱代名詞格位的使用方法與普通名詞相同，但在德語中使用代名詞時，無論是人或物，陽性名詞皆用 er（他），陰性名詞皆用 sie（她），中性名詞皆用 es，複數則用 sie（他們）。

陽性　Haben Sie einen Bruder? —Ja, er ist Pianist.

　　　您有兄弟嗎？ —有，他是鋼琴家。

　　　【 r Bruder 兄弟，r Pianist 鋼琴家 】

陰性　Hast du eine Katze? —Ja, sie heißt Mimi.

　　　你有貓嗎？ —有，牠的名字叫咪咪。

　　　【 e Katze 貓，heißen 名字叫～ 】

中性　Hast du ein Fahrrad? —Ja, es ist ganz neu.

　　　你有自行車嗎 —有，它全新。【 s Fahrrad 自行車，ganz 全部，neu 新的 】

如何使用第二格

　　請注意前面表格中的第二格。要用英語說「我的～」或「你的～」

時，會使用 my、your 等的所有格代名詞（相當於德語的第二格），而德語則會使用冠詞中的**所有格冠詞**（請參照第 10 章）。那麼前面表格中的第二格，應使用於何種情況呢？使用的情況包含當與支配第二格的介系詞搭配使用時，例如：

statt des Freundes（代替那個朋友）→ statt seiner（代替他）

　　在這裡，名詞「朋友」用代名詞時是用「他」來表示，由於 statt 是第二格支配的介系詞，因此「他」必須使用第二格，所以就變成第二格的 seiner。然而，規則雖是如此，但很少用於口語當中。

●da＋介系詞的用法

　　在上下文中，後面接續的句子中的代名詞若要代稱前面提過的名詞時，要使用與該名詞之性別、數量、格位相符的代名詞。

Fährst du mit deinem Freund nach Berlin?

你打算和朋友去柏林嗎？【r Freund 朋友】

→Ja, ich fahre mit ihm nach Berlin.

　　是的，我打算和他去柏林。

　　這裡，代名詞與介系詞一起使用時，如果該代名詞不是指「人、動物或生物」，而是指「事或物」時，需使用「da + 介系詞」形式。現在來將上面的例句與下面的例句進行比較。

Fährst du mit dem Bus nach Berlin?

你要坐公車去柏林嗎？【r Bus 公車】

→Ja, ich fahre damit nach Berlin.

　　是的，我要坐（它）去柏林。

　　da＋介系詞時，如果介系詞以 a、i、u 等母音字母為開頭，則在 da 與介系詞之間加上「r」以方便發音：darauf、darin、daran。

在這種用法中，da 不僅可以指稱名詞，還可以指稱片語、句子，甚至可以指稱前面所說的所有內容。

Wir haben eine Krise. Davon rede ich die ganze Zeit.

我們有危機情況。我一直都在提及這事。

【e Krise 危機、reden 談論，die ganze Zeit 一直】

Die Pandemie ist endlich vorbei. Darauf warten wir schon lange.

疫情終於過去了。我們已經期待很久了。

【e Pandemie 流行病、endlich 終於，vorbei 過去；消逝，auf et⁴ warten 等待某物⁴、schon lange 很久】

●第三、四格受詞的語序

對於第三、四格受詞的語序，一般的原則如下。

1) 受詞皆為普通名詞時（包括專有名詞），順序為：第三格→第四格。

Er gibt dem Vogel Futter.

他給那隻鳥飼料。【s Futter 飼料】

2) 受詞皆為代名詞時，順序為：第四格→第三格。

Er gibt es ihr.

他給了她這個。

3) 如果受詞同時有普通名詞和代名詞時，則不分格位，代名詞都在前面。

Sie schenkt ihm ein Fahrrad.

她送他一輛自行車。【schenken 贈送, s Fahrrad 自行車】

Wir schicken es unserer Tochter.

我們會把它寄給我們的女兒。【schicken 寄送, e Tochter 女兒】

 **練習題**

練習題 13a

請對照中文翻譯，將正確形式的人稱代名詞填入（　　）內。

(1) Sie fragen (　　　　　) etwas.

他們問你一些事。【jn fragen 詢問某人⁴，etwas 某事】

(2) Der Chef dankt (　　　　　).

老闆感謝她。【r Chef 老闆、jm danken 感謝某人³】

(3) Wir kennen (　　　　　).

我們認識他。【kennen 知道】

(4) Natürlich helfen wir (　　　　　).

當然我們會助你們一臂之力。【natürlich 當然】

練習題 13b

請對照中文翻譯，將與介系詞搭配的正確形式的人稱代名詞填入（　　）內。

(1) Ist das schwer für (　　　　　)?

這對你們來說很難嗎？【schwer 難的】

(2) Sie geht mit (　　　　　) ins Kino.

她和他一起去看電影。【ins Kino gehen 去看電影】

(3) Geht ihr zusammen mit (　　　　　)?

你們和我們一起去嗎？【zusammen 一起】

(4) Sie stimmen alle gegen (　　　　　).

他們全都對他投下了反對票。【stimmen 投票】

練習題 13c

請對照中文翻譯,將正確形式的人稱代名詞填入 ( ) 內。

(1) Sie machen (   ) ohne (   ).

他們在沒有我的情況下做到這件事。【machen 做,製作】

(2) Sie spielt schon eine Stunde mit (   ).

她已經和他玩了一個多小時。【spielen 玩、e Stunde 小時】

(3) Außer (   ) geben sie auch (   ) einen Job.

他們也給他一份工作,除了我之外。【r Job 工作】

(4) Deinetwegen verlässt sie (   )!

她為了你離開他!【deinetwegen 因為你、jn verlassen 離開某人[4]】

練習題 13d

請用底線標示以下例句中與介系詞合併的 da 所指的內容。

(1) Das ist mein Traumauto. Ich träume oft davon

這是我夢想中的車。我經常夢到那輛車。【s Traumauto 理想的車、von et[3] träumen 夢見某物[3]、oft 經常】

(2) Wo ist der Hamster?—Im Hamsterrad. Er läuft darin.

倉鼠在哪裡?一在跑輪中。牠在裡面跑。【r Hamster 倉鼠,s Hamsterrad 倉鼠跑輪,laufen 跑→du läufst,er läuft】

(3) Wo ist meine Brille? —Du sitzt darauf.

我的眼鏡在哪裡?一你坐在它上面。【e Brille 眼鏡,sitzen 坐】

(4) Freiheit, Gleichheit, Brüderlichkeit! Dafür demonstrieren wir.

自由、平等、博愛!我們為此示威。【e Freiheit 自由,e Gleichheit 平等,e Brüderlichkeit 博愛,demonstrieren 示威】

助動詞的用法與感官動詞

Das kann ich gut verstehen.
我能夠了解。

助動詞及其用法

在德語中，有 6 個助動詞會與主要的動詞搭配使用，就像英語中的助動詞「can」和「must」一樣，使主要的動詞具有諸如「能夠～」或「必須～」之類的含義。本課將學習如何使用這些助動詞。首先來看看助動詞 können「能夠～」和 müssen「必須～」的具體例句。

⇨ **Er kann sehr gut Tennis spielen.**
他擅長打網球。

⇨ **Können Sie das auch sehen?**
您也看得到嗎？【sehen 看見】

⇨ **Wir müssen schon gehen.**
我們必須走了。【schon 已經】

⇨ **Du musst jetzt fahren.**
現在你得走了。【jetzt 現在】

以上的例句，有兩個重點需要注意：

1) **助動詞會產生人稱變化，主要動詞保持原形動詞形式。**此外，其他會使用助動詞的句型還包括**現在完成式**和**被動式**等等，但不論是哪一種形式，助動詞都會依人稱做變化。就如同英語中的一些助動詞，在現在完成式和被動式時也會依人稱做動詞變化的情況一樣（I *have* done it. He *has* done it. / I *am* rewarded. She *is* rewarded.）。

2) 助動詞和主要動詞在語序中是分開來擺放的。由於助動詞會依人稱做變化，因此助動詞須放在指定位置（也就是靠近主詞的第二個位置），而主要動詞則放在句尾。

直述句　Ich muss das täglich wiederholen.

我必須每天重複一遍。【täglich 每天，wiederholen 重複】

	助動詞 （依人稱做變化）		主要動詞
Ich	muss	das täglich	wiederholen.

疑問句　Können Sie das verstehen?

您能理解嗎？【verstehen 理解】

Musst du schon gehen?

你還是得去嗎？

助動詞 （依人稱做變化）		主要動詞
Können	Sie das	verstehen?
Musst	du schon	gehen?

疑問詞開頭的疑問句　Wo kann man hier parken?

這哪裡可以停車？【parken 停車】

Warum muss er das tun?

為何他必須那樣做？【tun 做，製作】

疑問詞	助動詞 （依人稱做變化）		主要動詞
Wo	kann	man hier	parken?
Warum	muss	er das	tun?

此規則適用於所有使用助動詞的句型，例如現在完成式，被動形式等。

助動詞的現在式人稱變化

現在，讓我們來學習這六個助動詞（können、müssen、dürfen、wollen、sollen、mögen）。請看下面的變化表。

	可以～；被允許～	能夠～；可能～	可能～；想要～	必須～；一定～	應該～	打算～；要～
	dürfen	können	mögen	müssen	sollen	wollen
ich	darf	kann	mag	muss	soll	will
du	darfst	kannst	magst	musst	sollst	willst
er/sie/es	darf	kann	mag	muss	soll	will
wir	dürfen	können	mögen	müssen	sollen	wollen
ihr	dürft	könnt	mögt	müsst	sollt	wollt
sie/Sie	dürfen	können	mögen	müssen	sollen	wollen

上表列出了助動詞主要的意思。可以看出，助動詞的作用會使動詞的意思發生細微的變化，而其意思上的變化，就需從前後文來判斷。至於如何掌握助動詞的用法，最好是藉由以下例句來幫忙記住。

● können：a) 能夠～，b) 可能～

⇨ Kannst du das schnell erledigen?
你能夠快速處理嗎？【schnell 迅速地，erledigen 處理】

⇨ Ihr könnt später kommen.
你們可以晚點來。【später 之後】

⇨ Heute kann es schneien.
今天可能會下雪。【schneien（以 es 為主詞）下雪】

● müssen：a) 必須～，b) 一定～

⇨ Wir müssen gleich gehen.
我們必須馬上走。【gleich 立刻】

⇨ Sie muss noch Hausaufgaben machen.

她還得做功課。【noch 仍然，d Hausaufgaben：e Hausaufgabe 功課】

⇨ Das muss der Postbote sein.

那肯定是郵差。【r Postbote 郵差】

● dürfen：可以～；被允許～

⇨ Darf man hier rauchen?

可以在這裡抽煙嗎？【man 人們，rauchen 抽煙】

⇨ Wir dürfen alles benutzen.

我們可以使用所有的東西。【benutzen 使用】

⇨ Ihr dürft auch mitspielen.

你們也可以一起玩。【auch 還；也，mitspielen 一起玩】

● wollen：打算～；要～

⇨ Sie wollen nächste Woche kommen.

他們打算下週來。【nächste Woche 下週，kommen 來】

⇨ Wir wollen ihn morgen wieder treffen.

我們想要明天再和他見面。【morgen 明天，wieder 再次，jn treffen 與某人⁴ 見面】

⇨ Wollen wir heute mal online spielen?

我們要不要今天來玩線上遊戲？【mal 一下（口語）、online 線上、spielen 玩（遊戲）】

（Wollen wir...? 句型用於提出建議：「要不要…?」）

● sollen：a) 應該～，b) 可能～

⇨ Soll ich den Müll rausbringen?

我應該要把垃圾拿出去嗎？【r Müll 垃圾，rausbringen 拿出去】

⇨ Ich soll das hier abgeben.

我應該要在這裡遞交這個。【abgeben 遞交】

⇨ Morgen soll es wieder regnen.

明天可能又要下雨。【regnen（以 es 為主詞）下雨】

● mögen：a) 可能～，b) 想要～（特別是用於否定）

⇨ Sie mag etwa 20 sein.

她可能大約 20 歲。【etwa 大約】

⇨ Das mag ein Gewitter sein.

這可能是雷雨。【s Gewitter 雷雨】

⇨ Magst du kein Eis essen?

你不想吃冰淇淋嗎？【s Eis 冰淇淋】

特殊助動詞 möchte

除了上面提到的六個助動詞之外，尚有特殊助動詞 möchte，而 möchte 也是 mögen 的虛擬語氣 II 形式（於第 38 章解說），是客氣用法，通常用於表達願望或請求。由於 möchte 是從 mögen 變化而來，因此沒有 möchten 此形式的原形動詞，不過隨不同的人稱，möchte 也會產生變化。用法與上述的助動詞相同。

人稱	想要～
ich	möchte
du	möchtest
er/sie/es	möchte
wir	möchten
ihr	möchtet
sie	möchten
Sie	möchten

● möchte「想要～」

⇨ Sie möchte gern mit uns fahren.

他們想和我們一起去。【gern 樂意】

⇨ Wir möchten auch Achterbahn fahren.

我們也想坐雲霄飛車。【e Achterbahn 雲霄飛車】

⇨ Möchten Sie auch ein Los kaufen?

您也想買彩券嗎？【s Los 彩券】

助動詞的否定句

　　要造否定句時（例如「我不會～」），通常將 nicht 放在主要動詞之前。（有關「nicht 的位置」的詳述，請見第 15 章）

Ich kann diese Maschine reparieren.

我可以修好這台機器。【e Maschine 機械，reparieren 修理】

→Ich kann diese Maschine nicht reparieren.

　　我不會修這台機器。

　　另外，要表達強烈禁止（不能～／不允許～）時，用句型 dürfen + nicht（請注意不要與英語的用法混淆，此時不是用 müssen + nicht）。

⇨ Du darfst hier nicht rauchen.

你不准在這裡抽菸。【rauchen 抽菸】→müssen+nicht 意思是「不需要做～」

⇨ Du musst morgen nicht kommen.

你明天不需要來。

單獨使用助動詞的用法

　　在日常會話中，與助動詞搭配的動詞有時候會被省略，尤其是在語意不會產生誤會、容易理解的情況。

⇨ Ich möchte einen Tee.

我想要一杯茶。【r Tee 茶】

⇨ Möchten Sie noch einmal das gleiche?

您還要一樣的嗎？【noch einmal 再次，das gleiche 同樣的事物】

⇨ Er kann das alleine.

他可以自己弄。【allein 獨自】

⇨ Du darfst das nicht.

你不許／不准那樣。

⇨ Wir wollen aber nicht!

但是我們不想！【aber 但是】

⇨ Ihr dürft das alle!

你們全都可以！

⇨ Eigentlich mag ich das nicht.

我真的不喜歡。【eigentlich 真的，實際上】

⇨ Du sollst das nicht!

你不應該那樣！

*本章所介紹的助動詞，在德語文法中通常被稱為「語式的助動詞」。由於其命名與 37 章解說的「語式」有關，現在不多做深入，等進入到第 37 章學習「語式」時再做詳述。

未來式助動詞 werden

我們可以用「werden＋原形動詞」來造未來式。而這裡要注意的是，雖然在文法用語上將它稱為「未來式」，但未必表示未來。相反的，「werden＋原形動詞」的形式通常是用作推測或推斷的表達。

⇨ Er wird morgen kommen.

他明天會來吧。

乍看之下，這句話像是在表達未來會發生的事，實際上是對事物表達「推測」之意。所以，當您只是在談論未來的事物時，要在對話中使用現在式。

⇨ Er kommt morgen.

他明天會來。

此外，「未來式」常被說話者使用於推測、推斷的句型中。因此，未來式也可用於推斷當前的現況。

⇨ Er wird wohl krank sein.

他大概是生病了。【wohl 大概】

雖然使用頻率極低，但「未來式」有如下的特殊用法。

・主詞為第一人稱的未來式（ich，wir），通常表示意圖（=wollen）。

⇨ Ich werde das nicht machen.

我不打算這樣做。

・主詞為第二人稱的未來式（du、ihr），通常表示不可抗拒的指令。

⇨ Du wirst morgen um 8 Uhr herkommen!

你明天八點要過來！【herkommen 過來】

關於感官動詞

感官動詞的用法，和我們上面所學過的助動詞完全不同，差異在於感官動詞是和原形動詞搭配使用。像是 sehen「看見」、hören「聽見」等動詞，就是表達感官的動詞。接下來讓我們學習這些動詞。當你說「看到」或「聽到」的時候，要使用 sehen、hören＋原形動詞。請見以下例句。

⇨ Hören Sie ihn singen?

您有聽到他唱歌嗎？

⇨ Da sieht man immer viele Kinder spielen.

總是會看到很多孩子在那裡玩。【da 那裡】

⇨ Ich sehe sie morgens immer aus dem Haus gehen.

我總是看到她每天早上出去。【morgens 每天早上】

 練習題

練習題 14a

請對照中文翻譯及提示單字,並使用助動詞 können 來完成句子。

(1)　(　　　　) Sie (　　　　) bitte kurz (　　　　)?

　　　可以請您幫我一下嗎?【bitte 請〜,kurz 一下,helfen 幫助】

(2)　Was (　　　　) ich für dich (　　　　)?

　　　我能為你做些什麼嗎?【was 什麼,tun 做】

(3)　(　　　　)(　　　　) man hier (　　　　)?

　　　這裡哪裡可以停車?【wo 在哪裡,man 人們,hier 在這裡,parken 停車】

練習題 14b

請對照中文翻譯及提示單字,並使用助動詞 müssen 來完成句子。

(1)　Das (　　　　)(　　　　) bis morgen (　　　　).

　　　你必須在明天之前做好。【morgen 明天,machen 做】

(2)　(　　　　)(　　　　)(　　　　) heute noch (　　　　).

　　　他們必須在今天內完成它。【heute noch 在今日內,erledigen 完成】

(3)　Das hier (　　　　)(　　　　)(　　　　) sein.

　　　這裡的這個人一定是他的姊姊(妹妹)。【hier 這裡,e Schwester 姊妹,sein 是〜】

請對照中文翻譯及提示單字，並使用助動詞 dürfen 來完成句子。

(1) (   ) (   ) wirklich (   ) (   )？

我真的可以保留所有這些嗎？

【wirklich 真的，alles 全部，behalten 保留】

(2) (   ) (   ) hier (   ) (   ).

您不可以在這裡拍照。【fotografieren 拍照】

(3) Dahin (   ) (   ) nicht (   ).

你不可以去那裡。 【dahin 到那裡，gehen 去】

請對照中文翻譯及提示單字，並使用助動詞 wollen 來完成句子。

(1) (   ) (   ) noch eine Tasse Tee (   )？

你們不想再喝杯茶嗎？【noch 還；再，eine Tasse Tee 一杯茶】

(2) (   ) (   ) eigentlich nicht umziehen.

我本來就沒有想搬家。【eigentlich 本來，umziehen 搬遷】

(3) (   ) (   ) wirklich nicht (   )？

你真的不想停下來嗎？【wirklich 真的，aufhören 停下】

請對照中文翻譯及提示單字，並使用助動詞 sollen 來完成句子。

(1) (   ) (   ) (   ) gleich (   )？

我們應該馬上完成這事嗎？【gleich 立刻，erledigen 完成】

(2) (   ) (   ) (   ) die Vase (   )？

我應該要把花瓶放在哪裡呢？

【wohin 到哪裡，e Vase 花瓶，stellen 放置】

(3)　(　　　　　) (　　　　　) das bis morgen (　　　　　).

他應該要在明天之前做好這事。【morgen 明天，machen 做，製作】

練習題 14f

請對照中文翻譯及提示單字，並使用助動詞 mögen 來完成句子。

(1)　Viele Kinder (　　　　　) keinen Spinat.

許多孩子不喜歡菠菜。【d Kinder：s Kind 孩子，r Spinat 菠菜】

(2)　(　　　　　) (　　　　　) wirklich keine Musik (　　　　　)?

你真的不喜歡聽音樂嗎？【wirklich 真的，e Musik 音樂，hören 聽】

(3)　Die Leute hier (　　　　　) Ihren Job.

這裡的人們很喜歡他們的工作。【d Leute 人們，r Job 工作】

練習題 14g

請對照中文翻譯，並使用動詞 möchte 及提示單字來完成句子。

(1)　(　　　　　) (　　　　　) ein Eis (　　　　　)?

你想要吃冰淇淋嗎？【s Eis 冰淇淋，essen 吃】

(2)　(　　　　　) (　　　　　) vielleicht noch einen Nachtisch?

您是否想再來些甜點？

【vielleicht 是否，noch 還；再，r Nachtisch 甜點】

(3)　Übermorgen (　　　　　) (　　　　　) (　　　　　) gern
(　　　　　).

後天我們想要拜訪您。

【übermorgen 後天，gern 樂意，besuchen 拜訪】

請在括號（　）內填入符合中文意思的未來式。

(1) Er (　　　　) wohl müde (　　　　).
他也許累了。【müde 累的】

(2) Wir (　　　　) morgen in Urlaub (　　　　).
我們明天要去度假。【in Urlaub fahren 去度假】

(3) (　　　　) du uns morgen (　　　　)?
明天你可以來找我們嗎？【besuchen 拜訪】

原形動詞與動詞片語·nicht 的位置

Bitte den Rasen nicht betreten!
請不要踩草坪！

2_15_1

原形動詞與動詞片語

原形動詞在德語中有許多不同的用法。到目前為止，我們已經學習原形動詞的變化，以及與助動詞搭配使用的原形動詞例子。以下，我們試著在原形動詞的左邊放各種詞彙，即能構成更複雜的動詞表現。例如：

essen（吃）→ Eis essen（吃冰淇淋），

reisen（旅行）→ nach Deutschland reisen（去德國旅行）。

像這樣「原形動詞+α」的詞組通稱「動詞片語」。在字典中列出的動詞慣用語，通常以此形式來呈現。例如，eine Reise machen（旅行），zur Schule gehen（上學）等，它在英語中也以類似的方式表現。to take a trip（去旅行），to go to school（去上學）。

德語和英語的區別在於，德語的原形動詞放在片語的字尾，而英語的 to 不定詞是放在片語的開頭。為能熟悉德語的用法，我們舉例說明。

⇨ einen Roman schreiben

　寫小說【r Roman 小説】

⇨ für die Prüfung lernen

　為考試而學習【e Prüfung 考試】

在動詞片語的左邊可以放置更多的單字。例如：

⇨ morgen mit dem Fahrrad nach Kagoshima fahren
　明天騎自行車去鹿兒島

⇨ mit Freunden im Restaurant zu Abend essen
　在餐廳與朋友共進晚餐【s Restaurant 餐廳】

在動詞片語中也可以加上助動詞。此時，助動詞則位於主要動詞的右側。

⇨ bis morgen die Hausaufgabe machen müssen
　必須在明天之前完成作業【e Hausaufgabe 作業】

動詞片語的語序

動詞片語的語序，和中文語序不同，學習德語時要多加注意。請見以下例句。

「還得從超市買香腸來當作晚餐」這個片語。

⇨ fürs Abendessen im Supermarkt noch Würstchen kaufen müssen

　　↓　　　↓　　　　↓　　　　　↓　　　↓　　　　↓　　　↓
　　為了　　晚餐　　在超市　　　還　　香腸　　　買　　必須

【s Abendessen 晚餐，d Würstchen：s Würstchen 香腸】

正如上方的德文和中文單字解釋，可以發現動詞語序是，主要動詞放在倒數第二位置，助動詞放在最後。與中文的語序大不相同，要特別注意。順帶一提，fürs Abendessen 和 im Supermarkt 兩片語可對調：「im Supermarkt fürs Abendessen noch Würstchen kaufen müssen」。

我們再來舉一個例子「明天和朋友去看電影」。

⇨ morgen mit dem Freund ins Kino gehen

從此例句我們可以思考幾種可能的變化，但仍須注意片語「ins Kino gehen」不可以分開使用。見以下錯誤例子：

✕ ins Kino morgen mit dem Freund gehen

✕ morgen ins Kino mit dem Freund gehen

以上兩者都是錯誤的表達。錯誤之處在於片語「ins Kino gehen」這三個單字得像慣用語一樣看待，得緊緊綁在一起，要被當成一組動詞來看待，意思是「去看電影」。類似的還有以下例子：

⇨ einen Scherz machen

開個玩笑【r Scherz 笑話】

⇨ für die Prüfung lernen

為考試而學習【e Prüfung 考試】

動詞片語與否定詞 nicht

動詞片語能幫助我們理解德語的句子，特別是關於「nicht 的擺放位置」。使用 nicht 的基本原則是要把 nicht 放在「被否定的字詞之前」，不過如果要在動詞片語中放否定詞的話，其否定的語意會隨不同的位置而產生明顯的差異。請看下面動詞片語的例子。

nicht 會否定接在後面的字詞，例如：

nicht <u>heute</u> machen → 否定 heute

heute nicht <u>machen</u> → 否定 machen

我們來看下面這個例子：

hier wieder zusammen arbeiten「再次在這裡一起工作」。由於 nicht 會否定接在它後面的詞，也因此語意上的差異就會產生如下。

⇨ nicht hier wieder zusammenarbeiten

不在這裡再次一起工作 → 再次一起工作的地方不在這裡

⇨ hier nicht wieder zusammenarbeiten

不要再次在這裡一起工作 → 在這裡一起工作的事停止

⇨ hier wieder nicht zusammenarbeiten

再次在這裡不一起工作

但是在以下情況下，nicht 不能放在 spielen 之前。

× morgen hier mit Peter Tennis nicht spielen

原因如同上面提過的片語「ins Kino gehen」要被當成單一一組動詞的情況一樣，由於片語 Tennis spielen「打網球」被視為一組動詞片語，因此 nicht 無法插入此片語之間。

有時我們在閱讀德文句子時，會遇到 nicht 以令人難懂的方式被放在句子某位置的情況。不過，這可以透過動詞片語來解釋。請參照下面的例句。

⇨ Ich verstehe das wirklich nicht. 🎧

我真的不明白。

這個「nicht」是否定了什麼呢？讓我們用動詞片語來解答這個問題。在這句話中，verstehe 的原形是「verstehen」（明白，理解）。帶有否定意義的「不明白」，其德語為「nicht verstehen」。那麼，「真的不明白」的德語是「das wirklich nicht verstehen」。現在，讓我們試著用這個動詞片語造句。

在德語中，一個「句子」通常由一個主詞和隨主詞做變化的「動詞」組成。

當要用動詞片語造一個完整的句子時，首先要確定主詞，並將動詞放在適當的位置（例如，直述句中的第二個位置），並隨主詞的人稱做變化。現在，如果我們將主詞定為 ich，並用這個動詞片語造句，如下：

🎧

Ich verstehe das wirklich nicht.　　das wirklich nicht verstehen

如您所看到的，在動詞片語（右）中，nicht 否定了接在後面的 verstehen，但是在動詞做了變化的完整句子（左）中，nicht 被放在句尾。

換句話說，直述句字尾的 nicht 否定了動詞。為了確認是否理解，我們來看另一個加上助動詞的句子結構：

（不定式片語）⇨das wirklich nicht verstehen können「真的不理解」

當要使用助動詞並搭配主要動詞時，此時助動詞會隨主詞做動詞變化（→請參考第 14 章）。因而，在造一完整句子時，助動詞要放在第二個位置。

Ich kann das wirklich nicht verstehen.　das wirklich nicht verstehen können

以下是動詞片語轉換成句子的方式，如下表：

nicht verstehen	⇨	Ich verstehe nicht.
nicht alles verstehen	⇨	Ich verstehe nicht alles.
nicht alles richtig verstehen	⇨	Ich verstehe nicht alles richtig.
nicht alles verstehen können	⇨	Ich kann nicht alles verstehen.

【alles 全部，richtig 正確的】

不可分離動詞・可分離動詞

2_16_1

Sie muss morgen früh aufstehen.
她明天必須早起。

---

stehen → Hier steht eine alte Eiche. 這裡矗立著一棵老橡樹。

bestehen → Du kannst die Prüfung bestehen. 你能夠通過考試。

auf|stehen → Ich muss morgen früh aufstehen. 我明天必須早起。

　　在德語中，很多動詞只要加上其他要素（綴詞），就能構成另一個動詞，如同英語中的（start 和 restart、appear 和 disappear）。因為有這種造字法，德語形成了一套數量龐大的詞彙造字系統。例如 gehen（去）可造出 aufgehen（上升）、untergehen（下沉）和 vergehen（通過）等動詞。這類動詞以文法的觀點來說，一般分為可分離動詞及不可分離動詞這兩種類型。

可分離動詞

　　當要用這一類動詞造句時，動詞中的前綴詞要與動詞本體分開來放置。請看以下 aufgehen「（太陽等）升起」的例句。

Die Sonne geht heute um 5 Uhr auf.

今天太陽會在 5 點鐘升起。【e Sonne 太陽，heute 今天，~Uhr ～時】

Die Sonne	geht	um 5 Uhr	auf.
	動詞本體 （依人稱做變化）		前綴

Geht die Sonne heute um 5 Uhr auf? 今天太陽會在 5 點鐘升起嗎？

Geht	die Sonne heute um 5 Uhr	auf?
動詞本體（依人稱做變化）		前綴

Wann geht die Sonne heute auf?

太陽今天何時會升起？【wann 什麼時候，何時】

Wann	geht	die Sonne heute	auf?
	動詞本體 （依人稱做變化）		前綴

　　為何會有這樣令人難以理解的變動？其實只要稍微拆解一下動詞的結構，就能理解了。這些所謂的「前綴」實際上是指名詞、動詞、副詞、形容詞等的獨立單字。例如：

radfahren（騎自行車）→ Rad（自行車：名詞）+ fahren（開車）
untergehen（下沉）→ unter（向下：副詞）+ gehen（去）

　　至今，有些動詞的含義在文字的發展過程中，早已演變成無法追溯其起源了。且這些動詞原本的結構是「詞綴+動詞」。如上面的 aufgehen 原本是副詞 auf「向上」＋動詞 gehen「去」的組合（向上去→升起）。

　　我們以 radfahren「騎自行車」為例，來看看這個可分離動詞的演變過程。

　　fahren 有「騎、駕駛、移動」等等的含意在，並且能構成動詞片語，例如 Auto fahren（駕駛汽車）、Motorrad fahren（騎摩托車）、Fahrrad fahren（騎自行車）等。「總是開車」用德語來表示為 immer Auto fahren。用 ich 作為主詞來進行造句的話，首先要將原形動詞 fahren 變化成 fahre，放到第二個位置便能造出 Ich fahre immer Auto. 的句子。至於 Fahrrad fahren（騎自行車），似乎是在使用過程中被縮短成 Rad fahren，

並且還將其視為一個動詞而寫成 radfahren。因此「總是騎自行車」的德語是 immer radfahren，而要造句的話就會變為 → Ich fahre immer rad 的句型。像這樣可分離的動詞形式「rad|fahren」早已通用於德語中。

然而，自二十世紀九十年代後半期以來，德語界的正字規範已在專家們的標準化過程中，將相當多的可分離動詞恢復成其原來的形式。radfahren 就是其中之一，如今的「Rad fahren」已經被定義為一種新的寫法了。

其實，今天對可分離動詞的標準化處理仍存有相當的爭議，有些被標準化的單字再度恢復成原來的形式。就因為語言是「活的」，理當會受到時代推進的影響，自然而然地接受各種形式的變化。

那麼，您明白什麼是「可分離動詞」了嗎？當一個詞彙經常與動詞緊密搭配，且頻繁使用時，它就會出現如同慣用語之類的表達方式。當它更進一步成熟到與動詞融為一體時，人們在意識上自然就會將它們視為一個單字使用，這就是我們現在所說的「可分離動詞」。另外，有些字典中會將可分離動詞中的**前綴**和**動詞本體**之間插入「|」以表示為可分離的，例如「auf|stehen」和「ab|fahren」。而可分離動詞的重音落在前綴詞上。

不可分離動詞

「可分離動詞」是由「詞綴＋動詞」組成的動詞不定式。而當動詞與**不能分離的詞綴**組合成另一個動詞時，就被稱為「不可分離動詞」。不可分離動詞的重音落在動詞字幹上。以下是常見的不可分離的字首：be-、emp-、ent-、er-、ge-、ver-、zer-、miss-。

有關不可分離動詞的例句，請參照如下：
bekommen 得到，empfinden 感受，erfahren 經歷，得悉，gestehen 承認，vergehen 消逝，zerreißen 撕毀，misshandeln 虐待

構成不可分離動詞的這些要素不能單獨使用於句中，並且總是依附著動詞成為一體，這就是不可分離動詞與可分離動詞的最大差異。

（可分離）　an|kommen「到達」

　　　　　　Er kommt um10 Uhr an.

　　　　　　他將在十點到達。

（非分離）　bekommen「得到」

　　　　　　Sie bekommt den Nobelpreis.

　　　　　　她獲得了諾貝爾獎。

　　不可分離動詞的詞綴，在文法上有人稱為「接頭詞」。相對的，可分離動詞的「前綴」本來就是一個獨立的單字，所以不屬於「接頭詞」。

練習題 16a
....

請對照中文翻譯,並參考【 】內提示的單字,將適當的德文填入( )內來完成句子。

(1)   (   )(   )(   )(   ) 9 Uhr 30
      (   ).

      講課於 9 點 30 分開始。【e Vorlesung 講課,an|fangen 開始】

(2)   (   )(   )(   ) noch mal (   ).

      我會再打電話給你。【jn an|rufen 打電話給某人 4,noch mal 再次】

(3)   (   )(   ) jeden Tag stundenlang (   ).

      他每天都看好幾個小時的電視。【fern|sehen 看電視,jeden Tag 每
      天,stundenlang 好幾個小時】

(4)   (   )(   )(   )(   ) für die
      Grillparty (   ).

      她在為烤肉派對準備沙拉。【vor|bereiten 準備,r Salat 沙拉,e
      Grillparty 烤肉派對】

(5)   Wir (   ) unser Sommerhaus.

      我們要賣掉我們的避暑別墅。【verkaufen 賣;出售 s Sommerhaus
      避暑別墅】

(6)   Vorsicht! Das (   ) leicht.

      小心! 易碎。【Vorsicht 注意! zerbrechen 打破,leicht 容易地】

(7)   Dieser Fluss (   ) in den Alpen.

      這條河發源於阿爾卑斯山脈。【r Fluss 河川,entspringen 源自】

表示「請求・建議・命令」的命令式

Lektion 17

2_17_1

Seid immer nett zu den Leuten!
你們要一直保持親切喔！

在本章中，我們不僅要學習陳述事實，還要學習用德語提出請求、建議和命令的表達方式。在不考慮句法的情況下，請求、建議和命令可以透過語氣和說話的方式來表達（中文也是一樣），也就是說，就算是直述句也可以視情況表達出請求或命令。在德語中（特別是在會話中）經常出現一種叫做「命令式」或「祈使句」的句法（也可參照 37 章中介紹的「命令式」）。雖然在文法名稱上稱之為「命令式」，但在多數情況下，我們會發現這種句法並沒有想像中那樣帶有強烈的「命令」語氣，反倒像是一種要求、請求，甚至是重申的表示。因此雖然名稱上叫做「命令式」，但在實際對話時，意義上並不帶有如名稱的「命令」的語氣。

因此在本章，我們主要是探討「命令式」的文法架構，不過在閱讀例句時，「命令式」句子的語意，不見得是「命令」的語感，根據上下文，有時也會有「命令」以外的各種語感或語氣（如請求）。

如何構成命令式

就人稱代名詞的文法來說，與第二人稱只用 you 的英語不同，德語的第二人稱有 du、ihr 和 Sie（單數／複數）這三個代名詞（→請參照第 13 章）。因此，當要使用命令式時，說話者必須依對象（依人稱）來正確地使用命令式。

如何構成 du 的命令式

du 的命令式是由原形動詞的字幹變成的。

kommen → komm   fahren → fahr

造命令式的方式是，把動詞放在句首，省略主詞的 du，並在句尾加上驚嘆符號「！」，就能造出命令式了。

⇨ **Komm schnell!**

快來！【schnell 迅速地】

⇨ **Fahr zum Supermarkt!**

去超市！【r Supermarkt 超級市場】

另外，在書面語中，命令式的字尾可以用「-e」來結尾。

⇨ **Trage es bitte nach oben!**

把它抬上去！【tragen 攜帶；背；提，nach oben 向上】

不過這種形式用在口語時，會變成強而有力的命令。

不過，當使用諸如 geben「給予」、lesen「閱讀」和 nehmen「拿」等動詞於人稱 du 時，需將該動詞的母音從「e」變為「i(e)」（如 geben → du gibst，nehmen → du nimmst），接著將字尾的「-st」刪掉即為 du 的命令式。

⇨ **Gib es mir sofort!**

馬上把它給我！【sofort 馬上】

⇨ **Nimm das Geld!**

拿走那筆錢！【s Geld 錢】

在這種情況下單字字尾也沒有「-e」。

另外，隨 du 人稱變化之後，結尾是「-t」而不是「-st」的動詞，如 sitzen、essen 和 lesen（du sitzt, du isst, du liest），其命令式是將「-t」去除。

⇨ Sitz! 坐下！

⇨ Iss! 吃！

⇨ Lies es laut! 大聲地唸出來！【laut 大聲地】

（→請參考第 8 章的 3) 需要注意的動詞）

如何構成 ihr 的命令式

ihr 的命令式與 ihr 的現在式人稱動詞變化形式相同。

ihr kommt → kommt　　　　ihr gebt → gebt

造命令式時，把動詞放在句首，省略主詞 ihr，並把驚嘆號「！」放在句尾。

⇨ Kommt schnell!

（你們）趕快來！

⇨ Gebt es mir sofort!

（你們）馬上把它給我！

如何構成 Sie 的命令式 （單數的 Sie 和複數的 Sie 相同）

Sie 的命令式與原形動詞相同的變化形式（但 sein 除外）。造命令式時，動詞放在句首，但不省略主詞，句尾同樣加上「！」。

⇨ Kommen Sie schnell!

請您快點來！

⇨ Geben Sie es mir sofort!

請您現在把它給我！

sein, haben, werden 的命令式

請注意，sein，haben 和 werden 有一些特殊的變化。

原形動詞		sein	haben	werden
命令式	對象為 du	sei	hab	werde
	對象為 ihr	seid	habt	werdet
	對象為 Sie	seien	haben	werden

⇨ Sei ruhig! Seid ruhig! Seien Sie ruhig!

閉嘴！／（你們都）安靜！／您冷靜！【ruhig 冷靜的，安靜的】

⇨ Hab keine Angst! Habt keine Angst! Haben Sie keine Angst!

不要害怕！／（你們都）不要害怕！／您不要害怕！

【e Angst 害怕，不安】

⇨ Werde bitte nicht krank! Werdet bitte nicht krank! Werden Sie bitte nicht krank!

請不要生病！／請（你們都）不要生病！／請您不要生病！

【krank 生病的】

可分離動詞的命令式

將動詞本體改成命令式格式，並放在句首，然後把可分離的前綴放在句尾，最後在其後加上驚嘆號「！」。

●du 的例句

auf|stehen 起床 → Steh sofort auf! 馬上起床！

zu|hören 聽 → Hör mir zu! 聽我說！

vor|lesen 讀出 → Lies die Stelle vor! 朗讀這段！【e Stelle 地方；（文章的）一段】

●ihr 的例句

auf|stehen → Steht sofort auf! （你們）馬上起床！

zu|hören → Hört mir zu! （你們都）聽我說！

vor|lesen → Lest die Stelle vor!（你們來）唸這段！

●Sie 的例句

auf|stehen → Stehen Sie sofort auf! 您馬上起床！

zu|hören → Hören Sie mir zu! 您聽我說！

vor|lesen → Lesen Sie die Stelle vor! 您唸這段！

不可分離動詞的命令式

　　不可分離動詞與普通動詞一樣，都是用相同的方式構成命令式。所以不可分離動詞的命令式，是將不可分離動詞直接放在句首，並在句尾放驚嘆號「!」。

⇨ Übersetzen Sie das mal kurz!

　　您簡單地翻譯一下！【übersetzen 翻譯，mal kurz 簡要地】

⇨ Vergiss es bitte nicht!

　　別忘了！【vergessen 忘記】

　　正如本章開頭所提及的，德語的「命令式」除了有狹義的「命令」意義，也用於其他各種情況。為了幫助您熟悉命令式，請看下面的例句。

1) 說明（最常用的情況）

⇨ Gehen Sie hier geradeaus. Dann gehen Sie die erste Straße links.

　　您往這邊直走。然後您在前面第一個路口左轉。【geradeaus 直直地，dann 然後，die erste Straße 第一條路，links 向左】

2) 注意，警告

⇨ Passen Sie auf!

　　您要注意！【auf|passen 注意】

⇨ Seien Sie vorsichtig!

您要小心！【vorsichtig 小心的】

⇨ Haben Sie keine Angst!

您不要害怕！

3) 鼓勵

⇨ Versuchen Sie es mal!

您再試試看！【versuchen 嘗試，mal 再次】

4) 指示，請求

⇨ Gießen Sie die Pflanze.

您要給植物澆水。【gießen 給（植物⁴）澆水，e Pflanze 植物】

⇨ Rufen Sie uns an.

您要打電話給我們。【jn an|rufen 打電話給（某人⁴）】

5) 對應粗魯、攻擊性或瘋狂行為

⇨ Hören Sie auf!

您住手！【auf|hören 停止】

⇨ Lass mich in Ruhe!

別打擾我！【in Ruhe lassen 默默離開】

6) 對寵物的命令

⇨ Sitz!

坐著！【sitzen 坐】

⇨ Warte!

等等！【warten 等待】

疑問→請求→指令的圖示

我們在表達中文時，除非特別需要，不然不會特別強調單複數（並不會特別用到如「～們」等表示複數的用詞）。不過在德語中，要是說話者不明確指出「單數」或「複數」，那麼聽者對於所要表達的意思會無法精確掌握。針對這方面的執著，與其將其歸類在文法領域，不如說是根植於母語人士的認知領域。例如，當用德語說到「黃蜂」、「毒蛇」和「地雷」這些單字時，尤其是在情況危急或有危機出現時，說話者是否有明確地使用正確的單複數形式，對聽者來說都是非常重要的訊息。

練習題 17a

請翻譯以下德文句子。

(1) Geben Sie mir das Buch!

_____

(2) Fangen wir an!

（如果使用 wir 作為主詞，可以用「我們～吧！」來造邀約或提議的句子。）【an|fangen 開始】

_____

(3) Gehen wir ins Kino!

_____

(4) Schreib mir eine E-Mail!

_____

(5) Komm bitte schnell!

【schnell 快速地】

_____

(6) Benutzen Sie bitte den Notausgang!

【benutzen 使用，r Notausgang 緊急出口】

_____

(7) Tu das nicht!

【tun 做】

_____

連接詞 1·對等連接詞

2_18_1

Bitte mit viel Knoblauch und Peperoni!
請給我多一點大蒜和辣椒！

　　連接詞是將句子和句子，單字和單字連接在一起的詞，相當於英文的 and、but 等詞彙。德語則有如 und「和」、aber「但是」、oder「或者」、weil「因為」等。德語連接詞在文法上可分為本章要學習的「對等連接詞」和下一章要學習的「從屬連接詞」。

常用連接詞的特徵

1) 對等連接詞

　　對等連接詞具有以對等的關係來連接句子與句子（或單字與單字）的特性。雖然可以連接任意數量的句子和單字，但如果連接的句子太長或是單字太多，反而會難以理解。讓我們來看下面的 und「和」的例句。

⇨ Sie kommt aus Italien und er kommt aus Japan.

她來自義大利，而他來自日本。【s Italien 義大利】

⇨ Kaffee, ein Stück Sandkuchen und auch Sahne dazu?

來杯咖啡、一塊磅蛋糕再來點鮮奶油？

【s Stück（一）塊、r Sandkuchen 磅蛋糕，e Sahne 奶油】

⇨ Die Sonne scheint und die Vögel singen.

陽光燦爛，鳥在歌唱。【scheinen 照耀，d Vögel：r Vogel 小鳥】

2) 從屬連接詞

　　從屬連接詞的特徵是，把兩個有因果關係（～，因此～）、有同時性

的關係（在～的時候）、帶有讓步或反駁關係（儘管～，但～）、假設關係（如果～）、補充說明（那麼～）等意義的句子連接起來的功能。由從屬連接詞引導的子句（或稱從屬子句），也可以將之視為另一子句的修飾語（詳見第十九章）。

⇨ **Das geht nicht, weil kein Strom da ist.** 🎧

這行不通，因為沒有電。【weil 因為～，gehen 進行，進展，r Strom 電流，da sein 存在，有】

⇨ **Sie fährt noch, obwohl sie schon neunzig ist.**

她仍然有在開車，儘管她已經九十歲了。【fahren 駕駛，obwohl 雖然、儘管，schon 已經，neunzig 九十】

⇨ **Wenn ich Entspannung brauche, höre ich immer Mozart.**

當我需要放鬆的時候，我總是聽莫扎特。【wenn 如果，e Entspannung 放鬆，brauchen 需要】

　　在本章中，您將學習如何使用下面的對等連接詞。

常見的對等連接詞

● und「～和～」（= 英語的 and）

⇨ **Salz und Pfeffer** 🎧

鹽和胡椒【s Salz 鹽，r Pfeffer 胡椒】

⇨ **Sie mag Katzen und ich mag Hunde.**

她喜歡貓，我喜歡狗。

【mögen 喜歡，d Katzen：e Katze 貓、d Hunde：r Hund 狗】

● aber「～，可是～」（= 英語的 but）

⇨ **klein, aber fein**

小而美（雖然小，但很美）。【klein 小的，fein 美好的】

⇨ **Das ist praktisch, aber es kostet nicht wenig.**

這很實用，但並不便宜。【praktisch 實用的，kosten 花費，wenig 少的】

●oder「～或～」（=英語 or）

⇨ oben oder unten?

上面還是下面？【oben 上面，unten 下面】

⇨ Ist er in Japan, oder ist er gerade in Taiwan?

他是在日本還是正好在台灣？【gerade 現在，s Taiwan 台灣】

●denn「～，因為～」（= 英語 for：接在一段敘述後面，用來說明理由）

⇨ Er schafft die Prüfung, denn er ist klug.

他考試通過，因為他聰明。

【schaffen 完成，e Prüfung 考試，klug 聰明的】

⇨ Sie wird nicht krank, denn sie ist geimpft.

她不會染疫，因為她已接種疫苗了。

【krank 生病的，geimpft 接種疫苗了】

⇨ Das kaufe ich nicht, denn es ist zu teuer.

我不會買，因為太貴了。【zu 太，teuer 昂貴的】

練習題

2_18_2

練習題 18a

請對照中文翻譯，在（　）中填入符合句意的德文單字。本大題的連接詞請用 und。

(1)（　　　）（　　　）viel Stress,（　　　）（　　　）（　　　）
auch nicht so gut.

我們壓力很大，也睡不好。【Stress haben 有壓力，schlafen 睡覺】

(2)（　　　）（　　　）（　　　）（　　　）die（　　　）blühen.

陽光燦爛，花開盛茂。【d Sonne 太陽，scheinen 照耀，d Blumen：
e Blume 花，blühen 盛開】

(3) Man（　　　）ans Meer（　　　）（　　　）dort Urlaub.

人們都去海邊度假。【fahren 去，s Meer 海，Urlaub machen 去度假】

練習題 18b

請對照中文翻譯，在（　）中填入符合句意的德文單字。本大題的連接詞請用 aber。

(1)（　　　）（　　　）es,（　　　）（　　　）（　　　）es nicht!

我還在讀，但是無法理解！【lesen 閱讀、verstehen 理解】

(2) Das（　　　）,（　　　）es（　　　）sehr laut.

它有作用，但太大聲。【funktionieren 功能，laut 吵雜】

(3)（　　　）（　　　）（　　　）schön,（　　　）（　　　）
（　　　）ihn nicht.

那輛車很好看，但是我們不買。【r Wagen 車】

練習題 18c
....

請對照中文翻譯，在（　）中填入符合句意的德文單字。本大題的連接詞請用 oder。

(1) Erledigen (　　　) das heute (　　　) lieber morgen?

我們要今天做完，還是明天完成會更好？

【erledigen 完成，lieber 寧可】

(2) (　　) (　　) schwimmen, (　　) (　　) (　　) etwas anderes.

我們去游泳，還是去做點別的。【schwimmen gehen 去游泳，etwas anderes 別的事物】

(3) (　　) (　　) noch Geld, (　　) (　　) (　　) noch mehr?

你錢夠嗎，還是要更多？

【s Geld 錢，brauchen 需要，noch mehr 更多】

練習題 18d
....

請對照中文翻譯，在（　）中填入符合句意的德文單字。本大題的連接詞請用 denn。

(1) (　　) (　　) kaum Süßes, (　　) (　　) (　　) (　　).

我不太吃甜食，因為我想減肥。【essen 吃，kaum 一點點，Süßes 甜食，ab|nehmen 減量、減肥】

(2) (　　) Sie nicht den Schirm, (　　) es regnet gleich!

您別忘了帶傘，因為馬上要下雨了！【vergessen 忘記、r Schirm 雨傘，regnen 下雨，gleich 馬上、很快】

(3) Das (　　) sinnlos, (　　) es (　　) nicht.

這毫無意義，因為行不通。【sinnlos 無意義的，gehen 進行，進展】

主句與從句‧
從屬連接詞 1

2_19_1

Wir wissen, dass die Maschine heute ankommt.
我們知道此航班今天會到。

從屬連接詞

Er kommt heute. Wir wissen es.

他今天會來。我們知道。【wissen 知道】

在上面的句子中，es 指的是 Er kommt heute 這句話。此時，也可以用以下這句表示。

Wir wissen: Er kommt heute.

我們知道他今天會來。

如果把上面這個句子加上一個連接詞（dass「～那」，相當於英語的連接詞 that），就能夠使句子的關聯性更為明確。

Wir wissen, dass er heute kommt.

我們知道他今天會來。

連接詞可以清楚表達兩句子之間的關聯性，像是可以補充說明前一段敘述，或表達出因果關係。起這種作用的連接詞稱為「從屬連接詞」。

主句和從句

請比較下面兩個句子。

1a) Wir wissen, dass er heute kommt.

我們知道他今天會來。

1b) Wir wissen es. （= 英語的 We know it.）

我們知道那件事。

比較 1a) 和 1b) 這兩句，我們可以看出 1a) 句中的「dass er heute kommt」和 1b) 句中的「es」，兩者都扮演著相同的角色，也就是動詞 wissen 的受詞。如下圖所示。

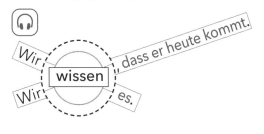

1b) 句中的「es」（這）是用來表達對話雙方都知道的事物，至於 1a) 則是用一個句子 dass er heute kommt 來表達。此時這裡的 es 是「代名詞」，而 dass er heute kommt 是「句子」。透過這兩句的對照可知，es = dass er heute kommt，es 可代替 dass er heute kommt，因此兩者可視為同等關係。像這種接在主句中的子句「dass er heute kommt」，我們一般稱為「從句」（或稱「從屬子句」）。1b) 句中的代名詞「es」所指稱的內容，即在 1a) 句中的「dass er heute kommt」，因此包括「從句」在內的整個句子（Wir wissen, dass er heute kommt.）一般稱為「主句」。

讓我們看另一個例句。

2a) Er wohnte hier in seiner Kindheit.

他小的時候住過這裡。【wohnte（wohnen「居住」的過去式）、e Kindheit 童年】

2b) Er wohnte hier, als er ein Kind war.

當他還是個孩子的時候，住過這裡。【als 當～的時候、war（sein「是～」的過去式)】

※關於過去式的詳細解說，請參閱第 24 章。

這裡我們可以看到 2a) 中的詞組「in seiner Kindheit」，在 2b) 中是用子句「als er ein Kind war」來表達。而在 2b)中，「Er wohnte hier」是「主句」，而「als er ein Kind war」是嵌入在這主句中的「從句」。

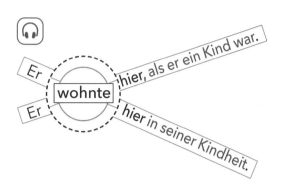

請注意這裡有一個重要的規則，即「**在從句中，做了人稱變化的動詞要放在句尾**」。因此我們可以看到 2b) 句子中做了人稱變化的動詞（war）是放在句尾的。

以下我們來複習動詞（有做人稱變化的動詞）在句子中的位置。

動詞的位置		句首	第二	句尾
直述句	→		動詞	
是非疑問句	→	動詞		
疑問詞疑問句	→	疑問詞	動詞	
從句	→	從句的連接詞		動詞

請牢記，在德語中動詞的位置只會有三種情形（句首、第二個位置和句尾）。

接下來，我們來思考看看若將助動詞放到從句中，會發生什麼樣的狀況。在 Wir wissen, dass er heute kommen kann.「我們知道他今天能來」這句中，由於助動詞變成隨人稱變化，所以要將此助動詞放在句尾。

如同上面例句中所呈現的一樣，dass（相當於英文的 that）和 als（當～的時候）都是引導從句的連接詞，以下還有其他扮演相同角色的連接詞。

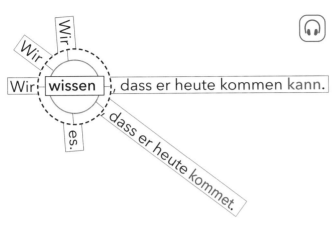

weil「因為～」、wenn「如果～／當～的時候」、obwohl「雖然～」、ob「是否～」、da「因為～」、während「在～期間」、als「當～的時候」、nachdem「在～之後」。此外，包括如 was「什麼」、wo「在哪裡」、wohin「去哪裡」、woher「從哪裡」、wann「什麼時候」等疑問詞也可當作連接詞來引導間接問句。

⇨ Wir wissen, wo er wohnt.
我們知道他住在哪裡。

這些放在句首的連接詞，不僅可引導從句，讓兩個子句之間有邏輯上的關係，還補充說明了主要子句的內容。

動詞 wissen

例句中使用的 wissen「知道」是一個常見的動詞，此動詞若搭配的主詞是 ich 或 er 時，其字尾就不是一般常見的變化形態。

ich	**weiß**	wir	wissen
du	**weißt**	ihr	wisst
er/sie/es	**weiß**	sie	wissen
Sie	wissen	Sie	wissen

練習題 19a

請對照中文翻譯，並使用動詞 wissen 以及【 】中的參考單字來完成句子。

(1) Wir (　　　　), dass es nicht so einfach (　　　　).

我們知道這並不容易。【einfach 簡單地，gehen 進行】

(2) (　　　　) du, dass man hier Eintritt (　　　　) (　　　　)?

你知道必須在這裡支付入場費嗎？【r Eintritt 入場費、bezahlen 支付，müssen 必須】

(3) Ich (　　　　), dass man das nicht (　　　　).

我知道不應該這樣做。【dürfen 被允許】

練習題 19b

請對照中文翻譯，並使用動詞 wissen 以及【 】中的參考單字來完成句子。

(1) (　　　　) du, wie man am besten dorthin (　　　　)?

你知道到那裡最好的方法是什麼嗎？【am besten 最好，dorthin 到那裡，kommen 來；去】

(2) Er (　　　　) nicht, warum er so traurig (　　　　).

他不知道為什麼這麼難過。【traurig 傷心的，sein 是】

(3) (　　　　) ihr, ob ihr bis morgen damit fertig (　　　　)?

你們知道你們明天前能完成嗎？

【bis 直到，damit fertig sein 完成它】

練習題 19c

請對照中文翻譯，並使用 weil 以及【】中的參考單字來完成句子。

(1) Ich mag dich, (　　　　　　) du so nett (　　　　　　).

我喜歡你，因為你是一個好人。【mögen 喜歡，nett 善良的、溫柔的】

(2) Die Eisbären sterben langsam aus, (　　　　　) das Eis
(　　　　　).

隨著冰層融化，北極熊瀕臨滅絕。

【d Eisbären：r Eisbär 北極熊、langsam 逐漸地，aus|sterben 絕
種，schmelzen 融化（不規則動詞、第三人稱單數是 schmilzt）】

(3) Wir kommen nicht, (　　　　　) es draußen heftig
(　　　　　).

外面下著大雪，我們就不去了。【draußen 外面，heftig 猛烈地，
schneien 下雪（以 es 為主詞的非人稱動詞）】

(4) Sie möchte das nicht spielen, (　　　　　) sie diese
Musik nicht (　　　　　).

她不想演奏那個音樂，因為她不喜歡。【spielen 演奏、e Musik 音
樂、mögen 喜歡】

主句與從句·從屬連接詞 2

2_20_1

Weil sie krank ist, kommt sie nicht.
因為她生病了，所以沒來。

1a) Daher kommt sie heute nicht.

因此她今天沒來。【daher 因此】

1b) Wegen der Krankheit kommt sie heute nicht.

因為生病，所以她今天沒來。【e Krankheit 生病】

1c) Weil sie krank ist, kommt sie heute nicht.

因為她生病了，所以她今天沒來。【krank 生病的】

　　接續上一章，我們再來思考一下主句和從句的關係。現在請看看上面的三個例句。

　　在 1a) 句，是由一個副詞 daher「因此」來引導所想傳遞的內容（即她今天沒來），至於在 1b) 句是用介系詞片語 wegen der Krankheit「因為是生病」來補充說明主句的原因，而在 1c) 句則是以 weil sie krank ist「因為她生病了」的句型來補充說明。

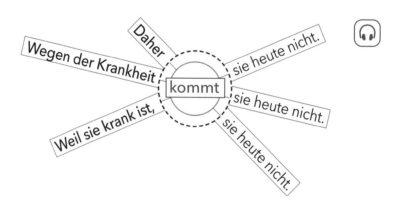

現在我們來把焦點放在變化動詞 kommt 的位置。在 1a) 句中 Daher 後面接的是 kommt，這是為了符合「動詞放在直述句中第二順位」的規則。接下來，比較這三個句子中的「daher」、「wegen der Krankheit」和「weil sie krank ist」，雖然這三者在形態上有所不同，分別以「單字」、「介系詞片語」和「句子」來表示，但就內容來看，這三者在句中都發揮了相同的作用（daher = wegen der Krankheit = weil sie krank ist）。由此可知，依據「動詞放在第二順位」的規則，我們就不難理解為什麼 kommt 分別接在「Wegen der Krankheit」和「Weil sie krank ist」之後的原因了。

2a) Trotzdem werden wir damit nicht fertig.

儘管如此，我們還是無法完成。

【trotzdem 儘管如此，damit fertig werden 完成它】

2b) Trotz der Fristverlängerung werden wir damit nicht fertig.

儘管期限延長了，我們還是無法完成。

【e Fristverlängerung 期限延長】

2c) Obwohl die Frist um ist, werden wir damit nicht fertig.

雖然過了最後期限，我們還是無法完成。

【obwohl 雖然，儘管，e Frist 最後期限，um sein 過去了】

當從句放在主句前面時，主句會以動詞作為開頭。

3a) Wir spielen Tennis, wenn das Wetter gut ist.
3b) Wenn das Wetter gut ist, spielen wir Tennis.

如果天氣好的話，我們會去打網球。【s Wetter 天氣，gut 好的】

4a) Ich muss ihn fragen, ob er heute kommt.
4b) Ob er heute kommt, muss ich ihn fragen.

我得問問他今天會不會來。【ob 是否；會不會，jn fragen 詢問某人 4】

接下來看看其他從屬連接詞的一些例句。

● während「當～時」

⇨ Während er überlegt, führt er immer Selbstgespräche.
他在考慮的時候，總是會自言自語。【 überlegen 考慮，Selbstgespräche führen 自言自語 】

⇨ Während meine Freunde das Leben genießen, muss ich weiterarbeiten.
當我的朋友們在享受生活時，我還必須繼續工作。

【 d Freunde：r Freund 朋友，s Leben 生活，人生，genießen 享受，weiter|arbeiten 繼續工作 】

● obwohl「即使～」

⇨ Wir werden es bestellen, obwohl es ziemlich teuer ist.
雖然頗貴，但是我們還是會訂購。【 bestellen 訂購，ziemlich 相當，teuer 昂貴的 】

● da「由於～」

⇨ Da es nun mal so ist, kann man es leider nicht ändern.
由於已經發生了，很遺憾我們改變不了。【 nun mal 既然，leider 不幸的是，ändern 改變 】

⇨ Wir müssen diesen Weg nehmen, da wir sonst nicht weiterkommen.
我們必須走這條路，否則就走不下去。【 r Weg 道路，sonst 否則，weiter|kommen 繼續前行 】

● wenn「如果～」

⇨ Wenn sie es sagt, muss es wohl stimmen.
如果她這麼說，那就肯定是了。【 wohl 大概，stimmen 當然是 】

練習 20a

請對照中文翻譯，並參考【 】內的提示單字來完成句子。

(1) Sie sieht fern, (　　　　) sie Ihre Hausaufgaben
(　　　　) .
她邊做功課邊看電視。【fern|sehen 看電視，während 當～時，
d Hausaufgaben：e Hausaufgabe 家庭作業，machen 做】

(2) Meine Tochter fragt, (　　　　) du auch (　　　　) .
我女兒問說你是不是也要來。【e Tochter 女兒，fragen 問，ob 是
否；會不會，kommen 來】

(3) (　　　　) ihr nicht (　　　　) (　　　　) ,gehen wir
allein.
因為你們不想一起去，所以我們自己去。【da 因為～、mit|gehen 一起
去，wollen 想，gehen 去，allein 獨自】

(4) (　　　　) sie nach Haus (　　　　) , duscht sie erst
einmal.
回到家後，她做的第一件事就是洗澡。【wenn 當～時；如果～，nach
Haus kommen 回家，duschen 淋浴，erst einmal 先～】

(5) Sie kommt mit dem Fahrrad, (　　　　) der Bus heute
nicht (　　　　) .
因為今天沒有公車，所以她騎自行車來。【s Fahrrad 自行車，weil 因
為～，r Bus 公車，fahren 行駛，運作】

(6) (　　　　) sie (　　　　) , sag uns Bescheid.
如果她打來，請告訴我們。【wenn 如果～，an|rufen 打電話，
Bescheid sagen 通知】

Lektion 21 形容詞的用法

2_21_1

Das ist wirklich ein kluges Tier.
牠真的是一隻聰明的動物。

1) 形容詞的作用

　　「形容詞」是表達事物本質的詞性，在句子中有兩種作用。讓我們以 schön「美的」和 klug「聰明的」為例來說明。

a) Die Blumen sind schön.

　　那些花很漂亮。【schön 美的】

　　Der Hund ist klug.

　　那隻狗很聰明。【klug 聰明的】

b) Die schönen Blumen sind für dich.

　　那些美麗的花是要給你的。

　　Das ist ein kluger Hund.

　　那是一隻聰明的狗。

　　如在 a) 句中，形容詞用作主詞的述語，而在 b) 句中，形容詞用作名詞前的修飾語。用作述語的形容詞，其形態不做變化。但是，當形容詞用作名詞的修飾語時，形容詞字尾做了變化，各位是否有看到呢？

　　形容詞到底是如何進行字尾變化，這正是本章的主題。

2) 作爲修飾語的形容詞

　　形容詞直接放在名詞之前，有以下三種可能的情況。

der starke Kaffee：定冠詞＋形容詞＋名詞

ein starker Kaffee：不定冠詞＋形容詞＋名詞

starker Kaffee：形容詞＋名詞【stark 濃的】

名詞前不論是否有使用定冠詞、不定冠詞或無冠詞，名詞前面接的形容詞，其字尾變化多少有些不同。聽起來可能很複雜，但一旦掌握了竅門，就能融會貫通。而且，即便用錯了字尾變化，對於您德語的表達也不會造成太大的影響，請放心地慢慢學習。以下是三組針對形容詞的變格表，但最基本的是「定冠詞＋形容詞＋名詞」的模式，能先有這個概念，將有利於接下來的學習。請記住，形容詞放在名詞之前並成為修飾語時，進行「字尾變化」這件事，在整個句子中扮演著非常重要的角色。

3)「定冠詞＋形容詞＋名詞」的情況

	陽性	陰性	中性	複數
第一格	der neue Wagen	die kurze Zeit	das alte Buch	die jungen Leute
第二格	des neuen Wagens	der kurzen Zeit	des alten Buch(e)s	der jungen Leute
第三格	dem neuen Wagen	der kurzen Zeit	dem alten Buch	den jungen Leuten
第四格	den neuen Wagen	die kurze Zeit	das alte Buch	die jungen Leute
	那輛新車	那短暫的時間	那本舊書	那些年輕人

【neu 新的、kurz 短的、alt 舊的、jung 年輕的】

從這張表中我們可以理解以下兩點：

1) 字尾只有 -e 或 -en。

2) 大多數的情況是以 -en 結尾。字尾 -e 主要出現在單數第一格和第四格（除了陽性第四格）。

4)「無冠詞＋形容詞＋名詞」的情況

	陽性	陰性	中性	複數
第一格	stark**er** Kaffee	voll**e** Tasse	nass**es** Gras	leicht**e** Aufgaben
第二格	stark**en** Kaffees	voll**er** Tasse	nass**en** Grases	leicht**er** Aufgaben
第三格	stark**em** Kaffee	voll**er** Tasse	nass**em** Gras	leicht**en** Aufgaben
第四格	stark**en** Kaffee	voll**e** Tasse	nass**es** Gras	leicht**e** Aufgaben
	濃的咖啡	滿滿的一杯	濕的草	簡單的任務

【stark 濃的、voll 滿杯的、nass 濕的、leicht 簡單的】

　　當名詞帶有冠詞時，我們便可以從該冠詞的形態中分辨出該名詞的格位。而當名詞不帶有冠詞（無冠詞）時，便沒有任何格位的要素可供參考以了解句意。所以當一個形容詞接在無冠詞的名詞前時，為了要能分辨並理解句意，因而衍生出了透過改變形容詞的字尾來代替冠詞的方法。請仔細看下表，除了陽性第二格和中性第一、二、四格之外，其他完全都與定冠詞的字尾一致。（在中性的第一、四格情況下，字尾為 -**es**）。

無冠詞的形容詞字尾							
	陽性		陰性		中性		複數	
	定冠詞	字尾	定冠詞	字尾	定冠詞	字尾	定冠詞	字尾
第一格	der	-er	die	-e	das	**-es**	die	-e
第二格	des	**-en**	der	-er	des	**-en**	der	-er
第三格	dem	-em	der	-er	dem	-em	den	-en
第四格	den	-en	die	-e	das	**-es**	die	-e

簡單來說，當形容詞要接一個沒有冠詞的名詞時，「形容詞將代替定冠詞進行格位的字尾變化」。

5)「不定冠詞＋形容詞＋名詞」的情況

	陽性	陰性	中性	複數
第一格	**ein** kalt**er** Winter	eine gute Idee	**ein** schlimm**es** Ende	alte Freunde
第二格	eines kalten Winters	einer guten Idee	eines schlimmen Endes	alter Freunde
第三格	einem kalten Winter	einer guten Idee	einem schlimmen Ende	alten Freunden
第四格	einen kalten Winter	eine gute Idee	**ein** schlimm**es** Ende	alte Freunde
	一場寒冬	一個好主意	一個糟糕的結局	我的老朋友們

*由於不定冠詞（一個～）沒有複數形式，因此在複數欄位去掉不定冠詞「一個」，形容詞直接做字尾變化。請參考上述 4）「無冠詞＋形容詞＋名詞」的複數變化。
【kalt 寒冷的，gut 好的，schlimm 糟糕的，alt 老的】

表格 5) 可以說是表格 3)「定冠詞＋形容詞＋名詞」與表格 4)「形容詞＋名詞」字尾變化的整合。換句話說，由於不定冠詞的陽性第一格、中性第一格與第四格的變化形態都是 ein（無字尾），所以我們可以這樣認為，形容詞在此情況中因做了字尾變化，便彌補了因無冠詞而缺乏格位要素所造成的不確定性，藉此有助於我們了解句子的完整意思。

6) 總結形容詞的變格

我們可以簡單地歸納以上的解說。

1) **帶有定冠詞的情況**：字尾「-e」僅出現在單數第一和第四格位，其餘皆為「-en」結尾（但只有陽性第四格單、複數的字尾為「-en」）。

2) **無冠詞的情況**：形容詞代替定冠詞進行字尾變化（但陽性和中性第二格的字尾為「-en」，中性第一格和第四格的字尾是「-es」）。

3) **帶有不定冠詞的情況**：相當於帶定冠詞的情況。只有在陽性第一格，中性第一格與第四格時，形容詞字尾是與無冠詞時的形容詞字尾相同。

 練習題

2_21_2

練習題 21a

請將正確的形容詞字尾填入（　）內。

(1) Die neu(　　　　) Kollegin ist sehr nett.

新同事是非常親切。【neu 新的，e Kollegin 女同事，nett 親切的】

(2) Sehen Sie das groß(　　　　) Gebäude dort?

您能看到那邊那棟大建築物嗎？【sehen 看到，groß 大的，s Gebäude 建築物、dort 那邊】

(3) Sie wohnen in dem südlich(　　　　) Stadtteil.

他們住在城鎮的南區。【wohnen 居住，südlich 南部的，r Stadtteil 城區】

(4) Wir wünschen dir eine schön(　　　　) Reise.

我們祝你旅途愉快。【wünschen 希望；祝福，schön 美好的，e Reise 旅行】

(5) Ich werde mein alt(　　　　) Auto verkaufen.

我打算賣掉我的舊車。【alt 舊的，s Auto 汽車，verkaufen 出售】

(6) Möchtest du wirklich meine alt(　　　　) Gitarre haben?

你真的想要我的舊吉他嗎？【alt 舊的、e Gitarre 吉他、haben 持有】

(7) Kurz(　　　　) Haare stehen dir gut.

短髮蠻適合你的。【kurz 短的，d Haare：s Haar 頭髮，gut stehen 適合～】

(8) Wir lieben scharf(   ) exotisch(   ) Essen.

我們喜歡辛辣的異國風味料理。【lieben 喜歡，scharf 辛辣的、exotisch 異國風味的，s Essen 食物】

(9) Alkoholfrei(   ) Bier schmeckt mir nicht.

我覺得無酒精啤酒不好喝。【alkoholfrei 無酒精的，s Bier 啤酒，jm schmecken 對某人³ 來説味道很好】

形容詞的名詞化

Viele Freiwillige helfen mit.
許多志願者會幫忙。

形容詞的名詞化

德語中有「冠詞＋形容詞」當作「名詞」來使用的用法。例如：

· der Schnelle 敏捷的人（陽性）

· die Intelligente 聰明的人（陰性）

如上面的例句所示，將形容詞的第一個字母改為大寫，前面接上陰性或陽性的冠詞，且形容詞字尾也要配合陰陽性做變化，以顯示其性質是陰性、陽性或中性，這樣就能將形容詞「名詞化」，這在英語中也有同樣的用法。

· the rich 富裕階層 · the young 年輕族群

在英語中，藉由定冠詞 the 可將後面接的形容詞視為帶有複數意義的群體；然而在德語中，透過不同的冠詞，可分別表達出單數的個體或複數的群體的概念，以及性別的差別。

但是，「形容詞的名詞化」和「形容詞＋名詞」的表達方式並不完全相同，實際上是有細微差別的。請見下面的範例解說。

a) der schlanke Mann, die mutige Frau

那位身材修長的男性，那位堅強的女性

【schlank 修長的；苗條的，mutig 堅強的；勇敢的】

b)der Schlanke, die Mutige

那位身材修長的（某人），那位堅強的（某人）

　　在上述 a) 中，兩詞組的重點放在名詞（Mann、Frau）上，而形容詞「修長的」和「堅強的」則為名詞添加了屬性。另外在 b) 中，「修長的」和「堅強的」是兩詞組的重點核心。因此當 b) 的德文出現在文章中，要將其翻譯成中文時，其真實的意義為何，還是得從上下文來判斷了。

帶有定冠詞之形容詞的名詞化

　　除了陽性和陰性形式外，也有表示複數的形式，因此可用帶有複數的冠詞來表示一個群體。

・die Alten（老人們）

　　下表是形容詞的名詞化。由於形容詞起了名詞的作用，因此也會進行變格。

neu（新的）→ der/die Neue（新人）、die Neuen（新人們）

（新人）	陽性	陰性	複數
第一格	der Neue	die Neue	die Neuen
第二格	des Neuen	der Neuen	der Neuen
第三格	dem Neuen	der Neuen	den Neuen
第四格	den Neuen	die Neue	die Neuen

　　這個變格表在形式上可視為「定冠詞＋形容詞＋名詞」變格表（請見第 21 章）中去除名詞後所得到的形式。也就是說，可以把它視為一個省略名詞後的形式，但在用法上，與上一頁中所提到的有細微的差別。

帶有不定冠詞之形容詞的名詞化

　　帶有不定冠詞的名詞化用法即「不定冠詞＋形容詞」的形式。在這種情況下，它與使用不定冠詞的名詞有相同的意義，表示「一位～的人」。

另外，無冠詞、去除複數的字尾即可表示不特定的群體。

nett（親切的）→ein Netter/eine Nette（親切的人）、Nette（親切的人們）

（親切的人）	陽性	陰性	複數
第一格	ein Netter	eine Nette	Nette
第二格	eines Netten	einer Netten	Netter
第三格	einem Netten	einer Netten	Netten
第四格	einen Netten	eine Nette	Nette

就形式上來說，此表可說是從「不定冠詞＋形容詞＋名詞」（單數形式）及「形容詞＋名詞」（複數形式）的變格表（請見第 21 章）中省略名詞之後的形式。

中性形容詞的名詞化

除了以上兩種「形容詞的名詞化」以外，尚有一種「中性定冠詞＋形容詞」的用法。陽性和陰性的冠詞在用法上可表示「人」，而中性的用法則表示「物品」或「事物」。像是 das Gute「美好的」，das Schöne「美麗的」。不過，這種表達抽象概念的中性形容詞名詞化，沒有複數形式。

此外，當中性形容詞的名詞化搭配 etwas、nichts、viel 單字一起使用時，例如 etwas Gutes「不錯的事物」、nichts Gutes「沒什麼好的事物」、viel Gutes「相當不錯的事物」的表現。這些用法相當於英語中 something nice 或 nothing special 的用法。

⇨ Wir reden von etwas Einmaligem.

我們正在談一些特殊的話題。【reden 講話，einmalig 獨特的】

⇨ Ich will euch etwas Schönes zeigen.

我想給你們看一些美麗的東西。【zeigen 出示；給～看】

⇨ Sie planen nichts Gutes.

他們計畫做壞事。【planen 計畫】

	好的事物	某件不錯的事物	沒什麼好的事物
第一格	das Gute	etwas Gutes	nichts Gutes
第二格	des Guten	—	—
第三格	dem Guten	etwas Gutem	nichts Gutem
第四格	das Gute	etwas Gutes	nichts Gutes

　　就形式上來說，此表可說是從「定冠詞＋形容詞＋名詞」和「無冠詞＋形容詞」的變格表中省略名詞之後的形式。

* 要注意的是，當與 etwas、nichts、viel 等一起使用時，第二格格位將不存在。

來自被名詞化之形容詞的單字

　　由於被名詞化的形容詞中，有部分因使用頻繁因而被廣泛流傳使用，現今字典已將不少的這類詞彙收錄其中。例如：

der/die Deutsche 德國人，der/die Heilige 聖人，
der/die Angestellte 職員，der/die Erwachsene 大人，
der/die Verwandte 親戚，der/die Bekannte 熟識，
der/die Studierende 學生等。

　　在字典中，雖然這類詞彙被視作名詞，但還是跟普通的名詞不同。由於這些詞彙是被轉化為名詞的形容詞，所以進行變格時，我們還是需要留意（請參照上表）。

⇨ Er ist ein Angestellter dieser Firma.
　 他是這家公司的職員。【 e Firma 公司】

⇨ Sie ist eine gute Bekannte.
　 她是一位非常熟識的人。

⇨ Deutsche diskutieren gern und viel.
　 德國人特別喜歡討論。【 diskutieren 討論，gern und viel 偏好】

⇨ Das ist nur für Erwachsene.

這是成人專用。

⇨ Und ich nehme ein Dunkles.（=ein dunkles Bier）

那麼，我要黑啤酒。【dunkel 黑暗的】

當形容詞進行名詞化時，陽性和陰性形式的對象僅限於人或生物。而中性形式幾乎可將所有的形容詞轉化為名詞。請見以下形容詞名詞化的列表。

	年長的男子 （陽性）	聰明的女子 （陰性）	美好的事物 （中性）	聰明的人們 （複數）
第一格	der Alte ein Alter	die Weise eine Weise	das Gute ein Gutes Gutes	die Intelligenten Intelligente （keine Intelligenten）
第二格	des Alten eines Alten	der Weisen einer Weisen	des Guten eines Guten	der Intelligenten Intelligenter （keiner Intelligenten）
第三格	dem Alten einem Alten	der Weisen einer Weisen	dem Guten einem Guten Gutem	den Intelligenten Intelligenten （keinen Intelligenten）
第四格	den Alten einen Alten	die Weise eine Weise	das Gute ein Gutes Gutes	die Intelligenten Intelligente （keine Intelligenten）

Lektion 23 時態

時態

　　人們通常以「過去、現在、未來」的時態來感受時間的流逝，而且因語言的不同，就會對時間的表達方式有所差異。在國中英語課上，大家都有聽說過「現在完成式」和「過去完成式」等文法用語吧？但瞭解這些文法的人有多少呢？中文本身沒有「現在完成式」或「過去完成式」的用法，所以剛開始學習這些文法時，確實花了點時間。不過話說回來，何謂德語的時態及使用方法，正是本章要一窺究竟的重點所在。

德語的時態

　　德語主要有三種時態，分別為「現在式」、「過去式」和「現在完成式」。其他雖然還有「未來式」、「過去完成式」及「未來完成式」，但由於這些時態使用的頻率相對來說較低，且在口語中幾乎很少使用，因此，對德語的初學者來說，最重要的是要先熟習「現在式」、「過去式」和「現在完成式」這三種時態。

現在式

　　在第 1 章我們已經學習過「現在式」的文法，現在我們再重新複習一遍。現在式，顧名思義就是表示當前的事件或是正在進行的動作或行為。此外，現在式也可以用於表示「習慣」、「真理」、「定義」等。在德語中，未來的事件通常也可以用現在式表達。請見例句如下。

⇨ **Er kommt morgen.** 🎧

他明天會來。

⇨ **Die Garantie erlischt nach 5 Jahren.**

保證期限於五年後失效。【e Garantie 保證，erlöschen 失效】

　　對於未來預計的事件，德語以現在式表達時，通常會在句子中加上諸如「從現在開始」、「明天」、「下週」、「明年」、「五年後」等片語以明確表示現在談論的是未來事件。

　　由於在德語文法中，沒有像英語文法中的現在進行式（be 動詞＋-ing「正在～」），所以當德語要明確表示「正在～」時，除了用現在式之外，也會在表達的語句中加上諸如「剛剛；剛好；正好」等詞句，以表示說話者現在正在進行某事的意思。

⇨ **Ich schreibe gerade eine Mail.**

我剛好在寫一封電子郵件。【schreiben 寫，e Mail 電子郵件】

⇨ **Eben ruft jemand an.**

剛剛有人打電話來。【an|rufen 打電話，jemand 某人】

　　因此，德語的現在式涵蓋範圍極廣，除了過去已發生的事以外，其餘所有的文法形式，幾乎皆可用現在式來表達。甚至我們可以這樣認為「現在式」＝「非過去式」。

過去式

　　原則上，**過去式是個談論與現在切割開來的過去事件的時態**。也可以說，這是以過去的某個時間點作為談論基準的時態。不過，在德語的日常會話中，當要講過去發生的事時，反而更常以「現在完成式」來表達，但有時也會因種種原因而混用「過去式」。因此，若在口語中過度使用過去式，聽起來反而會顯得僵硬且不自然。

不過，特定的動詞 sein、haben 以及助動詞在會話中經常會使用過去式，其他諸如表達想法、感情和意見的動詞（denken 思考，fühlen 感覺，meinen 想，sagen 說，finden 看到，hören 聽，sehen 看見）或 gehen 去，kommen 來，spielen 玩，zeigen 展示等等這些經常使用於日常中的動詞，常會以過去式來表達。其理由是因為過去式在用法上比現在完成式更簡潔。

現在完成式

在日常生活中要談到過去發生的事時，德語主要以現在完成式來表達。簡言之，在用法上，現在完成式可以看作是日常生活對話中針對「過去」的表達方式。不過誠如「過去式」所提到的，一些常用動詞在日常生活對話中常以「過去式」來表達，而非「現在完成式」。

動詞的三種基本形式

動詞的三種基本形式

在德語中，動詞的三種基本形式「原形動詞」「過去式」「過去分詞」，分別用來表達時間與狀態。且不論是哪種時態，皆須注意動詞字尾會依據主詞的人稱進行變化。現在式的時態從「原形動詞」構成，過去式的時態從「過去式」構成，完成式的時態從「過去分詞」構成。「原形動詞」「過去式」「過去分詞」通稱為動詞的「三種基本形態」。由於我們之前（第 1 章）已經學過了原形動詞變化，因此本章我們將學習過去式和過去分詞。

規則動詞與不規則動詞

德語動詞根據其變化模式可分為「規則動詞」和「不規則動詞」。大部分的動詞都是規則動詞，而不規則動詞則有大約 200 個。雖然不規則動詞的數量不多，但一直以來都是在生活中常用的動詞。因此我們可以這麼說，不規則動詞是歷史悠久的詞彙，並且以古老的形式保持並延續至今。此外，來自其他的語言（即所謂外來語）的動詞，皆採用規則動詞的形式做變化。如 googeln（谷歌）、campen（野營）、trampen（搭便車）等等。

讓我們看看下表中規則動詞和不規則動詞的三種基本形式。

	原形動詞	過去式	過去分詞
規則動詞	malen（畫圖）	malte	gemalt
	kaufen（買）	kaufte	gekauft
不規則動詞	laufen（跑步）	lief	gelaufen
	singen（唱歌）	sang	gesungen
	denken（思考）	dachte	gedacht
	schlafen（睡覺）	schlief	geschlafen
	essen（吃）	aß	gegessen

規則動詞的過去式及過去分詞

　　規則動詞的過去式和過去分詞，其構成方式分別如下。

⇨ 過去式：去掉不定式的字尾（-en 或 -n），即形成了字幹，接著再加上「-te」。

machen（製作）→ mach＋te → machte

wandern（健行）→ wander＋te → wanderte

　　過去分詞的用法，則如下所示。

⇨ 過去分詞：將原形動詞的字幹夾在「ge」和「t」之間，即「ge＋字幹＋t」，便構成過去分詞。

fragen（提問）→ ge＋frag＋t → gefragt

feiern（慶祝）→ ge＋feier＋t → gefeiert

所謂的規則動詞，也就是從原形動詞以規則的模式變化並構成過去式和過去分詞的動詞。此外，不論是原形動詞、過去式還是過去分詞，字幹都不會發生變化。

· 過去式：字幹＋te
· 過去分詞：ge＋字幹＋t

然而，基於發音上的理由，當字幹以「-d」、「-t」、「-gn」等結尾時，要補上「e」音，如下所示。

arbeiten（工作）：arbeit+e+te → arbeitete
　　　　　　　　ge+arbeit+e+t → gearbeitet
reden（講話）：red+e+te → redete
　　　　　　　ge+red+e+t → geredet
regnen（下雨）：regn+e+te → regnete
　　　　　　　　ge+regn+e+t → geregnet

由於規則動詞都是規則性的變化，因此在字典中查找這些動詞時，大多數情況下，字典只會以原形動詞的形式列出這些動詞。

不規則動詞的過去式及過去分詞

在不規則動詞中，當原形動詞變為過去式或過去分詞時，字幹會發生些許變化。我們列舉一些動詞，來看看它們的三種基本形式。

sein（是；相當於英文的 to be）	war	gewesen
haben（有；相當於英文的 to have）	hatte	gehabt
werden（成為）	wurde	geworden
denken（思考）	dachte	gedacht
geben（給予）	gab	gegeben
fliegen（飛行）	flog	geflogen
gehen（去）	ging	gegangen

簡單來說，不規則動詞指的就是，動詞在原形動詞、過去式、過去分詞這三種基本形式時，會分別隨著母音變化而產生不規則變化的動詞。這種變化很難用一個簡單的規則來概括，所以學習這些動詞最快的方法就是直接將它們記下來。

由於不規則動詞有好幾種變化模式，因此字典除了列出原形動詞之外，也會同時列出過去式和過去分詞形式。另外，很多字典在後面的附錄都會附上不規則動詞變化表（本書亦同，請參照書後的付－不規則動詞變化表）。

可分離動詞的過去式及過去分詞

可分離動詞的過去式，是將動詞本體變成過去式，並將前綴字和字幹分開。讓我們以 ausmachen「關（燈、火等）」為例說明。

aus|machen
machte } → machte aus

使用在句子中時，就像在現在式的情況一樣，動詞本體會和前綴分開，前綴字擺到字尾。

（現在式）⇨Ich mache das Licht aus. 我要關燈。

（過去式）⇨Ich machte das Licht aus. 我關了燈。

過去分詞則是在「動詞本體的過去分詞」前加上前綴。

aus|machen
gemacht } → ausgemacht

在過去分詞的情況，動詞本體不會和前綴分開，整體一起移動。

⇨ Ich habe das Licht ausgemacht.

不可分離動詞的過去式及過去分詞

　　容易被誤認為是可分離動詞的「不可分離動詞」，即帶有 be-、emp-、ent-、er-、ge-、miss-、zer-、ver- 等的動詞。不可分離動詞的過去式構成如下。

・verkaufen（出售）→ verkaufte
・bekommen（得到）→ bekam
・erfahren（體驗／得知）→ erfuhr
・verstehen（理解）→ verstand

　　不可分離動詞的過去分詞如下所示。以下，我們列舉動詞本體和不可分離動詞此兩者的三種基本形式來做比較。）

	動詞原形	過去式	過去分詞
動詞本體	kaufen	kaufte	**gekauft**
不可分離動詞	verkaufen	verkaufte	**verkauft**

	動詞原形	過去式	過去分詞
動詞本體	kommen	kam	**gekommen**
不可分離動詞	bekommen	bekam	**bekommen**

	動詞原形	過去式	過去分詞
動詞本體	fahren	fuhr	**gefahren**
不可分離動詞	erfahren	erfuhr	**erfahren**

動詞原形	過去式	過去分詞
kaufen	kaufte	ge kauft
verkaufen	verkaufte	verkauft

> 請注意!
>
> 在不可分離動詞的過去分詞形式中，ge 不會出現在此變化中，而是保留著原本不可分離的前綴。

　　不可分離動詞的前綴包括有 be-，emp-，ent-，er-，ge-，hinter-，miss-，zer-，ver-，構成的動詞如：begreifen（理解），empfinden（感覺），entwenden（偷），erstaunen（使驚訝），gefallen（使喜歡），missverstehen（誤解），zerstören（摧毀），verneinen（否認）。

　　而像是 über- 等這類前綴，儘管數量很少，但仍可作為不可分離動詞及可分離動詞的前綴。

· übersetzen「渡（河）」：可分離動詞

· übersetzen「翻譯」：不可分離動詞　　　→ 底線表示重音位置

以「-ieren」結尾的動詞

　　源自外來語的這一類動詞，全都歸類為規則動詞，且在做過去分詞的變化時不加「ge-」。

原形動詞 studieren → 過去式 studierte → 過去分詞 studiert

【（在大學）學習、研究】

原形動詞 musizieren → 過去式 musizierte → 過去分詞 musiziert

【演奏】

 練習題

練習題 24a

請將空格填滿。

	原形動詞	過去式	過去分詞
1.	sein		
2.	haben		
3.	werden		
4.	kommen		
5.	gehen		
6.	fahren		
7.	essen		
8.	trinken		
9.	schreiben		
10.	sprechen		
11.	waschen		
12.	tragen		
13.	nehmen		
14.	kennen		
15.	wissen		
16.	halten		
17.	heißen		
18.	liegen		
19.	rufen		
20.	schlafen		
21.	bleiben		

過去式與用法

Lektion 25

Ich wusste das nicht.
我（當時）不知道。

在本章中，我們將學習德語的過去式及其用法。

過去式的人稱變化

在過去式也會依人稱做變化，不過其變化與現在人稱非常相似。

人稱	原形動詞（machen 做）規則動詞		原形動詞（gehen 去）不規則動詞	
	現在式變化	過去式變化	現在式變化	過去式變化
ich	mache	**machte**	gehe	**ging**
du	machst	machtest	gehst	gingst
er/sie/es	macht	**machte**	geht	**ging**
wir	machen	machten	gehen	gingen
ihr	macht	machtet	geht	gingt
sie/Sie	machen	machten	gehen	gingen

對照過去式的字尾變化和現在式的字尾變化，可以發現兩者幾乎是相同的。但是只看過去式的變化，可以發現 ich 和 er 的變化可說是「零字尾」，即 - ，-st，- ，-n，-t，-n。

過去式的句子結構

在造過去式的句子時，只要將動詞進行過去式人稱變化即可，在結構部分皆與造現在式句子的情況相同。

現在式：Ich habe leider keine Zeit.

可惜我沒有時間。【leider 不幸的是；可惜】

過去形：Ich hatte leider keine Zeit.

可惜當時我沒有時間了。

同樣的，在使用可分離動詞時，也只需要將動詞本體進行過去式人稱變化即可。

auf|stehen（起床）

⇨ Sie steht morgens immer um 7 Uhr auf.

她總是在早上七點起床。

⇨ Sie stand morgens immer um 7 Uhr auf.

她當時都是早上七點就起床了。

助動詞的過去式和人稱變化

如同造現在式的句子一樣，在使用助動詞的句子中，只要將主要動詞以原形動詞放在句尾，助動詞進行過去式人稱變化即可。

原形動詞	können 能夠	müssen 必須	dürfen 被允許	wollen 想要	sollen 應該	mögen 可能
過去式	konnte	musste	durfte	wollte	sollte	mochte
ich	konnte	musste	durfte	wollte	sollte	mochte
du	konntest	musstest	durftest	wolltest	solltest	mochtest
er/sie/es	konnte	musste	durfte	wollte	sollte	mochte
wir	konnten	mussten	durften	wollten	sollten	mochten
ihr	konntet	musstet	durftet	wolltet	solltet	mochtet
sie	konnten	mussten	durften	wollten	sollten	mochten
Sie	konnten	mussten	durften	wollten	sollten	mochten

助動詞的過去式字尾，與一般動詞的過去式字尾相同。而且，不論是現在式還是過去式，兩者在造句時，語序也都相同。

⇨ Er kann das nicht wissen.

　　他不可能知道。

⇨ Er konnte das nicht wissen.

　　他（當時）不可能知道。

⇨ Wir müssen das gleich erledigen.

　　我們必須馬上完成。【gleich 盡快，立刻，erledigen 完成】

⇨ Wir mussten das gleich erledigen.

　　我們（當時）必須馬上完成。

　　與現在式的情況一樣，助動詞與主詞搭配的同時，會依過去式做人稱變化。

過去式的用法

　　在德語中，「過去式」特別在報紙、雜誌、文學作品、故事和童話等之中常被使用。由於在童話故事中會大量使用過去式，所以「過去式」也被稱為「敘事時態」，這是因為它具有回到原來的時間點來重現過去事實的特點。

　　孩子們透過聽和讀童話故事的同時，自然地在學齡前就認識了過去式，並將過去式視為一種文體記住。即便如此，在他們日常會話中，由於「過去」所發生的事件經常用「現在完成式」來表達，因此孩子們也就跟著大人們一樣，用現在完成式來表達過去的事情（現在完成式請參照 26 章）。

　　此外，網路、廣播、電視等媒體在報導新聞時，基於對過去的事件做闡述，所以通常會使用過去式進行報導。

● 媒體新聞

⇨ Der japanische Außenminister traf seinen thailändischen Amtskollegen.

日本外交部長會面了泰國外交部長。

【japanisch 日本的，r Außenminister 外交部長，treffen 見面，thailändisch 泰國的，r Amtskollege 同事，對方】

⇨ Sie hörten die Nachrichten mit der Wettervorhersage.

他們聽了天氣預報新聞。

【d Nachrichten 新聞，e Wettervorhersage 天氣預報】

● 雜誌

⇨ Der Schauspieler erhielt für seine Filmrolle einen Oscar.

這位演員因其電影角色獲得了奧斯卡金像獎。

【r Schauspieler 演員，erhalten 獲得，e Filmrolle 電影角色，r Oscar 奧斯卡金像獎】

● 文學

⇨ Natürlich war das Lernen des Englischen Karls erste und wichtigste Aufgabe.

當然，學習英語是卡爾的首要任務，也是最重要的課題。

【natürlich 當然，s Lernen 學習，s Englische 英語，erst 首要的，wichtigst 最重要的，e Aufgabe 課題，任務】（出自卡夫卡的《美國》）

● 童話

⇨ Als Rotkäppchen nun in den Wald kam, begegnete ihm der Wolf.

當小紅帽走進森林時，那隻狼便遇上了她。

【s Rotkäppchen 小紅帽，r Wald 森林、jm begegnen 遇到，r Wolf 狼】

練習題

練習題 25a

請使用[ ]中提示的動詞，依人稱將其變化成過去式的形態，並填入（ ）中。

(1) [arbeiten 工作] → Sie (　　　　　) zusammen.
他們一起工作了。

(2) [regnen 下雨] → Es (　　　　) stark.
下了大雨。【stark 強地】

(3) [sagen 說] → Ich (　　　　　) das.
我是這樣說的。

(4) [auf|machen 打開] → Sie (　　　　) die Tür auf.
她開了門。【e Tür 門】

練習題 25b

請使用[ ]中提示的動詞，依人稱將其變化成過去式的形態，並填入（ ）中。

(1) [schreiben 書寫] → Er (　　　　) es auf Deutsch.
他用德語寫的。【auf Deutsch 用德語】

(2) [helfen 幫忙] → Ihr (　　　　) mir nicht.
你們沒有幫忙我。

(3) [gehen 去] → Ich (　　　　) nach Haus.
我回家了。【nach Haus 回家】

(4) [verbrennen 燃燒] → Sie (　　　　) die Gartenabfälle.
他們燒了花園裡的垃圾。【d Gartenabfälle 花園裡的垃圾】

請使用[ ]中提示的動詞，依人稱將其變化成過去式的形態，並填入（ ）中。

(1) [wollen] → Ich (   ) das hören.
     我當時想聽這個。【hören 聽】

(2) [dürfen] → Wir (   ) das nicht sagen.
     我們當時不應該那樣說。【sagen 說】

(3) [können] → Sie (   ) das nicht wissen.
     他們當時不可能知道

(4) [müssen] → Wir (   ) das einfach machen.
     我們當時當然就要這樣做。【einfach 簡直，就是】

現在完成式與用法

Wir haben es gleich verstanden.
我們馬上就明白了。

德語的現在完成式

在德語的日常對話中，現在完成式主要用來描述過去發生的事，這一點與英語有很大的差異，需要特別注意。與英語不同的是，德語中，表示過去時間點的詞彙（如 gestern 昨天、letztes Jahr 去年）也可以與現在完成式一起使用。此外，德語中某些動詞被用來造完成式時，會使用 sein 來作為助動詞，這點也與英語不同。

⇨ **Ich habe das schon gestern gemacht.**

　我昨天已經做完了。【schon 已經，gestern 昨天】

⇨ **Letzte Woche sind wir zur Oma gefahren.**

　上週我們去看了祖母。【letzte Woche 上週】

過去式的用法

不過在日常用語中，在表達過去的事件時，sein、haben、助動詞或者是生活中常用且相對較短的動詞，往往以過去式的格式表達（參照第 25 章「過去式」）。像是在過去式中經常出現的動詞 denken 想, fühlen 感覺, empfinden 感受, meinen 認為, sagen 說, rufen 呼叫, schreien 呼喊, singen 唱歌, finden 發現, hören 聽到, sehen 看到, gehen 去, kommen 來, laufen 跑, spielen 玩耍, zeigen 指出、展現、展示等等。

⇨ **Ich war gestern nicht zu Haus.**

　我昨天不在家。【zu Haus 在家】

⇨ Er sollte das nicht tun.

　他不應該這樣做。【tun 做】

⇨ Er schrie: „Hör auf! "

　他大喊著：「住手！」【auf|hören 住手】

⇨ Wir gingen schon früh nach Hause.

　我們很早就回家了。【früh 早地】

「haben＋過去分詞」構成現在完成式

　　大部分的動詞*是以「完成式的助詞 haben＋動詞的過去分詞」的形式構成完成式的。在完成式中，作為助詞的 haben 隨主詞做變化，「動詞的過去分詞」要放在句尾。

Ich habe gestern das Buch gekauft. 我昨天買了那本書。

	完成式的助詞		動詞的過去分詞
Ich	habe	gestern das Buch	gekauft.

*大部分的動詞指的是，所有的及物動詞和大多數不及物動詞，以及 können、müssen 等的助動詞。我們需要注意的是，德語的「及物動詞」僅指「搭配第四格受詞的動詞」，搭配第三格受詞的動詞不包括在及物動詞之中。

及物動詞：Wir kaufen das Auto.　　→das Auto 屬於第四格。【s Auto 汽車】

不及物動詞：Wir helfen dem Mann.　　→dem Mann 屬於第三格。【r Mann 男人】

● 以 haben 作為助詞的現在完成式例句：

⇨ Er hat das Paket zur Post gebracht.

　他拿著包裹去了郵局。【s Paket 包裹，e Post 郵局，bringen 帶去】

⇨ Wir haben es gesehen.

　我們看到了。【sehen 看見】

⇨ Das habe ich nicht verstanden.

　我不理解。【verstehen 理解】

⇨ Habt ihr alles mitgebracht?

你們把所有東西都帶來了嗎？【mit|bringen 帶來】

「sein＋過去分詞」構成現在完成式

在不及物動詞（不搭配第四格受詞的動詞）之中，具備以下 a)、b)、c) 含義的動詞是以「sein +動詞的過去分詞」形式來構成完成式的。同樣地，作為助詞的 sein 也須隨主詞做變化。

a) 表示「地點改變」的動詞：gehen 去、fahren 乘車去、fliegen 飛行、reisen 旅行、schwimmen 游泳、aufstehen 站起來、steigen 上升；攀登等等。

b) 表示「狀態變化」的動詞：stolpern 絆倒、stürzen 跌落、einschlafen 睡著、aufwachen 醒來、sterben 死亡、geschehen 發生、gelingen 成功等等。

c) 表示「存在、變化、停留、發生」的動詞：sein、werden、bleiben、passieren。

Ich bin gestern in die Stadt gefahren. 我昨天到城裡去了。

	完成式的助動詞		動詞的過去分詞
Ich	**bin**	gestern in die Stadt	**gefahren.**

⇨ Wann bist du heute aufgestanden?

你今天是幾點起床的？【auf|stehen 起床】

⇨ Seid ihr alle zusammen gefahren?

你們全部一起去的嗎？【alle zusammen 全部一起】

⇨ Das Kind ist gleich eingeschlafen.

那孩子很快就睡著了。【gleich 馬上，ein|schlafen 睡著】

動詞在完成式中的位置

　　這裡我們來說明一下，完成式助詞在句子中的位置。正如我們在第 14 章學到的一樣，在帶有助詞的句子中，助詞需要隨主詞做人稱變化，並擺在主要動詞的第二位的位置。同樣的，完成式的助詞 haben/sein 也成為了要隨主詞做人稱變化的動詞，並被放在規定的位置。

● 直述句

Sie haben zusammen im Café gesessen.

他們一起坐在一家咖啡廳裡。【zusammen 一起，s Café 咖啡店、gesessen：sitzen 坐】

Er ist gestern nach Straßburg gefahren.

他昨天去了斯特拉斯堡。

主詞	完成式的助詞		動詞的過去分詞
Sie	haben	zusammen im Café	gesessen.
Er	ist	gestern nach Straßburg	gefahren.

● 是非疑問句

完成式的助詞	主詞		動詞的過去分詞
Haben	sie	zusammen im Café	gesessen?
Ist	er	gestern nach Straßburg	gefahren?

● 疑問詞疑問句

疑問詞	完成式的助詞	主詞		動詞的過去分詞
Wo	haben	sie	zusammen	gesessen?
Wann	ist	er	nach Straßburg	gefahren?

● 從句

從屬連接詞	主詞		動詞的過去分詞	完成式的動詞
dass	sie	zusammen im Café	gesessen	haben
dass	er	gestern nach Straßburg	gefahren	ist

可分離動詞與不可分離動詞的完成式

　　不論是可分離動詞還是不可分離動詞，當以過去分詞的形式出現在句子中時，都是以前綴和動詞本體不分開的方式直接放在句尾。

⇨ Ich habe heute alles eingekauft.

我今天全都買了。【ein|kaufen 買】

⇨ Wir sind eben abgefahren.

我們剛剛出發了。【eben 剛剛，ab|fahren 出發】

⇨ Ich habe alles vergessen.

我全都忘了。【vergessen 忘記】

⇨ Es ist gelungen.

這很成功。【gelingen 成功】

können, müssen 等助動詞的完成式

　　können 和 müssen 等助動詞，一樣也能構成完成式，儘管使用頻率不高。不過要注意的一點是，只要這些助動詞是搭配著動詞一起使用的話（如 müssen 搭配 gehen），在用助動詞造現在完成式的句子時，助動詞的過去分詞會保持如原形動詞的形式（也就是：können、müssen、wollen、dürfen、sollen、mögen）。但是，若是沒有搭配動詞，而是單獨使用助動詞的話，助動詞就會用過去分詞的形式（如 gekonnt、gemusst、gewolt、 gedurft、gesollt、gemocht 等）。請見以下例句。

現　在　式：Ich muss sofort zu ihm gehen.

我現在必須馬上去他那。【 sofort 立刻 】

過　去　式：Ich musste sofort zu ihm gehen.

我當時必須立刻到他那。

現在完成式：Ich habe sofort zu ihm gehen müssen.

我當時必須立刻到他那。

現　在　式：Ich kann das nicht.

這個我做不到。

過　去　式：Ich konnte das nicht.

這個我當時做不到。

現在完成式：Ich habe das nicht gekonnt.

這個我當時做不到。

練習題

練習題 26a

請對照中文翻譯，並參考【 】內的提示，使用 haben 和搭配的過去分詞來完成以下現在完成式的句子。

(1) Er (　　　　) die Flasche (　　　　) .
他打開瓶子了。【 e Flasche 瓶子，auf|machen 打開】

(2) Was (　　　　) du gestern (　　　　) ?
你昨天做了什麼？【 machen 做】

(3) Wo (　　　　) du sie (　　　　) ?
你在哪裡認識她的？【 jn kennen|lernen 認識某人[4]】

(4) Die Leute (　　　　) den ganzen Tag (　　　　) .
人們整天工作著。【 d Leute 人們、den ganzen Tag 整天、arbeiten 工作】

練習題 26b

請對照中文翻譯，並參考【 】內的提示，使用 haben 和搭配的過去分詞來完成以下現在完成式的句子。

(1) Wir (　　　　) ihm (　　　　) .
我們幫助了他。【 jm helfen 向某人[3] 伸出援手】

(2) Sie (　　　　) das Buch (　　　　) .
她讀了這本書。【 lesen 閱讀】

(3) (　　　　) Sie gut (　　　　) ?
您睡得好嗎？【 schlafen 睡覺】

(4) Wir (　　　　) zusammen Eis (　　　　) .
我們一起吃了冰淇淋。【 essen 吃】

練習題 26c

請對照中文翻譯，並參考【　】內的提示，使用 sein 和搭配的過去分詞來完成以下現在完成式的句子。

(1)　Wo (　　　　) Sie (　　　　)?

　　您在哪裡下車?【aus|steigen 下車】

(2)　Sie (　　　　) heute Morgen (　　　　).

　　她今天早上出發了。【heute Morgen 今天早上，ab|fahren 出發】

(3)　Sie (　　　　) zusammen in die Stadt (　　　　).

　　他們一起去城裡了。【gehen 去】

(4)　(　　　　) ihr gestern auch spazieren (　　　　)?

　　你們昨天也去兜風了嗎?【spazieren fahren 去兜風】

練習題 26d

請對照中文翻譯，並參考【　】內的提示，來完成以下現在完成式的句子。

(1)　Als der Taifun nahte, (　　　　) wir die Fenster (　　　　).

　　颱風靠近時，我們把窗戶關上了。【r Taifun 颱風，nahen 靠近、d Fenster：s Fenster 窗戶，schließen 關閉】

(2)　Da es schon spät war, (　　　　) wir (　　　　).

　　時間已經很晚了，所以我們就走了。【spät 晚的;遲的】

(3)　Sie möchten wissen, ob ihr schon etwas (　　　　) (　　　　).

　　他們想知道你們是否吃過東西了。【etwas 一些，某物、essen 吃】

(4)　Wir (　　　) (　　　　), dass es nicht (　　　　) (　　　　).

　　我們理解了，這是行不通的。【verstehen 理解】

Lektion 27

過去完成式 ・ 未來完成式

2_27_1

Der Zug war schon abgefahren,
als ich dort ankam.
當我到達時，火車已經開走了。

過去完成式

現在完成式是指「以現在為起點談論過去」的時態，而**過去完成式**是「以過去的某個時間點為起點，談論該時間點之前發生的事件」的時態。

舉例來說，我們來思考「那時，火車離開了」這個句子。很明顯地，此句是從**現在**來看過去的事件，所以可以用現在完成式來表達。

⇨ **Der Zug ist abgefahren.**

接著，我們繼續思考較為複雜的句子：「當我到車站時，列車早已開走了」。如果以「當我到車站時」為基準點，那麼「列車早已開走了」就是比基準點還要早發生的事件。換句話說，就是由過去的某個時間點（到車站時），來看待比它更早發生的事件（列車開走）。對於有明確的時態觀念的德語來說，上述情況，要用**過去完成式**表達。

a) **Der Zug war abgefahren, als ich auf dem Bahnhof ankam.**
當我到車站時，列車早已開走了。
【als 當～的時候，r Bahnhof 車站，an|kommen 抵達】
讓我們看另一個例子。

b) **Nachdem er zu Mittag gegessen hatte, verließ er das Haus.**
他吃完午餐之後，就離開家門了。
【nachdem 在～之後（從屬連接詞），zu Mittag essen 吃午餐，
verlassen 離開】

此情況主要是表達，在「離開家門」這時間點之前，已先「吃過午餐了」。（如以上例句 a 和 b 同時使用**過去完成式**和**過去式**的情況來說，幾乎很少會使用現在完成式來替代過去式。）

如何構成過去完成式

過去完成式的構成方法其實不難，我們只需要將完成式的助動詞進行過去式的人稱變化即可。

人稱	完成式的助詞	
ich	hatte	
du	hattest	
er/sie/es	hatte	＋過去分詞
wir	hatten	
ihr	hattet	
sie/Sie	hatten	

人稱	完成式的助詞	
ich	war	
du	warst	
er/sie/es	war	＋過去分詞
wir	waren	
ihr	wart	
sie/Sie	waren	

⇨ **Die Zwerge fanden Schneewittchen, nachdem sie den vergifteten Apfel gegessen hatte.**

白雪公主吃了毒蘋果後，小矮人找到了她。

【d Zwerge：r Zwerg 小矮人，s Schneewittchen 白雪公主，nachdem 在～之後，vergiftet 有毒的，r Apfel 蘋果】

⇨ **Sie war schon zwei Stunden gefahren, als sie merkte, dass sie Ihren Führerschein vergessen hatte.**

等她意識到駕照忘記帶時，她早已開了兩個小時的車。

【d Stunden：e Stunde 時間、merken 意識到、r Führerschein 駕照、vergessen 忘記】

⇨ **Bevor sie aufs Land zogen, hatten sie lange überlegt.**

在搬到鄉下之前，他們早已深思熟慮過。【bevor 在～之前，aufs Land 在鄉下 ziehen 移動；遷移、 lange 很久地；長時間地、 überlegen 考慮】

⇨ Nachdem er lange seinen Schlüssel gesucht hatte, fand er ihn.

他找鑰匙找了很久，終於找到了。【r Schlüssel 鑰匙，suchen 搜索、finden 尋找】

未來完成式

未來完成式，是由「werden（將會）的現在式人稱變化＋過去分詞＋完成式的助詞 haben/sein」的形式構成。此時，werden 變成整個句子的助詞，並隨主詞做變化，而完成式的助詞 haben/sein 則變成原形動詞。

主詞	表示未來的助詞		完成不定式
ich	werde	…	
du	wirst	…	
er	wird	…	過去分詞＋haben/sein
wir	werden	…	
ihr	werdet	…	
sie/Sie	werden	…	

請看下面的例句。

⇨ **Er wird heute Abend den Bericht fertig geschrieben haben.** 🎧

他今晚就會完成報告。【r Bericht 報告，fertig 完成的】

主詞	表示未來的助詞		過去分詞＋haben/sein
Er	**wird**	heute Abend den Bericht fertig	**geschrieben haben**

如上面的例句所示，**未來完成式亦可表示「在未來的某個時間點要完**

成」的意思。但在現實中，多數情況是表示「對過去事件的一種推測」。請見下面的範例解說。

⇨ Sie wird glücklich gewesen sein. 她（當時）可能過得很幸福。

我們可以這樣來理解德語的未來式與未來完成式。未來式（werden＋原形動詞），是以不確定性（可能～）的觀點，來對未來及現況所做的推測（請見第 14 章）。而同樣的，未來式與完成式（過去分詞+haben/sein）結合下的未來完成式，則可作為對過去事件的推測的表達。

（未來式）　　 Er wird krank sein.　 他會生病的；他會生病吧。

（未來完成式）　Er wird krank gewesen sein. 他（當時）應該是生病了。

因此，未來式主要是表達對現在事件或狀態的推測，而未來完成式是表達對過去事件或狀態的推測。

⇨ Sie wird in dem Hotel wohnen.【wohnen 住】

　 她會住那家飯店吧。　　　　　 → 對未來（或現在）的推測

⇨ Sie wird in dem Hotel gewohnt haben.

　 她（當時）應該是住那家飯店。　 → 對過去事件的猜測

完成式

像是 sitzen、kommen 這類原形動詞的時態變化 **gesessen haben** 或 **gekommen sein** 這類由「過去分詞＋haben/sein」結構組成的形式稱為「完成式」，而 haben/sein 是造完成式的助詞。就如同我們造現在式的句子，將原形動詞依人稱做動詞變化的情況一樣，造完成式的句子時，也是要將完成式助詞 haben 或 sein，依人稱做變化。

（原形動詞）essen→Ich esse. / Er isst. 我／他吃。

（原形動詞）kommen→Ich komme. / Er kommt. 我／他來。

（完成式）　gegessen haben

　　　　　→Ich habe gegessen. / Er hat gegessen. 我／他吃過了。

（完成式）　gekommen sein

→ Ich bin gekommen. Er ist gekommen. 我／他來過了。

未來完成式的例句

● 在未來的某個時間點完成某事

⇨ Man wird das in Zukunft wohl vergessen haben.

將來人們可能會忘記這一點。【man 人們，in Zukunft 在未來，vergessen 忘記】

● 對過去事件的推測

⇨ Das wird man damals wohl übersehen haben.

人們當時應該是忽略了這一點。【damals 當時　übersehen 忽略】

⇨ Er wird schon vor einigen Jahren fortgezogen sein.

他應該是幾年前搬走了。【vor einigen Jahren 幾年前 fort|ziehen 搬家，搬遷】

德語「時態」的示意圖

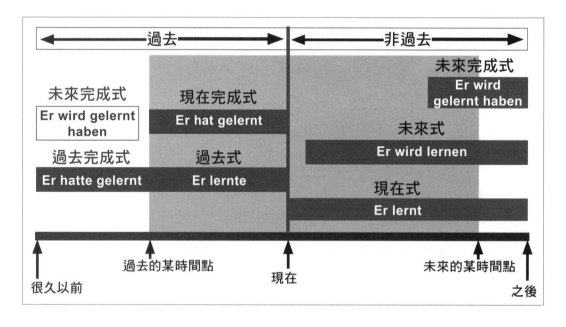

Lektion 28 反身代名詞與反身動詞

2_28_1

Wir haben uns verabredet.
我們約好了。

反身代名詞 sich

以下我們來用動詞 duschen「用淋浴沖洗（＝淋浴）」比較下列三個句子。

a) Ich dusche mich.

我（自己）在淋浴。

（＝我在洗澡。）

b) Du duschst dich.

你（自己）在淋浴。

（＝你在洗澡。）

c) Er duscht ihn.

他在給牠淋浴。

（＝他幫牠洗澡。）

　　乍看之下，這些句子看起來都很相似，但實際上 a)、b) 和 c) 之間有非常大的差異。很明顯的，a) 和 b) 表示【自己在洗自己的身體】，但 c) 並不是。（句子 c) 不是「他洗自己身體」的意思）。請看以下的句子。

1 德語字母與發音

2 德語文法與練習題

3 解答篇

4 不規則動詞變化表

⇨ **Er duscht seinen Hund.**

他在給他的狗淋浴。【r Hund 狗】

　　如果將這句子中的 seinen Hund 換成代名詞 ihn，就會得到以下句子：
Er duscht ihn（ihn：陽性第四格的代名詞）.

　　在這句子中，主詞的 Er 和受詞的 ihn 兩者的意思是不一樣的。那麼，當您想表達「洗自己的身體；自己洗澡」時，該如何表示呢？在這種情況下，要使用代名詞 sich 來表示「他自己」或「她自己」。→Er duscht sich.
他在淋浴。同樣的用法請參考下列例句：

⇨ **Er wäscht sich gründlich.**

他徹底清洗自己的身體（＝他徹底把身體洗乾淨）。【waschen 洗，gründlich 徹底地】

⇨ **Sie wäscht sich oft stundenlang.**

她經常花很多時間在洗自己的身體（＝她經常花很多時間在洗澡）。
【stundenlang 幾個小時之久】

　　像 sich 這樣的代名詞，由於重複了主詞的意思，有人稱之為「反身代名詞」，也就是說，反身代名詞表示主詞和受詞所指的都是同一個人。

　　例句 a) 的 mich 和 b) 的 dich，也都起到了反身代名詞的作用。但是，當我們要強調「我自己；我們自己」或「你自己；你們自己」時，為了不引起混淆，不需進行特殊形式的變化，依原形式使用人稱代名詞的第四格即可。（關於「人稱代名詞的格」請參見第 13 章）。

*英語在這種情況通常使用如 *myself*、*yourself*、*himself*、*herself*。

反身代名詞的動詞表現

　　使用「自己本身」這一類反身代名詞時，搭配的動詞是及物動詞，在句子中要注意受格與主格是否為同一人。請見以下範例說明。範例中，例句 b) 和 c)是反身代名詞用法，而例句 a) 是人稱代名詞用法。

●legen「平躺」

a) Das Kind hatte Fieber. Sie legte es aufs Bett.

孩子發燒了。她把他（=孩子）放在床上躺著。

【s Fieber 發燒、s Bett 床】

b) Ich hatte hohes Fieber. Ich legte mich aufs Bett.

我發高燒。我讓自己躺在床上。（=自己躺下）。

c) Er war todmüde. Er legte sich aufs Bett.

他累死了。他讓自己躺在床上。【todmüde 累死的】

●vor|stellen「介紹」

a) Ich stelle sie ihnen vor. 我把她介紹給他們。

b) Ich stelle mich ihnen vor. 我向他們介紹我自己。

c) Sie stellt sich ihnen vor. 她向他們介紹她自己。

*vor|stellen 雖然是可分離動詞，但其用法用在反身的表達時，也是一樣要做分離。

反身動詞

這種帶有反身代名詞的表達方式稱為「反身的用法」，而與反身代名詞連用的動詞稱為「反身動詞」。

在德語字典中，經常在這類動詞前加上 sich，如 sich rasieren「刮鬍子」、sich setzen「坐下」、sich interessieren「感興趣」、sich freuen「高興」、sich erinnern「記起」等。此外，反身動詞在造完成式時，固定使用 haben 作為完成式的助詞。

例：sich erinnern → Ich habe mich erinnert. 我想起來了。

到目前為止我們看到的反身動詞，都是由一個及物動詞作為主體，搭配反身代名詞組合而成的，並表達出反身的含義。但有些反身動詞的情況是，及物動詞主體本身不再單獨使用，而是固定要搭配反身代名詞，才能有意義。例如 sich erkälten「感冒」是我們生活中常見的用法，通常我們不

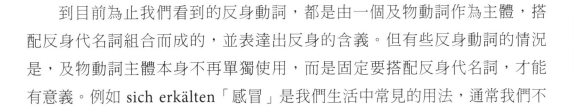

會單獨使用 erkälten 做為及物動詞。正如以下例子所表示的一樣，請直接
將反身動詞視為一組完整的動詞來使用。

· sich verspäten（遲到）
· sich beeilen（趕快）
· sich schämen（慚愧）

第三格反身代名詞

在少數的反身動詞中，其反身代名詞會搭配第三格的代名詞出現在表
達中。但此時會發現，第三人稱的反身代名詞，不論是第三格還是第四格
都是 sich。為了區分清楚，在字典中會以「sich³」之類的記號來表示其為
第三格的反身代名詞。

sich³ et⁴ vor|stellen「想像某物⁴」

⇨ Ich stelle mir die Szene vor.
　我想像著那樣的場景。【e Szene 場景】
⇨ Sie stellt sich die Szene vor.
　她想像著那樣的場景。

第三格的受詞帶有間接受詞的意味（為了某對象），因此在反身代名
詞的情況下一般也使用 sich。

a) Die Mutter kämmt der Tochter die Haare.
　母親梳女兒的頭髮。【e Mutter 母親，kämmen 梳，e Tochter 女兒，d
　Haare：s Haar 頭髮】
b) Sie kämmt sich die Haare.
　她自己梳頭髮。

相互代名詞

讓我們來比較下列句子。

a) Wir lieben uns.

我們愛我們自己（我們彼此相愛）。【lieben 愛】

b) Ihr liebt euch.

你們愛你們自己（你們彼此相愛）。

c) Sie lieben sie.

他們愛他們（他們愛那些人）。

d) Sie lieben sich.

他們愛他們自己（他們彼此相愛）。

　　我們來針對句子 c) 來做說明。「Die Eltern lieben ihre Kinder. 父母愛他們的孩子」，此時我們可以用代名詞來替換句中的 Eltern 和 Kinder 來造句子 c)。因此，反身代名詞也用於「相互之間」的意義上，因此可稱為「相互代名詞」。

⇨ Die Studenten helfen sich gegenseitig.

學生們互相幫助。【d Studenten：r Student 學生，gegenseitig 相互】

⇨ Sie verstehen sich gut.

他們非常了解對方。【verstehen 理解】

sich lassen＋原形動詞：「請人為自己做～」

⇨ Ich lasse mich fotografieren.

我（請人幫我）拍了張照片。【fotografieren 拍照】

⇨ Wir lassen uns so bald wie möglich impfen.

我們會（請人幫我們）盡快接種疫苗。【so bald wie möglich 儘早，impfen 接種疫苗】

練習題 28a

請對照中文翻譯，將反身代名詞以第四格的形式填入（　）中。

(1) Ich muss (　　　　) beeilen, damit ich (　　　　) nicht verspäte.
我必須快一點以免遲到。【sich beeilen 趕快、damit 為了～，sich verspäten 遲到】

(2) Du kommst zu spät, weil du (　　　　) nicht beeilt hast.
因為你都不快一點，所以你來晚了。【zu 太過，spät 遲地】

(3) Die beiden haben (　　　　) sogleich verliebt.
兩人立刻墜入愛河。【die beiden 兩人，sogleich 立刻，sich verlieben 戀愛】

(4) Hänsel und Gretel verliefen (　　　　) im Wald.
韓賽爾和格萊特在森林裡迷路了。【sich verlaufen 迷路、r Wald 森林】

練習題 28b

請對照中文翻譯，將反身代名詞以第三格的形式填入（　）中。

(1) Er putzt (　　　　) die Zähne.
他在刷牙。【sich die Zähne putzen 刷牙】

(2) Wir putzen (　　　　) die Zähne.
我們在刷牙。

(3) Ich habe (　　　　) im Keller den Kopf gestoßen.
我在地下室撞到了頭。
【r Keller 地下室，sich den Kopf stoßen 撞到頭】

(4) Verbrenn (　　　　) am Ofen nicht die Finger!
不要被爐子燙傷了手指！【sich die Finger verbrennen 燒傷手指、r Ofen 爐子】

被動的語態

Das wird nächste Woche erledigt.
這個下週完成。

1 德語字母與發音

2 德語文法與練習題

3 解答篇

4 不規則動詞變化表

主動態和被動態

　　一般來說，中文「我們來做～」這樣的表達是主動態的句子，而「我們被～」這樣的表達是被動語態，兩者的差異不難理解。但由於個人見解的不同，以至於這兩種句型在意義上會有所差異，那麼我們來看看它們之間的差異何在，其實關鍵就在於「話題的重心」。話題的重心如果指的是「某某人做某事」，即屬於主動態；相反的，**被動態則側重於把「做了什麼事」視為話題的重心**。換句話說，當說話者想強調「發生了什麼事」的時候就要使用「被動語態」，原因在於「是誰做的」並非說話者的重點所在。

如何構成被動態

　　基本上，它的構成是「表示被動的助詞 werden＋動詞的過去分詞」組合而成的。以下我們來學習每個時態的直述句結構，如下所示。（werden 也用作表示未來的助詞，此時會使用「werden＋過去分詞」的形式。）

●現在式

	表示被動的助詞（依人稱做變化）		動詞的過去分詞
Die Tür	wird	sofort	geschlossen.

那扇門將立即被關閉。【 e Tür 門，sofort 立即，schließen 關閉 】

●過去式

	表示被動的助詞（依人稱做變化）		動詞的過去分詞
Die Tür	wurde	sofort	geschlossen.

那扇門當時立刻被關上了。

●現在完成式（在現在完成式被動態中，sein 是完成式的助詞，而 werden 的過去分詞則要用 worden 表示)

	完成式助動詞（依人稱做變化）		動詞的過去分詞	表示被動的助動詞的過去分詞
Die Tür	ist	sofort	geschlossen	worden.

那扇門立刻被關閉了。

●過去完成式

	完成式助詞（依人稱做變化）		動詞的過去分詞	表示被動的助詞的過去分詞
Die Tür	war	sofort	geschlossen	worden.

那扇門早已很快地被關上了。

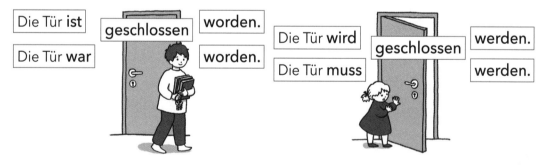

●未來式

	表示未來的助詞（依人稱做變化）		動詞的過去分詞	表示被動的助詞的不定式
Die Tür	wird	sofort	geschlossen	werden.

那扇門應該快被關上了吧。

●帶有情態動詞的被動態

	情態動詞 （依人稱做變化）		動詞的過去 分詞	表示被動的助詞 （原形）
Die Tür	muss	sofort	geschlossen	werden.

那扇門必須立即關閉。

　　正如我們於完成式中所學的一樣，在使用有情態動詞（即助動詞）的構句中，情態動詞將隨人稱做變化。有鑑於此，「現在」及「過去」形式的被動態，表示「被動」的助詞 werden、「完成式」的 sein，以及表示「未來」的助詞 werden 都要變成隨人稱做變化、並放到相應位置的動詞。

被動態以及動詞的位置

●直述句

⇒ Die Tür wurde sofort geschlossen. 那扇門立刻被關上。

●是非疑問句，過去式

⇒ Wurde die Tür sofort geschlossen? 那扇門（當時）很快就被關上了嗎？

●疑問詞疑問句，現在完成式

⇒ Wann ist die Tür geschlossen worden?
那扇門是什麼時候被關上的？

●從句・現在完成式

⇒ Wissen Sie, wann die Tür geschlossen worden ist?
您知道那扇門是什麼時候被關上的嗎？

●從句・帶有情態動詞（助動詞）

⇒ Weißt du, wann die Tür geschlossen werden soll?
你知道那扇門應該要什麼時候被關上嗎？

主動態與被動態的對應關係

　　正如本章開頭所言，由於每個人都有對事件的獨特見解，以至於對於同一事件可用主動態的表達方式，以及用被動態的表達方式，也因此看法會因人而異。以下讓我們從形式和文法的觀點來學習兩者之間的關係。

1. 主動態的主詞要用被動態表達時，用 von ＋第 3 格表示。

　　主動態：**Die Römer gründeten die Stadt Köln.**

　　　　　古羅馬人建造了科隆城。

　　被動態：**Die Stadt Köln wurde von den Römern gegründet.**

　　　　　科隆城是由古羅馬人建造的。【d Römer：r Römer 古羅馬人，
　　　　　gründen 建立，e Stadt 城鎮】

　＊被動態側重在於將「做了什麼事」視為話題的中心，也因此在被動態中，很多情況都不會表達行為者（von ＋第三格）。如果我們不清楚行為者是誰、猶豫要不要提到行為者，或是認為沒有必要提到時，可於句型中省略。

　＊在意外、災害等非人為因素時，會使用「durch ＋第四格」。而要表達使用的工具（手段）時，有時也以「mit ＋ 第三格」來代替「von ＋ 第三格」。

　⇨ **Die Stadt wurde** *durch* **das Erdbeben zerstört.**

　　這座城市被地震摧毀了。【s Erdbeben 地震，zerstören 破壞】

2. 如果要把主動態改成被動態時，主動態的第四格受詞會變成被動態的主詞，而主動態的主詞會消失或用 von ＋第三格來表達，動詞也變為被動語態，而其他部分不受影響。

主動態第四格受詞

Die Regierungspartei legte dem Parlament <u>ein neues Gesetz</u> vor.

執政黨已經向議會提交了一項新法案。【e Regierungspartei 執政黨，s Parlament 議會，neu 新的，s Gesetz 法令，vor|legen 提出】

被動態中的主詞

<u>Ein neues Gesetz</u> wurde dem Parlament (von der Regierungspartei) vorgelegt.

一項新法案已（由執政黨）向議會提交了。

3. 英語的表達

A book was given to the child.

The child was given a book.

英語能夠使用上面 2 種被動態，但在德語中，主動態的第三格受詞不能作為被動態的主詞。

○ Ein Buch wurde dem Kind gegeben. 一本書（被）給了孩子。

× Das Kind wurde ein Buch gegeben.

（可用 Dem Kind wurde ein Buch gegeben. 來表示)

man 作爲主詞的句子，以及不及物動詞的被動態

　　不明確提到「動作行為者」是被動語態的特性之一，這與以 man「人們」作為主詞的主動態有相似的性質。

　　雖然 man（第三人稱單數，「人們」的意思）表示「人們」，但並不會點出男女性別或特定的人物。從某個意義上來說，以 man 為主詞的句子最好以被動態表示。

⇨ An der Tankstelle verkauft man auch Alkohol. 🎧

加油站的人也有賣酒。【e Tankstelle 加油站、verkaufen 賣，r Alkohol 酒精】

⇨ An der Tankstelle wird auch Alkohol verkauft.

加油站也有賣酒。（在加油站，酒也被販售）

不及物動詞的被動

被動態除了可以省略行為者以外，還有「把重點放在行為或是動作本身」的特點，所以德語的不及物動詞也能構成被動態。

不及物動詞的被動態造句法，與一般被動語態一樣用「werden +過去分詞」的形式。由於是不及物動詞，因此被動態不是用第四格受詞作為主詞，而是以「es」代替主詞放到相對應的位置（此時，es 只放在句首，否則會被省略）。例句如下：

⇨ In diesem Saal wird heute Abend getanzt. 🎧

今晚這個大廳裡將有一場舞會。（今晚在這個大廳裡將被跳舞。）

【r Saal 會館，大廳，tanzen 跳舞】

tanzen 雖然是一個不需要受詞的不及物動詞，但仍可構成被動語態。這對於熟悉英語的人來說，也許會覺得這樣的用法很奇怪。不過，這句話想表達的重點不是誰在跳舞，而是在這裡「舉行舞會」的意思。像這種沒有主詞的德語，雖然有些令人匪夷所思，然而卻能巧妙地將動作的本身變成句子關注的焦點。再舉一個類似的例子如下。

⇨ In dieser Firma wird auch sonntags gearbeitet.

這家公司週日也上班。【e Firma 公司，sonntags 在週日】

動作被動和狀態被動

德語除了「werden +過去分詞」形式的被動語態外，還有「sein +過去分詞」形式的被動語態。後者在形式上與英語中的被動語態相似，但德語

會明確地區分這兩種形式。因此，根據所要表達的意思，使用 werden 的被動語態被稱為「動作被動」，使用 sein 的被動語態稱為「狀態被動」。「動作被動」是指強調「動作的過程」，「狀態被動」是指「動作的結果」。讓我們比較以下例句，以區別其中的含義差異。

1a) Die Tür wird geschlossen.「門被關上」〖動作被動〗
1b) Die Tür ist geschlossen.「門是關著的」〖狀態被動〗

2a) Der Laden wird geöffnet.「店將（被）開門。」〖動作被動〗
2b) Der Laden ist geöffnet.「店是開著的。」〖狀態被動〗
　　【r Laden 商店】

　　句子 a) 表達執行某個行為的過程，句子 b) 則都表示行為的結果。2a) 句所表達的意味是，看見店門打開、取出招牌、門前灑水等為開店做準備的情境；而 2b) 的句子則顯示開店準備工作已完成、正在營業的狀態。

✏️ 練習題

練習題 29a

請對照中文翻譯，將正確的現在式被動態填入（　）中，以完成句子。

(1) Weihnachten (　　　　) vom 24. bis zum 26. Dezember (　　　　).

聖誕節從 12 月 24 日到 26 日慶祝。【s Weihnachten 聖誕節，r Dezember 12 月，feiern 慶祝】

(2) Der Zug (　　　　) von einem Computer (　　　　).

列車由電腦控制。【r Computer 電腦，steuern 控制，駕駛】

(3) Heute (　　　　) viele Häuser aus Holz (　　　　).

如今，許多房屋都是用木頭建造的。

【d Häuser：s Haus 房屋，s Holz 木頭，bauen 建造】

(4) An dieser Brücke (　　　　) der Pegelstand (　　　　).

水位是在這座橋上測量的。【e Brücke 橋，r Pegelstand 水位，ermitteln 測量】

練習題 29b

請對照中文翻譯，將正確的過去式被動態填入（　）中，以完成句子。

(1) Rom (　　　　) nicht an einem Tag (　　　　).

羅馬（當時）不是一天建造的。【erbauen 建造】

(2) Der Ball (　　　　) ins Tor (　　　　).

球（當時）被射進了球門。【r Ball 球，s Tor 球門，schießen 射擊；踢】

(3) Danach (　　　　) die Frau in die Klinik (　　　　).

女子（當時）隨後被送往診所。【danach 然後，e Frau 女子，e Klinik 診所，bringen 帶至，送往】

(4) (　　　　) die Ware inzwischen (　　　　)?

在那期間，商品是否已配送？【e Ware 商品，inzwischen 在此期間，liefern 配送】

練習題 29c

請對照中文翻譯，將正確的現在完成式被動態填入（　）中，以完成句子。

(1) Der Vorfall (　　　　) (　　　　) (　　　　).

這件事被遺忘了。【r Vorfall 事件，vergessen 忘記】

(2) Du (　　　　) (　　　　) (　　　　).

你被監視了。【sehen 看】

(3) Der Unfall (　　　　) durch Nebel (　　　　) (　　　　).

這起事故是大霧引起的。

【r Unfall 事故，r Nebel 霧，verursachen 引起】

(4) Ein Teil der Anschaffungskosten (　　　) (　　　　)
(　　　　).

部分採購成本已得到償還。【r Teil 部分，d Anschaffungskosten 採購成本、erstatten 償還】

練習題 29d

請對照中文翻譯，將 [　] 中的情態動詞填入（　）中，以完成以下被動態的句子。

(1) [müssen] → Das (　　　　) noch heute (　　　　)
(　　　　).

我必須在今天結束前把它給完成。【noch heute 在今天之內，erledigen 完成，辦好】

(2) [müssen] → Die Uhr (　　　　) um eine Stunde
(　　　) (　　　　).
這個時鐘必須撥慢一小時。【e Uhr 時鐘，um eine Stunde 一個小時，
zurück|stellen 返回】

(3) [sollen] → Hier (　　　　) eine neue Brücke (　　　　)
(　　　).
聽說會在這裡建造一座新橋。【e Brücke 橋，errichten 建造】

(4) [können] → Bei Bedarf (　　　　) das Haus noch weiter
(　　　) (　　　　).
可以根據需要增建房屋。【r Bedarf 必要，weiter 進一步、aus|bauen
增建】

練習題 29e

請對照中文翻譯，將正確的單字填入（　）內，以完成下列狀態被動的被動態句子。

(1) Sie (　　　　) (　　　　).
她現在受傷了。【verletzen 受傷】

(2) Die Koffer (　　　　) schon (　　　　).
行李當時已經打包好了。【d Koffer：r Koffer 行李箱、packen 打包】

(3) Der Keller (　　　　) komplett (　　　　).
地下室當時完全被淹沒。【r Keller 地下室，komplett 完全，
überfluten 淹水】

(4) Restaurants und Läden (　　　　) fast völlig (　　　　).
餐廳和商店現在幾乎全面關閉。【d Restaurants：s Restaurant 餐廳，
d Läden：r Laden 商店，fast 幾乎，völlig 全部，schließen 關閉】

Lektion 30

es 的用法・疑問詞

Es gibt hier einige gute Restaurants.
這裡有一些不錯的餐廳。

es 的用法

因為代名詞 es 有很多種用法，這裡我們先來稍微整理一下。

1) 用來指稱中性名詞

⇨ Da steht ein Haus. Es ist ziemlich alt.

那裡有一棟房子。它相當老舊。【ziemlich 相當，很】

2) 用來指稱前面提到的句子、詞組或事件

⇨ In Japan ereignete sich ein schweres Erdbeben. Es forderte viele Menschenleben.

日本發生了一場可怕的地震。它奪走了許多人的生命。

【s Japan 日本、sich ereignen 發生、schwer 殘酷的，糟糕的、s Erdbeben 地震、fordern 要求、d Menschenleben：s Menschenleben 人命】

3) 非人稱動詞的主詞

有一些動詞不能以人當作主詞，而是以 es 作為主詞，所以這些動詞通常被稱為非人稱動詞，以下舉出幾個非人稱動詞：

regnen（下雨）：Es regnet（現在式）／regnete（過去式）／hat geregnet（現在完成式）

schneien（下雪）：Es schneit（現在式）／schneite（過去式）／hat geschneit（現在完成式）

donnern（雷聲）：Es donnert（現在式）／donnerte（過去式）／hat gedonnert（現在完成式）

blitzen（閃電）：Es blitzt（現在式）／blitzte（過去式）／hat geblitzt（現在完成式）。

hageln（下冰雹）：Es hagelt（現在式）／hagelte（過去式）／hat gehagelt（現在完成式）

4) 表達天氣、時間、距離、心理／生理現象等無法指定主詞時，也以 **es** 為主詞，作為非人稱的表達。

⇨ Es ist schön. 天氣很好。【schön（天氣）好的】

⇨ Es ist windig. 有風。【windig 有風的】

⇨ Es ist 10 Uhr. 10 點了。

⇨ Es ist mir zu kalt. 對我來說太冷了。【zu 太～，kalt 寒冷的】

⇨ Es ist angenehm. 感到高興。【angenehm 感覺很好】

⇨ Es ist gemütlich. 無拘無束的感覺。【gemütlich 愉快的，無拘束的】

⇨ Es duftet nach Rosen. 聞起來像玫瑰。【duften nach 聞起來像～】

5) 其他常用的非人稱表達

以下例句皆為以 es 為主詞的表達方式。由於都是我們日常生活中常用的句型，所以可當作慣用語來記住。

● es gibt＋第四格「有，存在」

⇨ Was gibt es heute Abend? 今晚有什麼？（聽新聞）

⇨ Gibt es noch Hoffnung? 還有希望嗎？【e Hoffnung 希望】

⇨ Gibt es hier keinen Notausgang?
這裡不是有緊急出口嗎？【r Notausgang 緊急出口】

⇨ Es gibt hier einige gute Restaurants.
這裡有幾間不錯的餐廳。

⇨ Es geht uns gut. 我們都很好。

● es handelt sich um ~「這是關於～」
⇨ Es handelt sich um unser Projekt.
這是關於我們的計畫。【 s Projekt 計畫 】

● es dreht es sich um ~「這牽涉到～」
⇨ Es dreht sich immer alles um die Liebe.
這一切都跟愛有關。【 e Liebe 愛 】

疑問詞

這裡彙整常用的疑問詞，如下所示。

● was「什麼」
⇨ Was soll ich hier machen? 我在這裡應該做什麼？

● wer「誰」
此疑問詞變格的形式，如下表所示。

第一格	第二格	第三格	第四格
wer（是誰）	wessen（誰的）	wem（對誰）	wen（給誰）

⇨ Wer wohnt hier noch? 還有誰住在這裡？
⇨ Wessen Schuhe sind das? 這是誰的鞋子？【 d Schuhe：r Schuh 鞋子 】
⇨ Wem kann ich vertrauen? 我能相信誰？【 vertrauen 相信 】
⇨ Wen möchte sie heiraten?
她想嫁給誰？【 jn heiraten 嫁給某人[4] 】
⇨ Für wen ist dieses Paket? 這個包裹是給誰的？【 s Paket 包裹 】
⇨ Von wem kam der Anruf? 那通電話是誰打的？【 r Anruf 電話 】

●wo「哪裡」

⇨ Wo kann man hier gut essen?

這裡哪裡有好吃的？【gut 好的】

●woher「來自哪裡」

⇨ Woher kommen die ganzen Ameisen?

這些螞蟻全都是從哪裡來的？【ganz 全部的，d Ameisen：e Ameise 螞蟻】

●wohin「去哪裡」

⇨ Wohin fahren wir? 我們要去哪裡？

●wann「什麼時候」

⇨ Weißt du, wann die Post kommt?

你知道郵件什麼時候來嗎？【e Post 郵件】

●warum「為什麼」

⇨ Warum ist das Wetter immer so schlecht?

為什麼天氣總是那麼惡劣？【s Wetter 天氣，schlecht 惡劣的】

●wie「如何；多少」

⇨ Wie soll man das machen?

應該要怎樣做？【sollen 應該】

⇨ Wie viel kostet das?

這多少錢？【viel 多的，kosten 花費】

⇨ Wie schön, dass wir heute zusammen sind!

今天我們聚在一起真是太好了！（wie 也可以用作感嘆詞）

●was für ein「什麼樣的」

這是在對話中經常使用的表達方式，但需要注意的是，für 後面的 ein 會根據其後的名詞的性別、數量，及其在句子中扮演的角色（也就是格位；第 1 格、第 3 格、第 4 格等），而發生語尾變化（不受 für 格支配）。

第一格的例句：Was für ein Wagen ist das? 那是什麼樣的車？

第三格的例句：Mit was für einem Wagen fährst du in die Ferien?

你要開什麼樣的車去度假？【in die Ferien fahren 出去度假】

第四格的例句：Was für einen Wagen kaufst du? 你買什麼樣的車？

⇨ Was für ein Vogel ist das? 那是什麼樣的鳥？【r Vogel 小鳥】

⇨ Mit was für einem Werkzeug soll ich das machen?

我應該要用什麼樣的工具來做這個呢？【s Werkzeug 工具】

⇨ An was für ein Haustier denken Sie?

您在考慮什麼樣的寵物？【s Haustier 寵物，an 某物⁴ denken 思考，想】

⇨ Was für ein schöner Sommer!

多麼美好的夏天！【r Sommer 夏天】（也可以用在感嘆句上）

● welcher「哪個；哪種」

變化的方式可參照指示冠詞（→請見第 10 章）。welcher 會依據後面名詞的性別、數量和格位產生變化。

	陽性	陰性	中性	複數
第一格	welcher	welche	welches	welche
第二格	welches	welcher	welches	welcher
第三格	welchem	welcher	welchem	welchen
第四格	welchen	welche	welches	welche

⇨ Welches Eis möchten Sie? 您想要哪種冰？【s Eis 冰】

⇨ Aus welcher Richtung kommt der Wind?

風從哪個方向吹來？【e Richtung 方向，r Wind 風】

⇨ An welcher Kreuzung muss ich abbiegen?

我得在哪個十字路口轉彎？【e Kreuzung 十字路口，ab|biegen 轉彎】

另外，welcher 用在有限範圍內或特定選項中做選擇，使用時要注意。

疑問詞 was 和介系詞的縮寫

　　當介系詞和疑問詞 was 結合時，其結合後的形式為 wo+介系詞，像是 womit、wofür 等。我們來看下面的例句。

An was denken Sie? → Woran denken Sie?　

您在想什麼？【an et⁴ denken 思考某事⁴】

Um was handelt es sich genau? → Worum handelt es sich genau?

這到底是什麼？【es handelt sich um et⁴ 這是關於某事物⁴】

Von was ernähren sich Papageien? → Wovon ernähren sich Papageien?

鸚鵡吃什麼？【sich ernähren (von~) 以～為食物、d Papageien：r Papagei 鸚鵡】

　　此外，像是 an was，um was，von was 等介系詞＋was 的形式，主要是德國北部在日常對話中的表達方式。

練習題

練習題 30a

請對照中文翻譯，使用「es gibt」句型來完成句子。

(1)　(　　　　　)（　　　　　　）auch in Taiwan gute Bäcker.

在台灣也有不錯的麵包師傅。【d Bäcker：r Bäcker 麵包師傅】

(2)　(　　　　　)（　　　　　　）nur eine einzige Lösung.

只有一種解決方案。【e Lösung 解答】

(3)　Ich weiß nicht, was (　　　　　) heute im Kino (　　　　　).

我不知道今天電影院會放映什麼。【s Kino 電影院】

(4)　Vorsicht: Hier (　　　　　)（　　　　　　）Giftschlangen!

小心！這裡有毒蛇！【e Vorsicht 注意，d Giftschlangen：e Giftschlange 毒蛇】

練習題 30b

請對照中文翻譯，從 wer、wessen、wem 和 wen 之中選擇適當的疑問詞，並填入 (　) 中以完成句子。

(1)　Es ist nicht bekannt, (　　　　　) Eigentum das eigentlich ist.

不知道這個到底是誰的財產。【bekannt 眾所周知的、s Eigentum 所有物，財產】

(2)　(　　　　　) hat eben angerufen?

剛剛是誰打來？【an|rufen 打電話】

(3)　Für (　　　　　) sind diese Getränke?

這些飲料是要給誰喝的？【d Getränke：s Getränk 飲料】

(4) Von ( ) wurden die Daten gelöscht?

誰刪除了資料？【d Daten 資料，löschen 刪除】

練習題 30c

請對照中文翻譯，將不定冠詞填入 ( ) 中，以完成句子。

(1) Was für ( ) Gewürz ist das?

這是什麼樣的香料？【s Gewürz 香料】

(2) Was für ( ) kalte Gegend!

多麼寒冷的地區！【e Gegend 地區】

(3) Was für ( ) Gefühl war das?

那是怎麼樣的感覺？【s Gefühl 感覺】

(4) Was für ( ) Überraschung!

真是個驚喜！【e Überraschung 驚喜】

練習題 30d

請對照中文翻譯，並使用 welch- 以適當的形式填入 ( ) 中，以完成句子。

(1) ( ) Datum haben wir heute?

今天是什麼日期？（今天是幾月幾號？）【s Datum 日期】

(2) ( ) Arbeit möchtest du gar nicht tun?

你不想做哪一種工作？【e Arbeit 工作，gar nicht 一點也不】

(3) In ( ) Gegend liegt diese Stadt?

這個城市在哪一個地區？【e Gegend 地域，liegen 位於】

(4) ( ) Straße führt in die Innenstadt?

哪條路通往市中心？【e Straße 街道，führen 連接、e Innenstadt 市中心】

Lektion 31 不定代名詞・指示代名詞

2_31_1

Gibt es hier noch einen freien Platz? –Ja, einen.

這裡還有空位嗎？—有，有一個。

不定代名詞

在句子中即使省略名詞，仍可以從上下文來判斷正在談論的是什麼，關鍵就在於冠詞。冠詞用法請見以下範例解說。

⇨ Haben Sie einen Wagen? —Ja, ich habe einen.

您有車嗎？—有，我有一台。

⇨ Haben Sie einen Stift?—Nein, ich habe keinen.

您有筆嗎？—不，我沒有。【 r Stift 原子筆 】

如同以上例句的答句，省略問句中的名詞，並單獨使用如代名詞功能的不定冠詞，通常把這樣的冠詞稱作不定代名詞。冠詞當作代名詞使用時，必然會隨性別產生變格，且其變化的形式與不定冠詞幾乎一樣（只有陽性第一格，中性第一、第二格和第四格不同）。以下是 ein 和 kein 作為不定代名詞的變格表。

	陽性	陰性	中性	陽性	陰性	中性	複數
第一格	einer	eine	ein(e)s	keiner	keine	kein(e)s	keine
第二格	eines	einer	eines	keines	keiner	keines	keiner
第三格	einem	einer	einem	keinem	keiner	keinem	keinen
第四格	einen	eine	ein(e)s	keinen	keine	kein(e)s	keine

當要使用不定代名詞時，不定代名詞的變化形式須與省略的名詞的性別、數量量及格位相符。此外，中性第一格和第四格通常會省略掉（　）中的 e，而以 eins 和 keins 的形式使用。

⇨ **Sehen Sie jemanden? —Ja, da steht einer.** 🎧

您有看到任何人嗎？—有，有一位站在那。【某人：jemand（第一格）；jemandes（第二格）；jemandem（第三格）；jemanden（第四格）】

⇨ **Möchtest du noch ein Plätzchen? -Nein，ich möchte keins mehr.**

你要再來一塊餅乾嗎？—不，我不想要了。【s Plätzchen 餅乾】

⇨ **Haben Sie auch Geschwister? —Nein，ich habe keine.**

您也有兄弟姐妹嗎？—沒有，我沒有。【d Geschwister 兄弟姐妹】

「welch-」（那個，那些，一些～）也經常用作不定代名詞，用來代稱無冠詞的物質名詞，或是無冠詞的複數名詞。

	陽性	陰性	中性	複數
第一格	welcher	welche	welches	welche
第二格	welches	welcher	welches	welcher
第三格	welchem	welcher	welchem	welchen
第四格	welchen	welche	welches	welche

⇨ **Gibt es hier Pilze? —Im Augenblick nicht, aber im Herbst gibt es wieder welche.** 🎧

這裡有蘑菇嗎？—目前沒有，但在秋天時又會有。【d Pilze：r Pilz 蘑菇，im Augenblick 目前，r Herbst 秋天，wieder 又，再】

⇨ **Das sind aber leckere Bonbons! Möchtest du auch welche?**

那些是很好吃的糖果！你也想要一些嗎？【lecker 好吃的、d Bonbons：s Bonbon 糖果】

⇨ **Wir brauchen Masken. Haben Sie welche?**

我需要口罩。您那邊有嗎？

【brauchen 需要，d Masken：e Maske 口罩】

指示代名詞

和不定代名詞一樣，指示代名詞也可單獨用作代名詞。

1) Da steht eine Statue. Die ist aus dem 17. Jahrhundert.

那邊有個雕像。它出自 17 世紀。【e Statue 雕像、s Jahrhundert 世紀】

2) Sie hat einen Hund. Der ist gut erzogen.

她有一隻狗，訓練有素。【r Hund 狗、gut erzogen 訓練有素的】

3) Er fährt einen neuen Wagen. Den hat er von seinem Großvater geschenkt bekommen.

他開一輛新車，那是他祖父送他的。【fahren 駕駛，neu 新的，r Wagen 車，r Großvater 祖父】

如上所述得知，1) 以 die 代替 die Statue，2) 以 der 代替 der Hund，同樣地 3) 以 den 代替 den Wagen 用於句子中，像這樣如代名詞功能並單獨使用的定冠詞，通常被稱為「指示代名詞」。並與不定代名詞一樣，會隨要指稱的名詞的性別、數量和格位進行變化。變化的規則與定冠詞非常相似，但第二格的所有性別及複數和第三格的複數的變化，則與定冠詞的不同。另外，雖然指示代名詞的作用與人稱代名詞類似（請見第 13 章），但它們之間有所不同。

指示代名詞的變格			
	陽性	陰性	中性	複數
第一格	der	die	das	die
第二格	dessen	deren	dessen	deren
第三格	dem	der	dem	denen
第四格	den	die	das	die

人稱代名詞主要目的是為了簡化句子，以避免在句子中重複出現之前提到過的名詞，因此指示代名詞除了具有人稱代名詞的功能外，甚至還可用於強調說話者所想要強調的對象。如果用比較直白的翻譯，這種用法帶有「這傢伙」，「這種人」或「這種事」的意思在。

　　人稱代稱通常沒有輕重音，但基於上述的原因，指示代名詞會用重音表達。此外，在實際的談話過程中，說話者往往會搭配「比手畫腳」或「眼神」來表達所想要強調的事情。

Lektion 32 關係代名詞與用法

2_32_1

Das ist die Ärztin, die ihn operiert hat. 這位是幫他動手術的醫生。

人稱代名詞・指示代名詞・關係代名詞

1a) Das ist die Ärztin. Sie hat mich operiert.

　　是這位女醫師。她給我動了手術。【 e Ärztin 醫師、operieren 動手術 】

1b) Das ist die Ärztin. Die hat mich operiert.

　　是這位女醫生給我動手術的。

1c) Das ist die Ärztin, die mich operiert hat.

　　這位是幫我手術的女醫生。

　　請注意上面三個例子的差異。a) 的第二句為避免重複 Ärztin，故使用人稱代名詞 sie 來替代。句子 b) 雖然與 a) 句相同，也使用了代名詞，但所使用的是可代替「這位醫師」的指示代名詞，故強調的意味很濃厚。而在 c) 句中，代名詞 die 除了避免重複前面的名詞之外，並且將原本前後兩句連接成一個句子。像這樣既能代替前面的名詞，又能起到連接兩句子功能的代名詞，通常稱作「關係代名詞」。如 c) 句中所見，由關係代名詞引導的句子（關係子句）可以針對前面的名詞做補充說明，從這個意義上來看，可以視其為嵌入句子的子句，一般也被認定為從屬子句，而且在此子句中，動詞會「隨人稱變化，並放在句尾」。請參照下列例句。

2a) Wo ist der Hut? Den Hut habe ich gestern gekauft.

　　帽子在哪呢？我昨天買了那頂帽子。【 r Hut 帽子 】

2b) Wo ist der Hut? Den habe ich gestern gekauft.

　　帽子在哪呢？我昨天買的那頂。

2c) Wo ist der Hut, den ich gestern gekauft habe?

我昨天買的帽子在哪裡？

　　在 b) 句中，指示代名詞會隨指稱的名詞的性別、數量和格位進行變化（在例句中，指示代名詞 den 用來代稱 der Hut「陽性 單數」，而且是作為動詞 kaufen（此指過去分詞 gekauft）的第四格受詞）。這些點與 c) 句的關係代名詞是相同的。以下是一些與介系詞相關的例句。

3a) Das ist der Freund. Mit ihm bin ich nach Deutschland gereist.

是這位朋友。我和他一起去德國旅遊了。

3b) Das ist der Freund. Mit dem bin ich nach Deutschland gereist.

是這位朋友。我和這個人一起去德國旅遊了。【s Deutschland 德國】

3c) Das ist der Freund, mit dem ich nach Deutschland gereist bin.

這位是和我一起去德國旅遊的朋友。

　　在 a) 和 b) 句中，人稱代名詞和指示代名詞都會隨指稱的名詞的性別、數量和格位進行變化（在例句中，指示代名詞 dem 用來代稱 der Freund「陽性 單數」，而且是作為 mit 支配的第三格代名詞）。這些點與 c)句的關係代名詞相同。

關係代名詞的變化表			
	陽性	陰性	中性	複數
第一格	der	die	das	die
第二格	dessen	deren	dessen	deren
第三格	dem	der	dem	denen
第四格	den	die	das	die

　　如上所見，上表與指示代名詞的變格表完全相同。關係代名詞和指示代名詞在形式上非常相似，但最大的差別在於動詞的位置（在關係子句

中，動詞位於句尾）。此外，關係代名詞第二格的所有性別及複數和第三格的複數的變化，也與定冠詞的不同。

關係代名詞的格位

● 第一格的例句

⇨ Der Mann, der mit uns arbeitet, ist Amerikaner.

Der Mann,	der mit uns arbeitet,	ist Amerikaner
主句的主詞	關係子句	主句

和我們一起工作的人是美國人。【 r Amerikaner 美國人 】

＊關係代名詞 der 是關係子句中的主詞 → 第一格

● 第二格的例句

⇨ Der Mann, dessen Tochter in Köln wohnt, arbeitet mit uns.

那位有女兒住在科隆的男子，和我們一起工作。【 e Tochter 女兒 】

＊關係代名詞 dessen 在關係子句中，是用來修飾 Tochter 的第二格修飾語 → 第二格

● 第三格的例句

⇨ Der Mann, dem du gestern geholfen hast, wohnt hier.

你昨天幫助過的那個人住在這裡。

【 jm helfen 幫助某人[3]，wohnen 居住 】

＊關係代名詞 dem 在關係子句中，是作為動詞 helfen 的第三格受詞 → 第三格

⇨ Der Mann, mit dem du gestern Tennis gespielt hast, ist unser Direktor.

昨天和你打網球的那個人，是我們的經理。

【 r Direktor 經理；部門負責人 】

＊關係代名詞 dem 是支配介系詞 mit 的第三格受詞 → 第三格

● 第四格的例句

⇨ Der Mann, den wir jetzt besuchen wollen, besitzt ein schönes Hotel.

我們現在要拜訪的人，現在持有一間很好的飯店。【jetzt 現在，besuchen 拜訪，wollen 要；想，besitzen 持有，擁有，s Hotel 飯店】

關係代名詞 den 是 besuchen 的第四格受詞→第四格

⇨ Der Mann, für den ich ein Zimmer reserviert habe, kommt aus Luxemburg.

那位我幫忙訂房間的人，來自盧森堡。【s Zimmer 房間，reserviern 預約，s Luxemburg 盧森堡】

關係代名詞 den 是支配介系詞 für 的第四格受詞→第四格

造出關係子句的步驟

a. 根據關係子句之前的名詞（或稱為先行詞）的性別和數量，來決定關係代名詞的性別與數量，來判斷要使用陽性、陰性、中性、複數中的哪一個關係代名詞。

b. 在關係子句中，根據關係代名詞在句子中的角色，來決定其格位（到底是主詞、第四格受詞、還是受介系詞的格支配等）。

c. 關係代名詞放在關係子句的句首，而動詞放在句尾（但如果關係代名詞會連接介系詞，則順序為介系詞＋關係代名詞）。

d. 原則上，關係子句會用逗號和主句分隔。

與英語的差異

a. 在英語中，會根據先行詞為人還是事物（who 或 which）而使用關係代名詞，然而在德語中，它們是根據先行詞的性別和數量（陽性、陰性、中性、複數）來使用的。

b. 英語有時會省略關係代名詞，而在德語中是不可省略的。

c. 英語中的關係子句有分用逗號隔開（非限定用法）和不用逗號隔開（限定用法）的兩用法，而德語則沒有區別，都是用逗號隔開。

 練習題

2_32_2

練習題 32a

請將正確的第一格關係代名詞填入（　）中以完成句子。

(1) Hunde, (　　　　) bellen, beißen nicht.

會叫的狗，不咬人。【d Hunde：r Hund 狗，bellen 吠叫，beißen 咬】

(2) Der Baum, (　　　　) hier steht, ist mindestens 100 Jahre alt.

矗立在這裡的樹木，至少有百年樹齡。【r Baum 樹木，mindestens 至少，d Jahre：s Jahr 年，alt 古老的】

(3) Hast du die Zeitung gelesen, (　　　　) hier liegt?

你讀過放在這兒的報紙了嗎？【e Zeitung 報紙，liegen 存在，位於】

(4) Ist das der Film, (　　　　) jetzt läuft?

現在上映的是那部電影嗎？【r Film 電影，laufen 上映】

練習題 32b

請將正確的第四格關係代名詞填入（　）中以完成句子。

(1) Das Hotel, (　　　　) wir gebucht hatten, mussten wir leider stornieren.

不幸的是，我們得取消我們已預訂的飯店。【s Hotel 飯店，buchen 預訂，stornieren 取消】

(2) Wo ist der Pullover, (　　　　) du mir geschenkt hast?

你送給我的毛衣在哪？【r Pullover 毛衣，schenken 贈送】

(3) Ist das die Suppe, (   ) Sie bestellt haben?

這是您點的湯嗎？【e Suppe 湯，bestellen 點餐，訂購】

(4) Ich brauche einen großen Wagen, (   ) ich auch als Büro nutzen kann.

我需要一輛也可以當作辦公室的大型車。【brauchen 需要，groß 大的，r Wagen 汽車，auch 也，s Büro 辦公室，nutzen 使用】

練習題 32c

請將正確格變化的關係代名詞填入（　）中以完成句子。

(1) Ist die Frau, an (   ) du denkst, etwa meine Schwester?

你想起的那位女生是我妹妹嗎？【e Frau 女生，an jn denken 想起某人⁴，etwa 難道，e Schwester 姊妹】

(2) Das Haus, in (   ) wir jetzt ziehen, gehört meiner Mutter.

我們現在搬進去的那間房子是我媽媽的。

【s Haus 家；房子，jetzt 現在，in et⁴ ziehen 搬進某物中⁴，jm gehören 屬於某人³，e Mutter 母親】

(3) Er ist ein Mensch, auf (   ) man sich verlassen kann.

他是大家信賴的人。【r Mensch 人, sich auf jn verlassen 信賴某人⁴】

(4) Der Schraubenzieher, mit (   ) du arbeiten willst, ist viel zu klein.

你要用的螺絲起子實在是太小了。【r Schraubenzieher 螺絲起子，arbeiten 工作，wollen 想；要，viel zu 太～，klein 小的】

關係副詞・不定關係代名詞

Lektion 33

Das ist das Stadtviertel, wo sie wohnt. 這裡是她所居住的城區。

關係副詞

以下將用德文表達「這裡是她居住的城區」。

1) Das ist die Stadt, in der sie wohnt. 【e Stadt 城市】

2) Das ist die Stadt, wo sie wohnt.

在 1) 句中，「in der」（在那裡）這樣的「介系詞＋關係代名詞」結構，是與動詞 wohnen 搭配使用、用來表示「在某地點」（副詞）的表達方式。而 2) 句中所示的關係副詞「wo」則經常取代「介系詞＋關係代名詞」的用法。在英語中也可以看到同樣的形式：This is the town in which she lives. → This is the town where she lives.。

⇨ **Wir gehen in ein Kino, wo 3D-Filme gezeigt werden.**
我們去一家放映 3D 電影的電影院。【s Kino 電影院，d Filme：r Film 電影，zeigen 放映】

⇨ **Das ist die Stelle, wo der Unfall passiert ist.**
這是事故發生的現場。【e Stelle 場所，r Unfall 事故，passieren 發生】

⇨ **Da gibt es eine Insel, wo seltene Seevögel brüten.**
有一座島嶼，那裡棲息著稀有的海鳥。【e Insel 島，selten 稀有的，d Seevögel：r Seevogel 海鳥，brüten 孵化】

不定關係代名詞 was 和 wer「～做的事／物」「做～的人」

請看下面的例句。

Was sie kocht, schmeckt immer gut.

她做的菜一直都很好吃。【schmecken 嚐起來有～的味道】

在 Was sie kocht 中，was 不是指個別的菜餚，而是指「任何她所做的菜」。儘管名義上是關係代名詞，但在句子中沒有可作為先行詞的名詞。也就是說，was 是「不指稱特定名詞並單獨使用的關係代名詞」。這樣的關係代名詞稱為「不定關係代名詞」。

接下來，wer 也類似於關係代名詞。wer 泛指「任何人」，在句子裡面一樣沒有先行詞。且 wer 不指稱特定人士，而是泛指「做～（某行為）的人」，如下所示。

Wer Hunger hat, soll sich bitte melden.

肚子餓的人，請告知。【Hunger haben 肚子餓，sich melden 告訴；表示自己需要】

以下是使用不定關係代名詞的例句。

⇨ **Wer keine Lust hat, kann gehen.**

沒有意願的人，可以離開了。【e Lust 興趣】

⇨ **Du kannst machen, was du willst.**

隨心所欲盡可能的去做喔。【wollen 想要】

⇨ **Was man nicht kennt, kann man auch nicht beurteilen.**

我們無法判斷我們不熟悉的事物。【kennen 熟悉，了解、beurteilen 決定，判斷】

 **練習題**

練習題 33a
....
請將關係副詞填入（ ）中。

(1) Wir möchten auf dem Land leben, (　　　　) wir Hühner halten können.

我們想住在可以養雞的鄉下。【auf dem Land 在鄉下，leben 生活，d Hühner：s Huhn 雞，halten 持有】

(2) Die Zeit, (　　　　) ich studierte, hatte ich wenig Geld.

我在念大學的時候很缺錢。【e Zeit 時代，時間，studieren 在大學念書，wenig 少的，s Geld 金錢】

＊註：關係副詞 wo 有時不僅用於地點，也用於時間。

(3) Das Zimmer, (　　　　) er seine Musik komponiert, ist ziemlich klein.

他作曲的那間房間頗小的。【s Zimmer 房間，e Musik 音樂，komponieren 作曲】

(4) Der Ort, (　　　　) wir uns zum ersten Mal begegneten, ist der schönste Ort auf der Welt.

我們初次相遇的地方是世界上最美好的地方。

【r Ort 地點，zum ersten Mal 初次，jm begegnen 遇見某人[3]，auf der Welt 在世界上】

(5) In dem Dorf, (　　　　) ich aufgewachsen bin, sprechen wir Dialekt.

在我成長的村子裡，我們說著當地話。

【s Dorf 村莊，auf|wachsen 成長（sein 支配），sprechen 講話，r Dialekt 方言】

(6) Er lebt auf einer Insel, (　　　　) außer ihm kein anderer Mensch wohnt.

他住的島上，除了他沒有其他人住。

【leben 居住，e Insel 島，ander 其他，außer 除了～以外（支配第三格的介系詞），r Mensch 人，wohnen 居住】

比較級・最高級

Das ist etwas teurer, aber es schmeckt am besten.
價格有點貴，但卻是最美味的。

2_34_1

1 德語字母與發音

2 德語文法與練習題

3 解答篇

4 不規則動詞變化表

比較級與最高級

當要表達「～比～更好」或「～是最好的」之類的話時，通常會使用形容詞和副詞的比較級以及最高級形式。對於學過英語的人來說，比較級和最高級這兩個術語應該是耳熟能詳了吧，以下就讓我們來學習比較級與最高級的句型吧。

比較級：「更～」

德語在形容詞和副詞的原形（基本形式）字尾後面加上「er」。與英文不同的是，德語不論單字長度，一律都在字尾後面加上「-er」。像是：schön（漂亮的）→ schöner（更漂亮的），klein（小的）→ kleiner（小的），interessant（有趣的）→ interessanter（更有趣的）。

不過要注意的是，若此形容詞（副詞）是只含一個母音的短單字且又是常用的單字，其母音如果是 a、o 或 u 時就可能會發生變音。範例如下：alt（舊的）→älter，arm（貧窮的）→ärmer，hart（堅固的）→härter，kalt（冷的）→kälter，lang（長的）→länger，scharf（辣的）→schärfer，schwach（虛弱的）→schwächer，stark（強的）→ stärker，warm（溫暖的）→ wärmer，grob（粗的）→ gröber，oft（經常）→ öfter，jung（年輕的）→ jünger，dumm（愚蠢的）→ dümmer，klug（聰明的）→ klüger，kurz（短的）→kürzer

最高級：「最～」

　　要構成德語形容詞（副詞）的最高級，在原形（基本形式）語尾後面加上「-st」即可。然而，單字如果是以 -d、-t、-s、-ß、-sch 或 -z 結尾時，就要加上「-est」。

schön → schön**st**，klein → klein**st**，interessant → interessant**est**。

　　在德語的形容詞（副詞）最高級中，簡短且常用的單字，其母音同樣可能也會發生變音。

alt → ältest，arm → ärmst，hart → härtest，kalt → kältest，lang →längst，scharf → schärfst，schwach → schwächst，stark → stärkst，warm → wärmst，grob → gröbst，oft → öftest，jung → jüngst，dumm→ dümmst，klug → klügst，kurz → kürzest

比較級的用法

　　形容詞變成比較級之後，並不會改變形容詞本身的詞性。

1) 用作謂語

⇨ Mein Auto ist klein.

　　我的車很小。

⇨ Mein Auto ist kleiner.

　　我的車比較小。

⇨ Mein Auto ist kleiner als sein Auto.

　　我的車比他的車小。（做比較時，比較的對象用「als～」表示。）

⇨ Deine Schwester ist älter als meine Schwester.

　　你的姊姊比我姊姊大。【 e Schwester 姊妹 】

⇨ Sie ist intelligenter als ihr Bruder.

　　她比她哥哥聰明。【 intelligent 聰明的，r Bruder 兄弟 】

2) 用作名詞的修飾語

　　形容詞本身就是修飾功能，既便是成為比較級了，此功能也不會改變。作為名詞的修飾語並放在名詞前時，形容詞字尾會產生變化。（參照第 21 章）。其字尾變化方式與原形相同。

⇨ Sie kauft eine schöne Jacke.

　　她買了一件好看的夾克。【e Jacke 夾克】

⇨ Sie kauft eine schönere Jacke.

　　她買了一件更好看的夾克。

　　在原形後面加上比較級的語尾「-er」，然後再加上後面名詞 Jacke 的字尾（如句中的「-e」），便構成比較級：

schön → schöner → schönere Jacke。

3) 用作副詞

　　「更～」有比較的意思，用作副詞時可修飾動詞和形容詞。

⇨ Der Wagen fährt schnell.

　　這輛車跑得快。【schnell 快速地】

⇨ Der Wagen fährt schneller.

　　這輛車跑得更快。

⇨ Der Wagen fährt schneller als mein Wagen.

　　這輛車跑得比我的車快。

⇨ Ein Falke kann schneller fliegen als ein Sperling.

　　遊隼飛得比麻雀快。【r Falke 遊隼，fliegen 飛，r Sperling 麻雀】

　　一般形容詞可以用作副詞，且不會因比較級而改變其作用。

⇨ Ihre Stimme ist schöner als meine Stimme.（用作形容詞時）

　　她的聲音比我的聲音好聽。【e Stimme 聲音，歌聲】

⇨ Sie singt schöner als ich.（用作副詞時）

　　她唱得比我好。

最高級的用法

最高級與比較級相同，且都保留了形容詞和副詞的特點。

1) 用作謂語

⇨ Er ist jung.

他年輕。【jung 年輕的】

⇨ Er ist am jüngsten.

他是最小的。

⇨ Er ist am jüngsten von uns.

他是我們之中最小的。

2) 用作名詞的修飾語

⇨ Er nimmt das teure Zimmer.

他訂那間高價位的房間。

【nehmen 取、拿，teuer 高價的，s Zimmer 房間】

⇨ Er nimmt das teuerste Zimmer.

他訂那間最貴的房間。

3) 用作副詞

⇨ Der Hase läuft schnell.

這隻兔子跑得快。【r Hase 兔子，laufen 跑】

⇨ Der Vogel fliegt am schnellsten.

那隻鳥飛得最快。

● 「這～是最～的」的表達

當我們說「這位參與者是最年輕的」時，有以下 2 種說法。

　　a) Dieser Teilnehmer ist am jüngsten. 【 r Teilnehmer 參與者 】
　　b) Dieser Teilnehmer ist der jüngste (Teilnehmer).

在 a) 句中，jung 的最高級被當作謂語，而在 b) 句中 jung 的最高級是 Teilnehmer 的修飾語（由於可從上下文中推測，所以可將後面的 Teilnehmer 省略）。以上兩種雖然都是常用的表達方式，但差異在於 a) 句的表達方式是強調形容詞的屬性，側重於形容詞所要表示的屬性。而 b) 句的表達方式，則是包含了名詞的部分「年輕的參與者」。

此外，在 b) 句的表達方式中，接續最高級的冠詞（這裡是指 der jüngste）會根據省略的名詞的性別來使用對應的冠詞。

Diese Künstlerin ist die bekannteste (Künstlerin).
這位藝術家是最有名氣的。【 e Künstlerin 藝術家，bekannt 眾所周知的 】

不規則的比較級與最高級

有些形容詞和副詞，在比較級和最高級中有不規則的形式。

原形	比較級	最高級
gut （好的）	besser	best
hoch （高的）	höher	höchst
nah （近的）	näher	nächst
viel （多的）	mehr	meist
groß （大的）	größer	größt

bald 和 gern 只能用作副詞，其用法如下表示。

原形	比較級	最高級
bald（很快；不久 → 副詞）	eher	am ehesten
gern（樂意；喜歡→副詞）	lieber	am liebsten

同級比較：so ~ wie~「與～一樣～」 🎧

　　這種形式可用於形容詞及副詞。

⇨ **Mein Bruder ist so alt wie ihr Bruder.**

　我弟弟和她弟弟同歲。

⇨ **Er kocht so gut wie ein Profi.**

　他的廚藝如專家般專業。【 r Profi 專家 】

⇨ **Du bist so begabt wie ich.**

　你和我一樣有才華。【 begabt 有才能的 】

⇨ **Ich bin so einsam wie du.**

　我和你一樣孤獨【 einsam 孤獨的 】

⇨ **Es ist nicht so kalt wie im letzten Winter.**

　不像去年冬天那麼冷。【 letzt 以前的，r Winter 冬天 】

強調程度的增加 🎧

　　當你想要說「天氣越來越冷」時，可以將「immer」放在比較級之前，如 Es wird immer kälter.，或者也可以重複比較級的形容詞。如 Es wird kälter und kälter.。

⇨ **Die Politik wird immer undurchsichtiger.**

　政治變得越來越不明朗。【 e Politik 政治、undurchsichtig 不透明 】

⇨ **Der Sturm wird immer heftiger.**

　風暴加劇。【 r Sturm 風暴，heftig 激烈的 】

⇨ **Es wird immer ungemütlicher.**

　氣氛便得越來越差。【 ungemütlich 不舒適的 】

⇨ **Es wird lauter und lauter.**

　音量越來越大。【 laut 嘈雜的，大聲的 】

⇨ **Es wurde dunkler und dunkler.**

　天開始變黑了。【 dunkel 黑暗的 】

「je+①的比較級, desto+②的比較級」句型:「隨著①程度變強,導致②的程度也越來越強」

⇨ Je älter er wird, desto milder wird er.

他年紀越大,人就越溫和。【 mild 溫和的 】

⇨ Je mehr CO_2 in die Atmosphäre gelangt, desto wärmer wird es.

進入大氣層的二氧化碳越多,就變得越暖和。【 CO_2 二氧化碳、e Atmosphäre 大氣、gelangen 達到;到達、warm 溫暖的 】

⇨ Je mehr, desto besser.

越多越好。

練習題

練習題 34a

請將 [ ] 中的形容詞改成比較級，並填入（ ）中以完成句子。

(1)　[schnell 快速地] → Das Flugzeug ist (　　　　) als die Bahn.

飛機比火車快。【s Flugzeug 飛機，e Bahn 火車】

(2)　[hoch 高的] → Das Matterhorn ist (　　　　) als der Fuji.

馬特宏峰比富士山高。【s Matterhorn 馬特洪峰，r Fuji 富士山】

(3)　[klug 聰明的] → Sie ist (　　　　) als alle anderen in der Klasse.

她比班上任何人都聰明。【alle anderen 其他所有人，e Klasse 班級】

(4)　[alt 老的] → Er wirkt etwas (　　　　) als seine Mitschüler.

他看起來比他的同學大一點。

【etwas 一點，d Mitschüler：r Mitschüler 同學】

練習題 34b

請將 [ ] 中的形容詞改成比較級，並填入（ ）中以完成句子。

(1)　[klein 小的] → Ich hatte eine (　　　　) Portion bestellt.

我訂購較少的數量。【e Portion 分量，bestellen 訂購】

(2)　[intelligent 聰明的] → Menschen sind nicht unbedingt die (　　　　) Lebewesen.

人類不一定是比較聰明的生物。【d Menschen：r Mensch 人類、nicht unbedingt 未必是～，d Lebewesen：s Lebewesen 生物】

(3) [liberal 自由的] → Er ist ziemlich konservativ, seine Freundin dagegen ist weitaus (   ) .

這很保守，而他的女友卻開放很多。【ziemlich 相當，konservativ 保守的，dagegen 相反，weitaus 最，較多】

練習題 34c

請將 [ ] 中的形容詞改成最高級，並填入（ ）中以完成句子。

(1) [kalt 寒冷的] →Dieser Winter war vermutlich (   ) (   ) .

這個冬天可能是最冷的。【r Winter 冬天，vermutlich 大概】

(2) [schön 美麗的] → Dieser Garten ist (   ) (   ) .

這個花園是最美的。【r Garten 花園】

(3) [laut 嘈雜的] →Dieses Stadtviertel ist nachts immer (   ) (   ) .

這個街區在半夜總是很吵【s Stadtviertel 城市街區，nachts 在半夜】

(4) [glücklich 幸福的] → Er ist (   ) (   ) , wenn er allein ist.

他獨自一人時最快樂。【allein 獨自的】

練習題 34d

請將 [ ] 中的形容詞改成最高級，並填入（ ）中以完成句子。

(1) [teuer 昂貴的] → Sie haben die (   ) Reise gebucht.

他們預訂了最昂貴的旅行。【e Reise 旅行，buchen 預訂】

(2) [schnell 快速的] → Das (　　　　　) Auto ist nicht
unbedingt das (　　　　　) .

最快的汽車不一定是最節能的。【sparsam 節能的，節省的】

(3) [hoch 高的] → Hier steht das (　　　　　) Gebäude der
Welt.

世界上最高的建築物聳立在這裡。

【s Gebäude 建築物，e Welt 世界】

(4) [schlimm 糟糕的] → Das ist wohl die (　　　　　)
Katastrophe der Geschichte.

這絕對是有史以來最嚴重的災難。【wohl 也許、e Katastrophe 大災
害、e Geschichte 歷史】

練習題 34e
....
請將 [　] 中的副詞改成比較級，並填入（　）中以完成句子。

(1) [schnell 快速地] → Er denkt immer viel (　　　　　) als ich.

他總是想得比我快很多。【denken 思考，viel 許多】

(2) [gut 好地] → Sie kocht weitaus (　　　　　) als wir alle.

她的廚藝比我們所有人都要好很多。

【kochen 料理，weitaus 最，較多】

(3) [schlimm 嚴重的] → Das stinkt noch (　　　　　) als ein
Schweinestall.

它聞起來像豬圈。

【stinken 聞起來很臭、noch 更，還要、r Schweinestall 豬圈】

練習題 34f

請將 [ ] 中的副詞改成最高級，並填入（　）中以完成句子。

(1) [langsam 慢地] → Er lernt (　　　　) (　　　　).
他是學習最慢的。【lernen 學習】

(2) [laut 大聲地] → Sie singt (　　　　) (　　　　).
她唱得最大聲。

練習題 34g

請將 [ ] 中的形容詞填入（　）中，以完成與中文翻譯相對應的句子。

(1) [schön 美麗的] → Das Wetter ist nicht (　　　　)
(　　　　) (　　　　) in Spanien.
天氣不如西班牙好。【s Wetter 天氣，s Spanien 西班牙】

(2) [hoch 高的] → Der Stuhl ist nicht (　　　　) (　　　　)
(　　　　) deiner.
那把椅子不如你的那麼穩。【r Stuhl 椅子，stabil 穩定的】

(3) [radikal 激進的] → Sie sind nicht (　　　　) (　　　　)
(　　　　) die anderen.
他們不像其他人那樣激進。【ander 其他】

(4) [gut 好的] → Die Straßen sind nicht (　　　　) (　　　　)
(　　　　) bei uns.
這些道路情況不如我們那邊的好。【d Straßen：e Straße 道路】

練習題 34h

請將 [ ] 中的副詞填入（　）中，以完成與中文翻譯相對應的句子。

(1) [elegant 優雅地] → Er spielt nicht (　　　　) (　　　　)
(　　　　) seine Schwester.
他的演奏不如他姊那樣優雅。

(2) [toll 出色地] → Das klingt nicht (　　　　) (　　　　)
(　　　　) im Konzertsaal.
這聽起來不如在音樂廳裡那樣好聽。
【klingen 聽起來、r Konzertsaal 音樂廳】

練習題 34i

請參考中文翻譯，使用 gern 的原級、比較級或是最高級，並填入（　）內。

(1) Ich gehe (　　　　) ins Kino.
我喜歡去電影院。

(2) Ich gehe (　　　　) ins Theater.
我比較喜歡去看劇。【ins Theater gehen 去劇院看劇】

(3) Ich gehe (　　　　) (　　　　) ins Konzert.
我最喜歡去聽音樂會。【ins Konzert gehen 去音樂會】

Lektion 35

zu 不定式・zu 不定式片語

2_35_1

Ich hoffe, das nicht zu verpassen.
我希望不要錯過。

1 德語字母與發音

2 德語文法與練習題

3 解答篇

4 不規則動詞變化表

原形動詞與 zu 不定式

　　zu 放在原形動詞的前面，這用法稱為「zu 不定式」，其基本的意思是「去做～」（相當於英語的 to 不定詞）。用在可分離動詞時，zu 放在可分離動詞的前綴，並與動詞本體形成一個單字。

・sprechen（說話）→ zu sprechen
・trinken（喝）→ zu trinken
・auf|stehen（起來）→ aufzustehen
・ein|laden（招待）→ einzuladen

動詞片語與 zu 不定式片語

　　正如動詞片語是由原形動詞組成，zu 不定式片語也是由 zu 不定式（原形動詞）構成。其構成的方法與動詞片語相同（→請見第 15 章），受詞和副詞等要素放在 zu 不定式的前面。

動語片語：am Wochenende ins Schwimmbad gehen

　　　　　週末去游泳池【 s Schwimmbad 游泳池 】

　　　　　einige Gäste zur Hochzeit einladen

　　　　　邀請一些賓客參加婚禮【 einige 一些，d Gäste：r Gast 客人，e Hochzeit 結婚典禮，zu ~ ein|laden 邀請至 】

247

zu 不定式片語：am Wochenende ins Schwimmbad zu gehen

週末去游泳池這件事【s Schwimmbad 游泳池】

einige Gäste zur Hochzeit einzuladen

邀請一些賓客參加婚禮這件事

　　和原形動詞一樣，zu 不定式也沒有固定的主詞，也沒有人稱變化。同樣地，如同原形動詞放在句尾，zu 不定式也放在句尾。原則上 zu 不定式片語用逗號分隔。

Er versucht, das Problem ohne Hilfe ganz allein zu lösen. 🎧

他試圖在沒有任何幫助的情況下獨自解決這個問題。【versuchen 試圖，s Problem 問題，e Hilfe 幫助，ganz 完全，allein 獨自，lösen 解決】

zu 不定式片語的用法

1) 作為主詞

An einem heißen Sommertag Eis zu essen, ist schön. 🎧

在炎熱的夏日，吃個冰真好。【heiß 暑熱的，r Sommertag 夏日】

　　在這種情況下，通常會將虛主詞 es 放在句首，並將 zu 不定式片語移到句尾（如同英語，to 不定詞跟虛主詞 it 對應）。

⇨ Es ist schön, an einem heißen Sommertag Eis zu essen.

　　在炎熱的夏日，吃個冰真好。

⇨ Hier zu rauchen, ist verboten.

　　這裡禁止吸煙。【rauchen 吸煙，verboten 禁止】

　　Es ist verboten, hier zu rauchen.

　　這裡禁止吸煙。

⇨ Viel Obst und Gemüse zu essen, ist gesund.

　　多吃水果和蔬菜有益健康。【viel 許多的，s Obst 水果、s Gemüse 蔬菜，gesund 健康的】

Es ist gesund, viel Obst und Gemüse zu essen.

多吃水果和蔬菜有益健康。

⇨ Es ist gefährlich, hier ohne Schutzbrille zu arbeiten.

在這裡工作不戴護目鏡很危險。【gefährlich 危險的，e Schutzbrille 護目鏡】

⇨ Es macht Spaß, ab und zu eine neue Sprache zu lernen.

有時，學一門新語言是種樂趣。【Spaß machen 樂趣，ab und zu 有時，e Sprache 語言】

2) 作為受詞

⇨ Ich plane, nach London zu fliegen.

我計畫飛往倫敦。【planen 計畫，fliegen 坐飛機去】

⇨ Wir versuchen, morgen zu kommen.

我明天會盡可能過去。【versuchen 嘗試】

⇨ Er hat vor, nach Hamburg zu fahren.

他打算去漢堡。【vor|haben 打算】

⇨ Heute üben wir, Noten zu lesen.

我們今天要練習看譜。【üben 練習，d Noten：e Note 音符，lesen 閱讀】

⇨ Wir haben vergessen, die Rechnungen zu bezahlen.

我們忘記要支付帳單。【vergessen 忘記，d Rechnungen：e Rechnung 帳單、bezahlen 支付】

⇨ Ich schlage vor, heute Abend Pizza zu bestellen.

我建議今晚訂披薩。【vor|schlagen 建議、heute Abend 今晚，bestellen 訂購】

⇨ Der Arzt empfiehlt seinem Patienten, mehr Sport zu treiben.

醫生建議病患要多運動。【r Arzt 醫生，empfehlen 建議，r Patient 病患（陽性弱變化名詞）、 mehr 更多的，Sport treiben 做運動】

⇨ **Sie lernt, Software zu programmieren.**

她在學習寫程式。

【e Software 軟體、programmieren 設計程式】

⇨ **Er fängt an, Deutsch zu lernen.**

他開始學習德語。

【an|fangen 開始，s Deutsch 德語】

3) 作為謂語

⇨ **Ihr Wunsch ist, endlich wieder ein ruhiges Leben zu führen.** 🎧

她的願望是，重新回到平靜的生活。

【r Wunsch 願望，endlich 終於，wieder 再次，ruhig 安靜的；清靜的，s Leben 生活，führen 擁有】

⇨ **Mein Traum ist, irgendwann einmal perfekt Deutsch zu sprechen.**

我的夢想是有一天能說一口流利的德語。【r Traum 夢想，irgendwann 在某個時候／有一天，einmal 一次，perfekt 完美的，sprechen 說】

4) 作為名詞的修飾語

⇨ **Ich habe keine Lust, Ihnen zu helfen.** 🎧

我並不想幫您。【e Lust 興致，jm helfen 協助某人】

⇨ **Wir haben keine Zeit, hier noch lange zu diskutieren.**

我們沒有時間在這裡無休止地討論。【e Zeit 時間，noch lange 長時間地、diskutieren 討論】

⇨ **Haben Sie die Gelegenheit, einmal drei Wochen Urlaub zu nehmen?**

您有機會連三週都休假嗎？

【e Gelegenheit 機會，drei 三、d Wochen：e Woche 一週，Urlaub nehmen 休假】

5) 帶介系詞

・statt＋zu 不定式片語：「代替～」

Statt zu schreiben, kannst du auch mailen.

你也可以用寄送電子郵件方式，代替寫信。【schreiben 書寫，mailen 寄電子郵件】

・ohne＋zu 不定式片語：「不～」

Ohne nervös zu werden, sollten Sie Ihre Rede halten.

您應該要在不緊張的情況下發表演說。

【nervös 緊張的，die Rede halten 演講】

・um＋zu 不定式片語：「為了～」

Buchen Sie übers Internet, um sich einen Platz zu sichern.

您要在網上預訂，以確保自己的座位。【buchen 預訂，übers Internet 在網路上，r Platz 座位、sich³ et⁴ sichern 為自己保留、獲得】

6) zu 不定式片語不用逗號分隔的情況

　　以上的 zu 不定式片語都會配上逗號，來與主句做分隔，而以下情況的 zu 不定式片語不使用逗號分隔，表達方式如下。

・「brauchen＋nicht＋zu 不定式片語」的形式，表示「不需要做～」。

Sie brauchen wirklich nicht zu kommen.

您真的不必來。

・「scheinen＋zu 不定式片語」的形式，表示「似乎是～」。

Das scheint nicht besonders appetitlich zu sein.

看起來這並不能增進食慾。【besonders 特別，appetitlich 開胃】

・「haben＋zu 不定式片語」的形式，表示「不得不～」。

Ich habe noch eine ganze Menge zu arbeiten.

我還有很多工作要做。【eine ganze Menge 很多】

· 「sein＋zu 不定式片語」的形式，表示「～的情況」（含被動的意思）。

Der Roman war ganz einfach zu lesen.

這篇小說很容易讀。

【 r Roman 小説，einfach 容易地 】

Das Stück ist schwer zu spielen.

這首歌很難彈。

【 s Stück 作品，schwer 困難，spielen 演奏 】

· 「pflegen＋zu 不定式片語」的形式，表示「習慣於～」。

Ich pflege abends nicht mehr fernzusehen.

我晚上再也不看電視了。【 abends 在晚上，nicht mehr 不再，
fern|sehen 看電視 】

練習題

練習題 35a

請將 [ ] 中的不定式片語改成 zu 不定式片語，以完成德文句子。

(1) [den Sommer in Hualien verbringen] → 在花蓮度過的夏天真是太精彩了。

Es ist schön, _____ .

【verbringen 度過（一段時間），花費】

(2) [in der Sonne wandern] → 在太陽底下行走很累人。

Es ist anstrengend, _____ .

【anstrengend 費力的；勞累的，e Sonne 太陽、wandern 徒步，散步】

(3) [spät auf|stehen] → 晚起曾是她的習慣。

Es war Ihre Gewohnheit, _____ .

【e Gewohnheit 習慣，spät 晚地】

(4) [eine Ausstellung in Baden-Baden besuchen] → 我們打算去巴登參觀展覽。

Wir haben vor, _____ .

【vor|haben 計畫；打算，e Ausstellung 展覽，Baden-Baden 巴登（地名）】

(5) [eine Kreuzfahrt zum Nordpol machen] → 我們計畫搭遊輪去北極。

Wir planen, _____ .

【e Kreuzfahrt 遊輪，r Nordpol 北極】

(6) [Karten für das Konzert bekommen] → 我們正努力獲得音樂會的門票。

Wir versuchen, _____.

【versuchen 嘗試，d Karten：e Karte 門票，s Konzert 音樂會，bekommen 獲得】

練習題 35b
··········
請在（　）中填入正確的介系詞，以完成句子。

(1) 他們來德國為了學習音樂。
Sie kommen nach Deutschland, (　　　　) Musik zu studieren.
【s Deutschland 德國，e Musik 音樂】

(2) 他每天訓練，為了把足球踢得更好。
Er trainiert jeden Tag, (　　　　) besser Fußball spielen zu können.
【trainieren 培訓，jeden Tag 每日，r Fußball 足球】

(3) 他當時一句話也沒說就回家了。
Er ging nach Hause, (　　　　) ein Wort zu sagen.
【nach Hause gehen 回家，s Wort 字；話，sagen 說】

(4) 她沒去工作，而是去看電影。
(　　　　) zu arbeiten, ging sie ins Kino.

練習題 35c

請在（　）中填入適當的單字，以完成句子。

(1)　Hast du (　　　　　), mit mir einen Spaziergang
　　　(　　　　　) machen?

　　　你願意和我一起散步嗎？【 e Lust 樂意，einen Spaziergang machen
　　　散步 】

(2)　Wir hatten leider keine (　　　　　), ins Konzert
　　　(　　　　　) gehen.

　　　可惜我們沒時間去音樂會。

　　　【 e Zeit 時間，ins Konzert gehen 去音樂會 】

(3)　Sie äußerte den (　　　　　), einmal in der Stadt
　　　(　　　　　) wohnen.

　　　她表達了想在這座城市住上一次的願望。

　　　【 äußern 說出；表明、r Wunsch 希望，einmal 一次 】

Lektion 36 分詞的世界

2_36_1

Bellend rannte der Hund auf den Postboten zu. 狗狂吠著，並衝向郵差。

何謂分詞

「分詞」是由動詞構成，且具有動詞和形容詞的基本屬性。另外，分詞與大多數的形容詞一樣，也可用作副詞。分詞包括「現在分詞」和「過去分詞」。

現在分詞

「現在分詞」在形式上是由「原形動詞＋d」構成，具有「正在～」的基本意義（只有 sein 例外，必須使用 seiend）。

lächeln「微笑」　　→ lächelnd「正微笑著」

miauen「喵喵叫」　　→ miauend「正喵喵叫著」

如何使用現在分詞

●作為名詞的修飾語

現在分詞可以用作形容詞，但大多用作名詞的修飾語。修飾名詞、放在名詞前的形容詞都會進行字尾變化（→請見第 21 章），而現在分詞也是一樣的。

⇨ Sie beobachten den funkelnden Sternenhimmel.

他們看著閃爍的星空。

【beobachten 觀察，funkeln 閃爍、r Sternenhimmel 星空】

⇨ Der Baum war bevölkert von zwitschernden Vögeln.

樹上擠滿了嘰嘰喳喳的鳥兒。【 r Baum 樹，bevölkern 擁擠，zwitschern（鳥類）啾啾地叫】

⇨ Kommenden Sonntag feiern wir deinen Geburtstag.

下週日我們來為你慶生。【 r Sonntag 週日，feiern 慶祝、r Geburtstag 生日】

●作為謂語

現在分詞要用作謂語時，其前提是「此現在分詞有形容詞的功能」。要是隨意地將動詞硬生生地轉換成現在分詞，來當作謂語使用，儘管整句話能夠理解，但通常不會被認為是正確的德語，因此在使用時需要特別注意。

以下範例是字典中已被認定為詞彙的現在分詞。

⇨ Das war abwertend und beleidigend.

那是貶低且侮辱人的。【 ab|werten 詆毀，貶低，beleidigen 侮辱】

⇨ Das ist ja entzückend!

太可愛了！【 entzücken 迷人的】

●作為名詞

現在分詞只要具有形容詞的性質，也可以變成名詞（→請見第 22 章）。

		大學生	研究人員	旅行者
陽性	der	Studierende	Forschende	Reisende
	ein	Studierender	Forschender	Reisender
陰性	die, eine	Studierende	Forschende	Reisende
複數	die	Studierenden	Forschenden	Reisenden
	~~ein / eine~~*	Studierende	Forschende	Reisende

*去掉不定冠詞，名詞直接變成複數。

●作為副詞

現在分詞作為副詞修飾動詞時，含有「儘管～」的意思在。

⇨ Er sprang wütend und laut schimpfend aus dem Auto. 🎧

他從車裡跳下來，大喊大叫，怒不可遏。【springen 跳，wüten 生氣，laut 大聲的，schimpfen 罵人】

過去分詞

及物動詞的過去分詞作為形容詞時，具有「已經被～」的被動完成的意思在。另外，以 sein 為助動詞的不及物動詞，其過去分詞用作形容詞時則有「已經完成」的意思在。而關於**過去分詞**，我們已經解說過了它與現在完成式及被動語態的關係。請參閱本章最後方框中的「過去分詞和完成式及被動態」。和現在分詞一樣，過去分詞也可以用作形容詞或副詞。

過去分詞的用法

●作為名詞的修飾詞

zerbrechen（打破）：及物動詞	→	ein zerbrochener Krug 破碎的馬克杯
vergehen（通過）：搭配sein的不及物動詞	→	die vergangenen Tage 過去的日子
misslingen（失敗）：及物動詞	→	ein misslungener Auftritt 失敗的演出

●作為謂語

請參閱本章最後方框中的「過去分詞和完成式及被動態」

●作為名詞

過去分詞也與現在分詞一樣，可名詞化。

die Angestellte 公司職員（女性）【an|stellen 雇用】

der Pensionierte 養老金領取者／退休者（男性）【pensionieren 給付退休金／使退休】

das Gefundene 發現物【finden 尋找】

●作為副詞

⇨ Die politische Lage ist verzweifelt ernst.

政治形勢相當嚴峻。【politisch 政治的，e Lage 狀況，verzweifeln 失望，ernst 嚴重的】

單獨使用過去分詞的情況

由於在日常會話中常會出現省略語句的情況，因此分詞經常單獨使用。

●指示

⇨ Hingesetzt! 坐下！

⇨ Aufgestanden! 醒醒！

●確認

⇨ Alles verstanden? 都明白了嗎？

⇨ Schon gehört? 聽了嗎？

●過去分詞：完成式及被動態的差異

　　當聽到過去分詞時，多數人會先聯想到完成式或被動態。在學習英語時也是一樣，過去分詞通常都會先從完成式和被動態開始學習。實際上，針對此兩種語法，只要多去了解本章解說的過去分詞特點，便能深入理解。

　　先來看看被動態，如果把過去分詞看成是一個帶有「被完成」被動意思的形容詞的話，便可以理解被動態「werden + 過去分詞」與「werden + 形容詞」之間存在有重疊的關係。這可以由下面例句中 werden「～成為」的含義上來理解。

Das Zimmer wird schön.「房間會很漂亮」
Das Zimmer wird renoviert.「房間被裝修的狀態」→「裝修」

　　狀態被動亦同如下面例句所示
Die Tür ist offen.「門是開著的」
Die Tür ist geöffnet.「門是開著的狀態」→「開著的」

　　關於完成式，請依據如下思考方式來幫助理解。
Er hat das Buch gekauft.「他有一本買來的書（狀態）」

　　對於 sein 支配的不及物動詞，過去分詞具有「已經完成」的意思在。
Das Flugzeug ist abgeflogen.「飛機已經飛走了（狀態）」

　　當明白了例句中過去分詞的性質時，就不難理解為什麼 werden 以被動態使用。而 haben/sein 要用在完成式。

語式・各語式的助動詞

Lektion 37

2_37_1

Er muss gestern hier gewesen sein.
昨天他一定在這裡。

1 德語字母與發音

2 德語文法與練習題

3 解答篇

4 不規則動詞變化表

何謂語式

說話者用德語在描述某事物時會分別使用三種「動詞形態」進行表述。

1)	「陳述事實」	→	直陳式
2)	「作為請求聲明」	→	命令式
3)	「陳述夢想,表達主觀想法,引用」	→	虛擬式

這三種動詞形態在文法用語上稱為「語式」。語式意指「說話者用自我意識對所見所聞所作的陳述」。到目前為止我們所學動詞的用法基本上是 1)「陳述事實」(直陳式)的形態,此型態涵蓋日常用語的百分之九十以上。關於這點,不同於在第 17 章中所學習過 2)的「命令式」。另外我們將在第 38 章和第 39 章中深入學習 3)的「虛擬式」。

直陳式	命令式(→ 17 章)	虛擬式(→ 38・39 章)
直接引述該事實	陳述事項以作為請求	陳述事物:夢想/主觀性/引用

各語式的助動詞

在進入虛擬式的解說之前,本章先要學習與語式有密切關係的「助動詞」。當我們在第 14 章學習諸如 können 和 müssen 等的助動詞時,曾經提到過這些動詞在德語文法中通常被稱為「情態動詞或助動詞」。

但是在該章中我們沒有解說名稱及用法的由來,基於此點,我們在本

章中以「語式」為中心，進一步學習如何使用這些助動詞。

　　Können 和 müssen 具有「能夠～」和「必須～」等含義外，也能以「可能～」和「一定是～」的意思來表述。

⇨ **Er kann vielleicht morgen kommen.** 🎧

　　他明天可能會來。【vielleicht 可能】

⇨ **Sie muss sicher morgen kommen.**

　　她明天必須來。【sicher 一定】

　　助動詞（「可能～」或「一定是～」）的這些用法，反映了說話者「用自己的想法來陳述「猜測」或「確信」的內容」。事實上「情態動詞」的名稱也是源自於這種用法。此外，我們也將學習 sollen「～應該是這樣的吧」的用法。

⇨ **Sie sollen morgen kommen.**

　　他們明天應該會來。

　　諸如 können、müssen 和 sollen，我們除了在第 14 章學習過它們簡單的用法以外，在第 27 章也學習它們與完成式結合的複雜用法。

⇨ **Sie kann vielleicht in Deutschland gewohnt haben.**

　　她很有可能住在德國。

⇨ **Er muss gestern in die Stadt gefahren sein.**

　　他昨天一定到城市去了。

⇨ **Sie sollen die Prüfung bestanden haben.**

　　看來他們應該通過考試了。【e Prüfung 考試，et[4] bestehen 通過[4]】

　　這些表達方式，是說話者以推測的方式來談論過去發生事實的句子。

　　由此觀點可知，表達「對過去事件的推測」的未來完成式時，也可認作是類似的表現。

⇨ Sie wird in dem Hotel gewohnt haben.

她是住在那間旅館吧。

　　諸如 können、müssen、sollen 等助動詞的使用，它們給語句增添了如「也許是～」、「一定是～」、「應該是～」等的意思。且是根據當前的情況所進行的推測。同時，它們還可以結合完成式來表達對過去狀況的推測。

⇨ Das kann gut möglich sein.

這是很有可能的。【gut möglich 可能有】

⇨ Er kann vielleicht vor 2 Monaten hier gewesen sein.

他可能兩個月前就來過這裡。

【vielleicht 可能，d Monate：r Monat 月】

⇨ Sie muss jetzt sicher schon zu Hause sein.

她現在一定到家了。【sicher 一定，zu Hause sein 在家】

⇨ Er muss schon gestern Richtung USA geflogen sein.

他一定是昨天去了美國。【Richtung~ 向～去】

⇨ Er soll heute eine Pressekonferenz abhalten.

他今天要召開記者發表會。【e Pressekonferenz 記者發表會，ab|halten 召開】

⇨ Sie soll nach der Prüfung ein Glas Sekt zu viel getrunken haben.

她在考試後好像喝了太多香檳。【e Prüfung 考試，ein Glas Sekt 一杯香檳，zu viel 過多】

假設語氣（虛擬式Ⅱ）

2_38_1

Wenn es möglich wäre, würden wir gerne umziehen.
如果可行的話，我們想搬走。

何謂假設語氣

目前為止我們所學過的「直陳式」，是表達實際發生或存在的事情。

⇨ Ich bin Schriftsteller und ich schreibe einen Roman.
我是作家，正在寫小說。【r Schriftsteller 作家，r Roman 小說】

⇨ Wir haben eine Yacht und wir segeln um die Welt.
我們有遊艇，可以環遊世界。【e Yacht 遊艇，segeln 揚帆】

⇨ Sie wohnt auf einer einsamen Insel und kann dort in Ruhe komponieren.
她住在一個偏遠的島上，那裡可以不受任何打擾地作曲。【einsam 孤獨，e Insel 島，in Ruhe 安靜地，komponieren 作曲】
（與中文相同，kann 之前的第二個 sie 可以省略。）

另一方面，虛擬式是用來表達「也許……」的可能性。

⇨ Wenn ich Schriftsteller wäre, schriebe ich eine Roman.
如果我是作家的話，早就寫小說了。

⇨ Wenn wir eine Yacht hätten, segelten wir um die Welt.
如果我們有一艘遊艇，我們會環遊世界。

⇨ Wenn sie auf einer einsamen Insel wohnte, könnte sie dort in Ruhe komponieren.

如果她住在一個偏遠的島嶼上，那她就能夠在那裡安安靜靜地作曲。

假設語氣的動詞形式和直陳式略有不同。例如「也許…」的用法只是表示一種與現實狀況不同的想像。像這種表達形式在文法術語中稱之為「虛擬式 II」。其基本含義是「虛擬的和不真實的假設」。

如何構成虛擬式 II

虛擬式 II 以過去基本形式為基礎，與規則動詞和不規則動詞的構成略有不同。

規則動詞→「過去式」也可以其原始形式用作虛擬式 II（原形動詞的字幹加上「-te」）。

kaufen → kauf+te → kaufte、lernen → lern+te → lernte

不規則動詞 → 過去基本形加「-e」，另外如有母音 a、o、u 時，則使其變音為（ä，ö，ü）。

gehen → ging → ginge、geben → gab → gäbe
sein → war → wäre

列表整理如下

	規則動詞	不規則動詞			
不定式	kaufen	können	werden	haben	sein
過去基本形	kaufte	konnte	wurde	hatte	war
虛擬式 II	kaufte	könnte	würde	hätte	wäre

虛擬式也要進行人稱變化，此時加上與直陳式過去式人稱變化相同的字尾即可。

虛擬式 II 的人稱變化						
ich	-e	kaufte	könnte	würde	hätte	wäre
du	-est	kauftest	könntest	würdest	hättest	wärest
er/sie/es	-e	kaufte	könnte	würde	hätte	wäre
wir	-en	kauften	könnten	würden	hätten	wären
ihr	-et	kauftet	könntet	würdet	hättet	wäret
sie（Sie）	-en	kauften	könnten	würden	hätten	wären

　　由於不規則動詞會進行母音變音等，所以在形式上與直陳式的差異相對容易理解。而規則動詞因為在形式上與會依人稱做變化的直陳式過去式完全相同，所以很容易造成混淆。因此在使用規則動詞的情況下，經常使用另一種如下所示的「würden＋不定式」的形式進行陳述。

　　因為虛擬式沒有像直陳式那樣，將時態再做細分，所以如直陳式中分成「過去式、現在完成式及過去完成式」的三種形態，到了虛擬式時就被統一用「完成式」來作表達。

	直陳式	虛擬式 II
現在式	Sie kommt nicht.	Sie **käme** nicht.
過去式	Sie kam nicht.	Sie **wäre** nicht gekommen.
現在完成式	Sie ist nicht gekommen.	
過去完成式	Sie war nicht gekommen.	
未來式	Sie wird nicht kommen.	Sie **würde** nicht kommen.
未來完成式	Sie wird nicht gekommen sein.	Sie **würde** nicht gekommen sein.

würden + 原形動詞

　　規則動詞的虛擬式 II 與直陳式過去式動詞變化為同樣形態。因此，為了要明確表示虛擬式，規則動詞通常以 würden＋原形動詞來代替表達。此時，要將 würden 用作助詞，並依主詞作變化，而主要動詞則以原形動詞形式放在句尾。

⇨ **Wenn es gefährlich wäre, würden wir es erst gar nicht versuchen**。

如果這很危險，一開始就絕對不要做。【gefährlich 危險，erst 最初，gar nicht 一點也不，versuchen 嘗試】

此方法不僅適用於規則動詞，同時也適用於不規則動詞。

虛擬式 II 的假設句範例解說

⇨ **Wenn er heute noch käme, wären wir sehr erleichtert.**

如果他今天能來，我們就放心了。【erleichtert 鬆了一口氣】

⇨ **Wenn ich reich wäre（=Wäre ich reich), würde ich trotzdem weiterarbeiten.**

如果我有錢了，我還是會繼續工作。【reich 富有的、trotzdem 儘管如此，weiter|arbeiten 繼續工作】（如果省略假設語氣「wenn」，則動詞「wäre」放在句子的開頭。）

與過去事實相反的假設

比較下面兩個句子。

1) **Wenn du Lust hättest, könnten wir das Buch auch zusammen schreiben.** 如果你不介意，我們可以一起寫這本書。

2) **Wenn du Lust gehabt hättest, hätten wir das Buch auch zusammen schreiben können.**

要是當時你有興趣，本就可以一起寫那本書的。

1) 句中是假設與當前事實不同情況的發言，2) 句是在假設與過去事實不同情況下作出的陳述。簡單的說，就是「當時（你不想這麼做，但是）你願意的話，本可以一起寫那本書的。」的陳述表現。像這樣，當陳述假設過去沒有發生的情況時，我們就使用上述例句中所見的虛擬式 II 的完成式來表達。

⇨ Wenn du den Antrag rechtzeitig gestellt hättest, hätten wir jetzt keinen Ärger bekommen.

如果你及時提交申請表，我們現在就不會有麻煩了。【r Antrag 申請，rechtzeitig 及時，Ärger bekommen 惹上麻煩】

⇨ Hätte ich damals besser aufgepasst, wäre der Unfall nicht geschehen.

如果當時我再注意點，事故就不會發生了。【damals 那時、auf|passen 小心，注意，r Unfall 事故，geschehen 發生】

　　在過去已完成的情況下，前句的「wenn」會被省略，然後將動詞「hätte」放在前句的開頭。

als ob + 虛擬式 II「彷彿是～」

　　透過將 als ob 與虛擬式 II 的結合，我們可以藉由類似英語的「as if ...」構成一個具有「不是真的，但好像是」意思的句子。

⇨ Er tut immer, als ob er alles wüsste.

他總是表現的好像他什麼都知道似的。【tun 去做，執行】

⇨ Er sieht aus，als ob er tagelang nicht geschlafen hätte（=als hätte er tagelang nicht geschlafen).

他看起來好像幾天都沒睡覺了。【aus|sehen 看起來～，tagelang 很多天】（在句子 als ob...中，ob 有時也會被省略時，動詞要放在 als 之後。）

單獨使用虛擬式 II 時的用法

1) 只有前句時（虛擬願望句）

⇨ Wenn wir nur seine Adresse wüssten!

要是知道他的地址就好了！【e Adresse 住址】

⇨ Hätte ich nur das richtige Passwort!

要是有正確的密碼就好了！【richtig 正確的，s Passwort 密碼】

2) 省略前句時

⇨ Das würde ich nicht kaufen!

我不會買那個！

⇨ Das würde ich Ihnen aber nicht raten!

但我不建議這樣做！（=你應該停下來)！【raten 推薦】

3) 請求／建議／溫和的請求

在日常的生活中經常藉由假設的說法來表達客氣。

⇨ Ich hätte（或者 möchte) gern die Melone hier.

請給我這個哈密瓜。【hätte (möchte) gern 我想擁有，e Melone 哈密瓜】

⇨ Würden Sie mir bitte Ihren Stift leihen?

筆借給我好嗎？【r Stift 筆，leihen 借】

⇨ Könntest du das erledigen?

你能整理一下這個嗎？【erledigen 照顧，收起來，整理】

第 39 章的「虛擬式 I」和本章學習的「虛擬式 II」出現的數字「I」和「II」並不表示任何順序或相互關係，只是為了區分用法的不同。

引用法（虛擬式Ｉ）

2_39_1

Es heißt, der Klimawandel sei unausweichlich.
據說氣候異常是無法避免的。

當我們傳達當事人所說的內容時，有「直接引言」和「間接引言」的兩種可能性。本章將學習德語中「引用」的表達方式。

● 直接引言

a) Sie behauptet:「Er schläft den ganzen Tag und tut gar nichts.」

她抱怨道:「他整天睡覺，什麼都不做」。

● 間接引言（使用連接詞的直述句)

b) Sie behauptet, dass er den ganzen Tag schläft und gar nichts tut.

她抱怨他整天睡覺，什麼都不做。

此外，在德語中有一種中文或英文中都沒有的間接引用表達方式。這種用法在德語中不使用連接詞，而是以改變動詞形態的方式來表示「引用」的一種引用法。此時使用的動詞形態在文法上，被稱為「虛擬式Ｉ」。

● 間接引言（使用虛擬式的引用)

c) Sie behauptet, er schlafe den ganzen Tag und tue gar nichts.
引用法（虛擬式Ｉ）

她抱怨著說道他整天睡覺什麼都不做。

上述的 b) 句和 c) 句的差異在於，表達的內容與說話者本人之間的關係密切程度。在 b) 句的情境中，說話者將內容視為事實來做表述，而在 c) 句的情境中，是依原字轉述說話者的說詞（具客觀性）。

但虛擬式 I 在日常會話中並非那麼廣泛地使用，反倒是直陳式在生活中相對普及常用。虛擬式 I 經常出現在媒體上，並以間接的方式報導當事人（或組織等）所陳述的言論，並維持中立的立場，以確保其可信度。另外，在學術論文等一些需要使用間接引用的情況中，套用虛擬式 I 的形式可說是不可或缺的方式。

如何構成虛擬式 I

虛擬式 I 由「原形動詞字幹 + e」構成，只有一個例外，即 sein 變成「sei」。由於虛擬式需要進行人稱變化，因此須加上與過去式人稱變化相同的字尾。讓我們將以上幾點總結在一個表格中。

原形動詞		kaufen	können	werden	haben	sein
虛擬式 I		kaufe	könne	werde	habe	sei
ich	-e	kaufe	könne	werde	habe	sei
du	-est	kaufest	könnest	werdest	habest	seist
er	-e	kaufe	könne	werde	habe	sei
wir	-en	kaufen	können	werde	haben	seien
ihr	-et	kaufet	könnet	werdet	habet	seiet
sie (Sie)	-en	kaufen	können	werden	haben	seien

上面表格中幾乎匯整了所有的人稱變化形式，但考量到「轉述他人言論」這件事的意義以及所能發揮到的效益，以第三人稱的 er/sie/es 或複數 sie（他們）的使用頻率最高。特別是單數 er/sie/es/man（man 為「人們」）的使用頻率更高，而且在形式上也容易被識別為「虛擬式」。

* er/sie/es 之外不常用的其他人稱形式中，有些與直陳式為同樣的形態。此時必須使用虛擬式 II 的形式來表達，以明確區分其表達非直陳式。

1) Sie sagt, ich schlafe den ganzen Tag und tue gar nichts.

   她說，我整天睡覺什麼都不做。

2) Sie sagt, ich schliefe den ganzen Tag und täte gar nichts.

   她說，我整天只會睡覺，什麼都不做等等之類的。

　　上述例句 1) 中，雖然按照規則使用虛擬式 I 的形式，但這種用法無論是直述句或虛擬式，由於它們的動詞形式完全相同（schlafe、tue）很容易造成混淆。此時，我們就要使用像例句 2) 形式一樣的虛擬式 II（schliefe，täte），這除了容易區別出與直陳式的不同，同時還可以表達出對所傳述的內容感受到不適，疑惑及難以接受等。

　　作為傳達間接訊息的虛擬式 I，並沒有像直陳式那樣，將時態區分的很細，反倒是在虛擬式中，可將直述句的過去式、現在完成式及過去完成式三種基本形式同時精簡在一個「完成式」的句型中來表達。

	直陳式	虛擬式 1
現在式	Sie kommt nicht.	Sie komme nicht.
過去式	Sie kam nicht.	Sie sei nicht gekommen.
現在完成式	Sie ist nicht gekommen.	
過去完成式	Sie war nicht gekommen.	
未來式	Sie wird nicht kommen.	Sie werde nicht kommen.
未來完成式	Sie wird nicht gekommen sein.	Sie werde nicht gekommen sein.

●（實例）

Die Zeitung fragte den Rennfahrer, ob er keine Angst habe, dass ihm einmal ein größerer Unfall passiere. Er antwortete darauf, nein, er habe eine gute Kondition und werde von einem erfahrenen Coach betreut. Gefragt, ob er schon Pläne für die

Zeit nach seiner Sportkarriere habe, antwortete er, dass er welche habe, aber er werde noch nichts verraten.

（諸如由 dass 連接詞引導的從句中，有時也一併使用虛擬式。）

報社人員問賽車手是否擔心賽事中會出現重大事故。由於賽車手表示他的狀態不錯而且教練的經驗豐富，所以他回答「不會」。當被問到退休後有沒有什麼計畫時，他回答說：「有，但我還沒準備好公佈。」

【e Zeitung 報社，r Rennfahrer 賽車手，e Angst 不安，einmal 有一次，groß 重大的、r Unfall 事故，jm passieren 發生在人 3 身上，e Kondition（健康）狀況，erfahren 有經驗的，r Coach 教練，betreuen 細心照顧，d Pläne：r Plan 計畫，e Zeit 時候、e Sportkarriere 作為運動員的職涯，verraten 洩露，公佈】

在報章雜誌中常用虛擬式。使用虛擬式是種客觀轉述發言者的陳述內容的方式。比方說，在英語的轉述中就不得不仰賴重複使用「he said」的方式。這就是德語虛擬式的優點之一。

虛擬式 I 進行間接引用時的注意事項

與英語不同的是，德語虛擬式 I 進行間接引用時不需與時態一致，亦即其引用句子的時態不會改變。但是要注意人稱代名詞的變化。

Sie meinte: „Ich habe keine Lust." 她說「我沒有那個意願」。

→ Sie meinte, sie habe keine Lust.

但是，除非情境不允許，否則時間和地點的副詞皆應保留原來的形態。

Er hat behauptet: „Das habe ich gestern gemacht".

【behaupten 宣稱】

→ Er hat behauptet, das habe er gestern gemacht.

是非疑問句以 ob 做為補充連接詞，而補充疑問句則使用疑問詞作為連接詞。在這兩種句型中，因為都是從句的關係，所以動詞都要放在後面。

Sie fragte: „Kannst du kommen?" 她問:「你能來嗎？」。

→ Sie fragte, ob ich kommen könne.

使用其它虛擬式 I 的特殊情境

a)作為祈禱語

⇨ Gott sei Dank! 謝天謝地！（感謝上帝！）

⇨ Mögen Sie glücklich sein! 祝您好運！（我希望您快樂！）

b)說明、注意事項等

⇨ Man nehme 3 Tabletten pro Tag jeweils vor dem Essen.

　每天飯前服用 3 片。【pro 每～，jeweils 每一次】

⇨ Man achte auch auf die Feinheiten.

　注意那些細節。【auf et⁴ achten 考量，d Feinheiten→e Feinheit 細節】

數詞

2_40_1

基數

0	null	17	siebzehn	34	vierunddreißig
1	eins	18	achtzehn	35	fünfunddreißig
2	zwei	19	neunzehn	36	sechsunddreißig
3	drei	20	zwanzig	37	siebenunddreißig
4	vier	21	einundzwanzig	38	achtunddreißig
5	fünf	22	zweiundzwanzig	39	neununddreißig
6	sechs	23	dreiundzwanzig	40	vierzig
7	sieben	24	vierundzwanzig	50	fünfzig
8	acht	25	fünfundzwanzig	60	sechzig
9	neun	26	sechsundzwanzig	70	siebzig
10	zehn	27	siebenundzwanzig	80	achtzig
11	elf	28	achtundzwanzig	90	neunzig
12	zwölf	29	neunundzwanzig	100	(ein) hundert
13	dreizehn	30	dreißig	1000	(ein) tausend
14	vierzehn	31	einunddreißig	10 000	zehntausend
15	fünfzehn	32	zweiunddreißig	100 000	hunderttausend
16	sechzehn	33	dreiunddreißig		

注意 sechzehn、zwanzig 等帶底線的數字唸法並未依循規則性。請仔細聆聽語音檔。

13 到 19 的讀法是基於以下方式構成。

3（drei）+10（zehn）=dreizehn

4（vier）+10（zehn）=vierzehn

1 德語字母與發音

2 德語文法與練習題

3 解答篇

4 不規則動詞變化表

20、40、50、60、70、80、90 的所有讀數皆以「-zig」結尾，只有 30 是例外要讀做 dreißig。

　　當我們要讀 21 到 99 的數字時，先讀個位，再讀十位。但是，需要在個位和第十位之間插入「und」。另外，只有當「eins」是單個「1」時才讀它，否則就要讀作「ein」。

　　1（ein）und 20（zwanzig)= 21（einundzwanzig）

　　2（zwei）und 30（dreißig)= 32（zweiunddreißig）

　　3（drei）und 40（vierzig)= 43（dreiundvierzig）

　　7（sieben）und 80（achtzig)= 87（siebenundachtzig）

　　9（neun）und 90（neunzig)= 99（neunundneunzig）

　　100（hundert/einhundert）、200（zweihundert）、300（dreihundert）～900（neunhundert）及 1000（tausend/eintausend）、2000（zweitausend）～9000（neuntausend）照原樣讀出，但最後兩位數（1 到 99)按照上表讀取即可。

（9876=neuntausendachthundertsechsundsiebzig）。

　　在德語的口語中，人們喜歡簡短的句子，通常不會像如下面例句一樣唸出 [und] 或 [ein]。

　　101（hundert [und] eins）

　　203（zweihundert [und] drei）

　　365（dreihundert[und]fünfundsechzig）

　　1101（[ein] tausendeinhundert [und] eins）

　　「1 萬」為 zehntausend（10×1000）。

　　「35 萬」是 fünfunddreißigtausend（35×1000）。

　　1.000.000 eine/die Million（zwei Millionen, drei Millionen…）

　　德語使用逗號「,」作為小數點（例如 3,14 = drei Komma eins vier）。相對的，1000 有時寫為 1.000。

當你說「～次/倍」時，基本上是在基礎上加上「-mal」。→einmal（一次）、zweimal（二次）、dreimal（三次）… zehnmal（十次）。

序數

2_40_2

即「第一的，第二的」依序排列的數。序數（相當於英語中的 first 和 second）如下表示。

0.	nullte	17.	**sieb**zehnte	34.	vierunddreißigste		
1.	**erste**	18.	achtzehnte	35.	fünfunddreißigste		
2.	zweite	19.	neunzehnte	36.	sechsunddreißigste		
3.	**dritte**	20.	zwanzigste	37.	siebenunddreißigste		
4.	vierte	21.	einundzwanzigste	38.	achtunddreißigste		
5.	fünfte	22.	zweiundzwanzigste	39.	neununddreißigste		
6.	sechste	23.	dreiundzwanzigste	40.	vierzigste		
7.	**sieb**te	24.	vierundzwanzigste	50.	fünfzigste		
8.	achte	25.	fünfundzwanzigste	60.	sechzigste		
9.	neunte	26.	sechsundzwanzigste	70.	**sieb**zigste		
10.	zehnte	27.	siebenundzwanzigste	80.	achtzigste		
11.	elfte	28.	achtundzwanzigste	90.	neunzigste		
12.	zwölfte	29.	neunundzwanzigste	100.	（ein)hundertste		
13.	dreizehnte	30.	dreißigste	1000.	（ein)tausendste		
14.	vierzehnte	31.	einunddreißigste	10 000.	zehntausendste		
15.	fünfzehnte	32.	zweiunddreißigste	100 000.	hunderttausendste		
16.	sechzehnte	33.	dreiunddreißigste	1000 000.	Millionste		

注意 erste、siebzehnte 等帶底線的數字唸法也未依循規則性。請仔細聆聽語音檔。

原則上，到 19 為止的基數上加上「-te」，20 以上的基數上加上「-ste」。用數字書寫序數時為「6.」即在數字 6 加上「.」。序數通常放在

名詞前，並根據其後名詞的性別、數量和格位進行形容詞的語尾變化。

⇨ Er wohnt in der dritten Etage. 他住在三樓。【e Etage（唸法為 [eˈtaːʒə]）樓層】

⇨ Heute ist der vierte September. 今天是 9 月 4 日。

時間的表示

一般，公共時刻顯示（交通工具、媒體等）和日常生活中的時間顯示是分開使用的。官方以 24 小時制顯示，而日常時間則以 12 小時制表示。

粗體數字和字母用於日常時間顯示！

● 公共時間顯示

按照數字讀出。形式如下表示。

時間的數字 + Uhr + 分鐘數 → 10 Uhr 12 （10 點 12 分）

0:00 （null）Uhr.

1:00 1（ein）Uhr.

13:27 13（dreizehn）Uhr 27（siebenundzwanzig）

● 日常生活中時間的說法

6:00 Es ist 6（sechs）（Uhr）. 6 點鐘。

　　日常生活的時間顯示通常使用的單位是「halb（半）」和「Viertel（＝英語 quarter）」。

3:15 Viertel nach 3（英語 a quarter past 3)

7:45 Viertel vor 8（英語 a quarter to 8）

● 「～半」的說法

　　一般，1:30 被認為是「1 點又過了 30 分鐘」，但在德語中的想法是「半點 兩點」（再過半點（30 分鐘）是兩點）。例如，

7:30 halb 8（acht）、 9:30 halb 10（zehn）

12:30 halb 1（eins）。

　　此外，日常生活中還經常使用以下的表達方式：

5:00 am → 5 Uhr morgens（早上 5 點）

11:00 am → 11 Uhr vormittags（上午 11 點）

12:00 → 12 Uhr mittags（正午）

3:00 pm → 3 Uhr nachmittags（下午 3 點）

8:00 pm → 8 Uhr abends（傍晚 8 點）

11:00 pm → 11 Uhr nachts（午夜 11 點）

24:00 → Mitternacht（午夜 12 點）

● 年份的表示

　　「1000 年」念作 das Jahre eintausend。1100 年和 1999 年分別唸作 elfhundert，neunzehnhundertneunundneunzig（分為前 2 位數字和後 2 位數字接續唸出）。2000 年以後的唸法則按數字依序唸出即可（如 zweitausend），2010 年以後的唸法：2010（zweitausendzehn），2020（zweitausendzwanzig）。

　　其他例子：

1050：eintausendfünfzig

1848：achtzehnhundertachtundvierzig

2001：zweitausend(und)eins.

2022：zweitausendzweiundzwanzig

日期表示的方法

日期使用序數及陽性定冠詞作為表達方式的原因，是因為省略了陽性名詞 Tag（日）。（原來的表達方式是「第 29 日」）→ der 29.（der neunundzwanzigste），der 1.（der erste），der 15.（der fünfzehnte），等等。

寫日期時，按日、月、年的順序排列。

例如 der 28.2.2022

讀法是 der achtundzwanzigste Zweite zweitausendzweiundzwanzig。

Heute ist der 28. Februar. 今天是 2 月 28 日。

因為日期是序數亦被視為形容詞，因此會進行變格。

⇨ Die Hochzeit findet am 5. Mai statt.
婚禮將於 5 月 5 日舉行。

⇨ Wir sehen uns wieder am 4. August.
我們就在 8 月 4 日再見面吧。

⇨ Dies geschah am 24.12.1968.（vierundzwanzigsten Zwölften neunzehnhundertachtundsechzig）
這發生在 1968 年 12 月 24 日。

附錄

練習題 1a

(1)Ich trink**e** Tee.
(2)Du trink**st** Wasser.
(3)Sie trink**t** Milch.
(4)Sie trink**en** nichts.

練習題 1b

(1)Du **singst** oft.
(2)Er **singt** gut.
(3)Sie **singt** viel.
(4)Sie **singen** zusammen.

練習題 1c

(1)**Ich** schreib**e** viel.
(2)**Er** schreib**t** schlecht.
(3)**Sie** schreib**t** schön.
(4)**Wir** schreib**en** morgen.

練習題 1d

(1)**Ich komme** gleich.
(2)**Du kommst** nicht.
(3)**Er kommt** morgen.
(4)**Sie kommt** bald.

練習題 1e

(1)**Ich trinke Tee.**
(2)**Du lernst Deutsch.**
(3)**Er kocht fantastisch.**
(4)**Wir bleiben hier.**

練習題 1f

(1)Ich koche **gern**.
(2)Sie **lernt gern** Deutsch.
(3)Er **bastelt gern**.
(4)**Wir trinken gern** Wein.

練習題 2a

(1)Singst du oft?
(2)Singt sie viel?
(3)Singt ihr so selten?

(4)Singen sie zusammen?

練習題 2b

(1)Bleibst du hier?
(2)Bleibt sie lange?
(3)Bleiben wir alle hier?
(4)Bleibt ihr noch?

練習題 2c

(1)Kommst **du** gleich? –Ja, ich **komme** gleich.
(2)Wohnt **sie** dort? –Nein, **sie wohnt** nicht dort.
(3)Machen **wir** das? –Ja , wir **machen** das.
(4)Schickt **ihr** das? –**Ja** , wir **schicken** das.

練習題 2d

(1)Ich **kaufe** noch etwas. –Was **kaufst** du?
(2)Wo **kauft** sie immer? –Sie **kauft** immer dort.
(3)Wo **kauft** ihr immer? –Wir **kaufen** immer online.
(4)Wann **kaufen** sie das? –Sie **kaufen** das vielleicht morgen.

練習題 2e

(1)**Machst** du das? –Gut, ich **mache** das.
(2)**Was** macht er? –**Er macht** nichts.
(3)**Was machen wir**? –Tja, was machen **wir**?
(4)**Was macht ihr**? –**Wir** machen Musik.

練習題 2f

(1)**Trinke** ich Tee oder Kaffee?
(2)**Malt er** gern? –Ja, **er** malt gern.
(3)**Bleiben wir** hier? –Nein, **wir** bleiben nicht hier!
(4)**Kaufen** sie etwas? –**Nein**, sie **kaufen** nichts.

練習題 4a

(1)**Die** Sonne scheint.
(2)**Das** Wetter heute ist schön.
(3)**Der** Wagen ist neu.
(4)**Die** Kinder spielen zusammen.

練習題 4b

(1)Ich nehme **den** Wagen.
(2)Die Ärztin näht **die** Wunde.
(3)Er beobachtet **die** Sterne.
(4)Ich mache heute **das** Abendessen.

練習題 4c

(1)Das passt **dem** Chef wahrscheinlich gar nicht.
(2)Es widerspricht **dem** Zeitgeist.
(3)Das gehört **der** Stadt.
(4)Wir gratulieren **dem** Geburtstagskind.

練習題 4d

(1)Er bringt **dem** Gast **die** Rechnung.
(2)Sie erklärt **dem** Schüler **die** Grammatik.
(3)Oma schenkt **der** Enkelin **die** Perlenkette.
(4)Sie schicken **dem** Käufer **die** Ware per Post.

練習題 4e

(1)**Der** Wanderer genießt **die** Schönheit **der** Natur.
(2)**Die** Spur **des** Taifuns ist deutlich erkennbar.
(3)**Der** Grad **der** Umweltverschmutzung ist erheblich.
(4)**Die** Regeln **der** Grammatik sind ziemlich kompliziert.

練習題 5a

(1)Da sitzt **ein** Vogel.
(2)**Eine** Glocke läutet.
(3)**Ein** Telefon klingelt.
(4)**Das** ist **ein** Druckfehler.

練習題 5b

(1)Ich nehme **einen** Rotwein.
(2)Hast du **ein** Hobby?
(3)Ich brauche **eine** Pause.
(4)Er sucht **einen** Job.

練習題 5c

(1)Das Tier ähnelt **einem** Fuchs.
(2)Hier begegnet man oft **einem** Geist.
(3)Der Hund folgt **einer** Spur.

(4)Der Fremdenführer zeigt **einer** Reisegruppe die Stadt.

練習題 5d

(1)Sie leiht **einer** Kollegin **ein** Notenblatt.
(2)Wir schicken **einem** Freund **ein** Weihnachtspäckchen.
(3)Man verbietet **einem** Mieter **ein** Haustier.
(4)Er zeigt **einem** Kind **ein** Buch.

練習題 5e

(1)Er ist der Sohn **eines** Künstlers.
(2)Das ist das Ergebnis **einer** Katastrophe.
(3)Das sind die Nachwirkungen **einer** Revolution.
(4)Die Ideen **eines** Genies sind nicht immer genial.

練習題 6a

(1)Ich **bin** enttäuscht.
(2)Das Kind **ist** noch klein.
(3)**Seid** ihr schon fertig?
(4)**Sind** Sie zufrieden?

練習題 6b

(1)**Bist** du auch neu hier?
(2)Sie **ist** IT-Spezialistin.
(3)**Seid** ihr Japaner?
(4)**Sind** Sie hier auch Mitglied?

練習題 6c

(1)Warum **ist** das so?
(2)Wo **ist** der Ausgang?
(3)Warum **sind** Sie alle hier?
(4)Wie **ist** das möglich?

練習題 6d

(1)Wir **haben** Durst.
(2)**Hast** du etwas Zeit?
(3)Er **hat** wirklich Mut.
(4)Sie **haben** alle Angst.

練習題 6e

(1)Er **hat** die Qualifikation.
(2)**Hast** du die Informationen?
(3)**Habt** ihr das Passwort?
(4)**Haben** Sie die Dokumente?

練習題 6f

(1)**Hast** du ein Haustier?
(2)Er **hat** eine Katze.
(3)Sie **hat** eine Frage.
(4)**Haben** Sie einen Termin?

(1)Wo **haben** Sie Schmerzen?
(2)Wieso **hat** er das?
(3)Wo **hast** du den Schlüssel?
(4)Wo **habt** ihr das Material?

(1)Nachmittags übt sie Klavier.
　Klavier übt sie nachmittags.
(2)Bald schreibt sie eine Antwort.
　Eine Antwort schreibt sie bald.
(3)Morgen früh schlafe ich bis 10.
　Bis 10 schlafe ich morgen früh.
(4)Bis nächste Woche machen wir einen
　Plan.
　Einen Plan machen wir bis nächste
　Woche.
(5)Einen Monat lang bleibe ich hier.
　Hier bleibe ich einen Monat lang.

(1)**Ist das Buch** teuer?
(2)**Kaufen wir eine** Eigentumswohnung?
(3)**Hast du** vielleicht eine Idee?
(4)**Klingt die Musik** gut?

(1)**Wer sagt** denn so etwas?
(2)**Wo wohnen Sie** eigentlich?
(3)**Wieso fragen Sie** mich das?
(4)**Wen kennen Sie** noch nicht?

(1)**Womit schreibe** ich **den** Brief?
(2)**Wo ist** denn das Tablet?
(3)**Wieso funktioniert** das nicht?
(4)**Der** Akku ist leider alle.

(1)Die **Hunde** bellen.
(2)Drei **Monate** sind um.
(3)Die **Nächte** sind noch kühl.
(4)Die **Töpfe** sind aus Aluminium.

(1)Das sind **Häuser** aus Stein.
(2)Hier spielen die **Kinder** gern.
(3)Die **Bänder** sind lose.
(4)Die **Lichter** sind an.

(1)Überall stehen nur **Fabriken**.
(2)Abends singen hier besonders die
　Amseln.
(3)Die **Jungen** spielen Fußball.

(1)Hier parken viele **Autos**.
(2)Die **PCs** sind alle ganz neu.
(3)Hier sieht man manchmal **Schlangen**.

(1)Die **Plätze** sind besetzt.
(2)**Tomaten** und **Gurken** sind wieder billig.
(3)Bitte drei **Orangen** und zwei **Kiwis**.
(4)Sie haben drei **Töchter**.

(1)**Fährst** du gern nachts?
(2)Der Apfel **fällt** nicht weit vom Stamm.
(3)Er **schläft** jetzt.
(4)**Wäschst** du heute noch?

(1)**Gibst** du mal bitte die Butter?
(2)**Hilfst** du den Kindern?
(3)Sie **spricht** immer deutlich.
(4)Vorsicht! Das **bricht** leicht!

(1)Der Zug **hält** hier nicht.
(2)**Isst** du das nicht gern?
(3)**Nimmst** du Rot- oder Weißwein?
(4)Sie **vergisst** immer alles.

(1)Wem gehört **dieser** Hund?
(2)**Welches** Instrument spielst du?
(3)**Solche** Freunde sind ein Gottesgeschenk.
(4)**Jedes** Mitglied hat einen Ausweis.

(1)Heute kommt **mein** Freund.
(2)Ist das **deine** Mütze?
(3)Leider kennen wir **eure** Adresse nicht.
(4)Nachher essen wir **deinen** Apfelkuchen.

練習題 11a

(1) Sie fährt mit d**em** Fahrrad.
她騎自行車去。

(2) Funktioniert das mit dies**en** Batterien?
這個裝這些電池能用嗎？

(3) Die Katze spielt mit d**er** Gummimaus.
那隻貓在玩橡膠老鼠。

(4) Der Zug kommt aus d**em** Tunnel.
有列車從隧道中駛出。

(5) Dieses Taschenmesser kommt aus d**er** Schweiz.
這把小刀在瑞士製造。

(6) Das stammt aus d**em** Mittelalter.
它源於中世紀。

(7) Das geht nach d**er** Regel.
這是按照規則做的。

(8) Nach Vertragsabschluss ist keine Änderung möglich.
合同簽訂後不得更改。

(9) Wir fahren nach Zürich.
我們去蘇黎世。

(10) Das ist von d**er** Herstellerfirma vorgegeben.
這是製造商指定的。

(11) Diese Information habe ich von ein**er** Vertrauensperson.
這個訊息是從信任的人那裡來的。

(12) Von Köln nach Aachen ist es nicht weit.
科隆到亞琛不遠。

(13) Zum Abendessen trinken wir eine Flasche Rotwein.
晚餐時我們來喝一瓶紅酒。

(14) Wohin gehen wir?－Nach München zum Olympiapark.
我們要去哪裡？－去慕尼黑的奧林匹克公園。

(15) Das wird langsam zu ein**em** Problem.
久而久之這會變成一個問題。

(16) Sie übernachtet gern bei uns.
她喜歡在我們家過夜。

(17) Beim Einschlafen höre ich gern Musik.
我喜歡聽音樂入睡。

(18) Das stört beim Arbeiten.
它干擾工作。

(19) Seit Wochen ist er krank.
他病了幾個星期。

(20) Seit dies**er** Zeit haben alle das Wahlrecht.
從那時開始，大家都有投票權。

(21) Seit d**em** Tag sprechen sie nicht mehr miteinander.
從那天起，他們就沒有再說過話。

(22) Ab Montag arbeiten wir wieder zusammen.
從星期一開始，我們再次合作。

(23) Ab 12 Uhr ist Mittagspause.
午休時間從 12 點開始。

(24) Der Zug fährt ab München.
列車從慕尼黑出發。

練習題 11b

(1) Er schreibt für ein**en** Sender und für ein**e** Zeitung.
他為一家電台和一家報社撰稿。

(2) Die Schokolade ist für Oma.
巧克力是給奶奶的。

(3) Der Wind pfeift durch d**as** Fenster.
風從窗戶吹進來。

(4) Das geht nur durch Üben und Üben!
它只能透過不斷的練習來實現！

(5) Wir sind gegen solch**e** Politik.
我們反對這樣的政策。

(6) Gegen 10 Uhr warten wir draußen.
十點左右我們在外面等候。

(7) Das Geschäft ist gleich um d**ie** Ecke.
那家商店就在那個拐角處。

(8) Die Uhr schlägt um Mitternacht.
鐘聲在午夜響起。

(9) Entlang d**er** Grenze verläuft eine Straße.
一條沿著邊境的道路。

(10) Dieser Automat funktioniert ohne Bargeld.
這台自動販賣機不用現金也可運作。

(11) Ohne Organisation wird es schwierig.
沒組織起來那就很難。

(12) Bis jetzt ist alles in Ordnung.
到目前為止一切都好。

(13) Dieser Zug geht bis Emden.
這趟列車開到恩登。

練習題 12a

(1) 盒子裡還有巧克力。
(2) 我在休息時小睡片刻。
(3) 他們在森林裡尋找漿果和蘑菇。
(4) 這些祖母總在星期天去教堂。
(5) 那邊屋頂上坐著一隻貓。
(6) 我們要和家人一起去度假。
(7) 我們住在鄉下。
(8) 它是用德語寫的。
(9) 它在報紙下面。
(10) 在這人群中只有一個日本人。
(11) 我們在房子下方蓋了一個車庫。
(12) 下雨時，請躲到橋下。

1 德語字母與發音

2 德語文法與練習題

3 解答篇

4 不規則動詞變化表

(13)她把毛巾掛在掛鉤上。
(14)飯店在湖邊。
(15)他正在給老闆寫一封電子郵件。
(16)學生們正在公車站牌等車。
(17)他們總是在用餐前禱告。
(18)自行車在柵欄前。
(19)下雨了嗎？我馬上去門外看看。
(20)我會在聖誕假期前完成。
(21)演員們在後台等待。
(22)乳牛在柵欄的另一邊吃草。
(23)地平線的另一邊有什麼？
(24)我們就只是將廚餘扔進屋後的堆肥箱。
(25)霧氣籠罩著山谷。
(26)在雲端之上是無限的自由。
(27)報紙上關於這次事故的報導是什麼？
(28)他在床上鋪了一條毯子。
(29)羊群在鐵軌旁吃草。
(30)他除了正職，還有深夜兼職。
(31)我們把花瓶放在鋼琴旁邊。
(32)學習之餘，她還在一家律師事務所兼職。
(33)課堂之間我們去食堂。
(34)樹與樹之間有蜘蛛網。
(35)花兒從春天盛開到夏天。
(36)兩種文化之間的溝通並不容易。

練習題 13a

(1)Sie fragen **dich** etwas.
(2)Der Chef dankt **ihr**.
(3)Wir kennen **ihn**.
(4)Natürlich helfen wir **euch**.

練習題 13b

(1)Ist das schwer für **euch**?
(2)Sie geht mit **ihm** ins Kino.
(3)Geht ihr zusammen mit **uns**?
(4)Sie stimmen alle gegen **ihn**.

練習題 13c

(1)Sie machen **es** ohne **mich**.
(2)Sie spielt schon eine Stunde mit **ihm**.
(3)Außer **mir** geben sie auch **ihm** einen Job.
(4)Deinetwegen verlässt sie **ihn**!

練習題 13d

(1)mein Traumauto
(2)(das) Hamsterrad
(3)meine Brille
(4)Freiheit, Gleichheit, Brüderlichkeit

練習題 14a

(1)**Können** Sie **mir** bitte kurz **helfen**?
(2)Was **kann** ich für dich **tun**?
(3)**Wo kann** man hier **parken**?

練習題 14b

(1)Das **musst du** bis morgen **machen**.
(2)**Sie müssen das** heute noch **erledigen**.
(3)Das hier **muss seine Schwester** sein.

練習題 14c

(1)**Darf ich** wirklich **alles behalten**?
(2)**Sie dürfen** hier **nicht fotografieren**.
(3)Dahin **darfst du** nicht **gehen**.

練習題 14d

(1)**Wollt ihr** noch eine Tasse Tee **trinken**?
(2)**Ich will** eigentlich nicht umziehen.
(3)**Willst du** wirklich nicht **aufhören**?

練習題 14e

(1)**Sollen wir das** gleich **erledigen**?
(2)**Wohin soll ich** die Vase **stellen**?
(3)**Er soll** das bis morgen **machen**.

練習題 14f

(1)Viele Kinder **mögen** keinen Spinat.
(2)**Magst du** wirklich keine Musik **hören**?
(3)Die Leute hier mögen Ihren Job.

練習題 14g

(1)**Möchtest du** ein Eis **essen**?
(2)**Möchten Sie** vielleicht noch einen Nachtisch?
(3)Übermorgen **möchten wir Sie** gern **besuchen**.

練習題 14h

(1)Er **wird** wohl müde **sein**.
(2)Wir **werden** morgen in Urlaub **fahren**.
(3)**Wirst** du uns morgen **besuchen**?

練習題 16a

(1)**Die Vorlesung fängt um** 9 Uhr 30 **an**.
(2)**Ich rufe dich** noch mal **an**.
(3)**Er sieht** jeden Tag stundenlang **fern**.
(4)**Sie bereitet den Salat** für die Grillparty **vor**.
(5)Wir **verkaufen** unser Sommerhaus.
(6)Vorsicht! Das **zerbricht** leicht.
(7)Dieser Fluss **entspringt** in den Alpen.

練習題 17a

(1)Geben Sie mir das Buch!
請您把那本書遞給我！
(2)Fangen wir an!
我們開始吧！
(3)Gehen wir ins Kino!
我們去看電影吧！
(4)Schreib mir eine E-Mail!
發個電子郵件給我！
(5)Komm bitte schnell!
趕快過來！
(6)Benutzen Sie bitte den Notausgang!
請您使用緊急出口！
(7)Tu das nicht!
不要這樣做！

練習題 18a

(1)**Wir haben** viel Stress, **und wir schlafen** auch nicht so gut.
(2)**Die Sonne scheint und** die **Blumen** blühen.
(3)Man **fährt** ans Meer **und macht** dort Urlaub.

練習題 18b

(1)**Ich lese** es, **aber ich verstehe** es nicht!
(2)Das **funktioniert**, **aber** es **ist** sehr laut.
(3)**Der Wagen ist** schön, **aber wir kaufen** ihn nicht.

練習題 18c

(1)Erledigen **wir** das heute **oder** lieber morgen?
(2)**Wir gehen** schwimmen, **oder wir machen** etwas anderes.
(3)**Hast du** noch Geld, **oder brauchst du** noch mehr?

練習題 18d

(1)**Ich esse** kaum Süßes, **denn ich will abnehmen**.
(2)**Vergessen** Sie nicht den Schirm, **denn** es regnet gleich!
(3)Das **ist** sinnlos, **denn** es **geht** nicht.

練習題 19a

(1)Wir **wissen**, dass es nicht so einfach **geht**.
(2)**Weißt** du, dass man hier Eintritt **bezahlen muss**?

(3)Ich **weiß**, dass man das nicht **darf**.

練習題 19b

(1)**Weißt** du, wie man am besten dorthin **kommt**?
(2)Er **weiß** nicht, warum er so traurig **ist**.
(3)**Wisst** ihr, ob ihr bis morgen damit fertig **seid**?

練習題 19c

(1)Ich mag dich, **weil** du so nett **bist**.
(2)Die Eisbären sterben langsam aus, **weil** das Eis **schmilzt**.
(3)Wir kommen nicht, **weil** es draußen heftig **schneit**.
(4)Sie möchte das nicht spielen, **weil** sie diese Musik nicht **mag**.

練習題 20a

(1)Sie sieht fern, **während** sie Ihre Hausaufgaben **macht**.
(2)Meine Tochter fragt, **ob** du auch **kommst**.
(3)**Da** ihr nicht **mitgehen wollt**, gehen wir allein.
(4)**Wenn** sie nach Haus **kommt**, duscht sie erst einmal.
(5)Sie kommt mit dem Fahrrad, **weil** der Bus heute nicht **fährt**.
(6)**Wenn** sie **anruft**, sag uns Bescheid.

練習題 21a

(1)Die neu**e** Kollegin ist sehr nett.
(2)Sehen Sie das groß**e** Gebäude dort?
(3)Sie wohnen in dem südlich**en** Stadtteil.
(4)Wir wünschen dir eine schön**e** Reise.
(5)Ich werde mein alt**es** Auto verkaufen.
(6)Möchtest du wirklich meine alt**e** Gitarre haben?
(7)Kurz**e** Haare stehen dir gut.
(8)Wir lieben scharf**es** exotisch**es** Essen.
(9)Alkoholfrei**es** Bier schmeckt mir nicht.

練習題 24a

	原形動詞	過去式	過去分詞
1	sein	war	gewesen
2	haben	hatte	gehabt
3	werden	wurde	geworden

	原形動詞	過去式	過去分詞
4	kommen	kam	gekommen
5	gehen	ging	gegangen
6	fahren	fuhr	gefahren
7	essen	aß	gegessen
8	trinken	trank	getrunken
9	schreiben	schrieb	geschrieben
10	sprechen	sprach	gesprochen
11	waschen	wusch	gewaschen
12	tragen	trug	getragen
13	nehmen	nahm	genommen
14	kennen	kannte	gekannt
15	wissen	wusste	gewusst
16	halten	hielt	gehalten
17	heißen	hieß	geheißen
18	liegen	lag	gelegen
19	rufen	rief	gerufen
20	schlafen	schlief	geschlafen
21	bleiben	blieb	geblieben

練習題 25a

(1) Sie **arbeiteten** zusammen.
(2) Es **regnete** stark.
(3) Ich **sagte** das.
(4) Sie **machte** die Tür auf.

練習題 25b

(1) Er **schrieb** es auf Deutsch.
(2) Ihr **halft** mir nicht.
(3) Ich **ging** nach Haus.
(4) Sie **verbrannten** die Gartenabfälle.

練習題 25c

(1) Ich **wollte** das hören.
(2) Wir **durften** das nicht sagen.
(3) Sie **konnten** das nicht wissen.
(4) Wir **mussten** das einfach machen.

練習題 26a

(1) Er **hat** die Flasche **aufgemacht**.
(2) Was **hast** du gestern **gemacht**?

(3) Wo **hast** du sie **kennengelernt**（或 kennen gelernt）?
(4) Die Leute **haben** den ganzen Tag **gearbeitet**.

練習題 26b

(1) Wir **haben** ihm **geholfen**.
(2) Sie **hat** das Buch **gelesen**.
(3) **Haben** Sie gut **geschlafen**?
(4) Wir **haben** zusammen Eis **gegessen**.

練習題 26c

(1) Wo **sind** Sie **ausgestiegen**?
(2) Sie **ist** heute Morgen **abgefahren**.
(3) Sie **sind** zusammen in die Stadt **gegangen**.
(4) **Seid** ihr gestern auch spazieren **gefahren**?

練習題 26d

(1) Als der Taifun nahte, **haben** wir die Fenster **geschlossen**.
(2) Da es schon spät war, **sind** wir **gegangen**.
(3) Sie möchten wissen, ob ihr schon etwas **gegessen habt**.
(4) Wir **haben verstanden**, dass es nicht geklappt hat.

練習題 28a

(1) Ich muss **mich** beeilen, damit ich **mich** nicht verspäte.
(2) Du kommst zu spät, weil du **dich** nicht beeilt hast.
(3) Die beiden haben **sich** sogleich verliebt.
(4) Hänsel und Gretel verliefen **sich** im Wald.

練習題 28b

(1) Er putzt **sich** die Zähne.
(2) Wir putzen **uns** die Zähne.
(3) Ich habe **mir** im Keller den Kopf gestoßen.
(4) Verbrenn **dir** am Ofen nicht die Finger!

練習題 29a

(1) Weihnachten **wird** vom 24. bis zum 26. Dezember **gefeiert**.
(2) Der Zug **wird** von einem Computer **gesteuert**.
(3) Heute **werden** viele Häuser aus Holz **gebaut**.

(4)An dieser Brücke **wird** der Pegelstand **ermittelt**.

練習題 29b

(1)Rom **wurde** nicht an einem Tag **erbaut**.
(2)Der Ball **wurde** ins Tor **geschossen**.
(3)Danach **wurde** die Frau in die Klinik **gebracht**.
(4)**Wurde** die Ware inzwischen **geliefert**?

練習題 29c

(1)Der Vorfall **ist vergessen worden**.
(2)Du **bist gesehen worden**.
(3)Der Unfall **ist** durch Nebel **verursacht worden**.
(4)Ein Teil der Anschaffungskosten **ist erstattet worden**.

練習題 29d

(1)Das **muss** noch heute **erledigt werden**.
(2)Die Uhr **muss** um eine Stunde **zurückgestellt werden**.
(3)Hier **soll** eine neue Brücke **errichtet werden**.
(4)Bei Bedarf **kann** das Haus noch weiter **ausgebaut werden**.

練習題 29e

(1)Sie **ist verletzt**.
(2)Die Koffer **waren** schon **gepackt**.
(3)Der Keller **war** komplett ü**berflutet**.
(4)Restaurants und Läden **sind** fast völlig **geschlossen**.

練習題 30a

(1)**Es gibt** auch in Taiwan gute Bäcker.
(2)**Es gibt** nur eine einzige Lösung.
(3)Ich weiß nicht, was **es** heute im Kino **gibt**.
(4)Vorsicht: Hier **gibt es** Giftschlangen!

練習題 30b

(1)Es ist nicht bekannt, **wessen** Eigentum das eigentlich ist.
(2)**Wer** hat eben angerufen?
(3)Für **wen** sind diese Getränke?
(4)Von **wem** wurden die Daten gelöscht?

練習題 30c

(1)Was für **ein** Gewürz ist das?
(2)Was für **eine** kalte Gegend!
(3)Was für **ein** Gefühl war das?

(4)Was für **eine** Überraschung!

練習題 30d

(1)**Welches** Datum haben wir heute?
(2)**Welche** Arbeit möchtest du gar nicht tun?
(3)In **welcher** Gegend liegt diese Stadt?
(4)**Welche** Straße führt indie Innenstadt?

練習題 32a

(1)Hunde, **die** bellen, beißen nicht.
(2)Der Baum, **der** hier steht, ist mindestens 100 Jahre alt.
(3)Hast du die Zeitung gelesen, **die** hier liegt?
(4)Ist das der Film, **der** jetzt läuft?

練習題 32b

(1)Das Hotel, **das** wir gebucht hatten, mussten wir leider stornieren.
(2)Wo ist der Pullover, **den** du mir geschenkt hast?
(3)Ist das die Suppe, **die** Sie bestellt haben?
(4)Ich brauche einen großen Wagen, **den** ich auch als Büro nutzen kann.

練習題 32c

(1)Ist die Frau, an **die** du denkst, etwa meine Schwester?
(2)Das Haus, in **das** wir jetzt ziehen, gehört meiner Mutter.
(3)Er ist ein Mensch, auf **den** man sich verlassen kann.
(4)Der Schraubenzieher, mit **dem** du arbeiten willst, ist viel zu klein.

練習題 33a

(1)Wir möchten auf dem Land leben, **wo** wir Hühner halten können.
(2)Die Zeit, **wo** ich studierte, hatte ich wenig Geld.
(3)Das Zimmer, **wo** er seine Musik komponiert, ist ziemlich klein.
(4)Der Ort, **wo** wir uns zum ersten Mal begegneten, ist der schönste Ort auf der Welt.
(5)In dem Dorf, **wo** ich aufgewachsen bin, sprechenwir Dialekt.
(6)Er lebt auf einer Insel, **wo** außer ihm kein anderer Mensch wohnt.

練習題 34a

(1) Das Flugzeug ist **schneller** als die Bahn.
(2) Das Matterhorn ist **höher** als der Fuji.
(3) Sie ist **klüger** als alle anderen in der Klasse.
(4) Er wirkt etwas älter als seine Mitschüler.

練習題 34b

(1) Ich hatte eine **kleinere** Portion bestellt.
(2) Menschen sind nicht unbedingt die **intelligenteren** Lebewesen.
(3) Er ist ziemlich konservativ, seine Freundin dagegen ist weitaus **liberaler**.

練習題 34c

(1) Dieser Winter war vermutlich **am kältesten**. (或 der kälteste)
(2) Dieser Garten ist **am schönsten**. (或 der schönste)
(3) Dieses Stadtviertel ist nachts immer **am lautesten**.
(4) Er ist **am glücklichsten**, wenn er alleine ist.

練習題 34d

(1) Sie haben die **teuerste** Reise gebucht.
(2) Das **schnellste** Auto ist nicht unbedingt das sparsamste.
(3) Hier steht das **höchste** Gebäude der Welt.
(4) Das ist wohl die **schlimmste** Katastrophe der Geschichte.

練習題 34e

(1) Er denkt immer viel **schneller** als ich.
(2) Sie kocht weitaus **besser** als wir alle.
(3) Das stinkt noch **schlimmer** als ein Schweinestall.

練習題 34f

(1) Er lernt **am langsamsten**.
(2) Sie singt **am lautesten**.

練習題 34g

(1) Das Wetter ist nicht **so schön wie** in Spanien.
(2) Der Stuhl ist nicht **so stabil wie** deiner.
(3) Sie sind nicht **so radikal wie** die anderen.
(4) Die Straßen sind nicht **so gut wie** bei uns.

練習題 34h

(1) Er spielt nicht **so elegant wie** seine Schwester.
(2) Das klingt nicht **so toll wie** im Konzertsaal.

練習題 34i

(1) Ich gehe **gern** ins Kino.
(2) Ich gehe **lieber** ins Theater.
(3) Ich gehe **am liebsten** ins Konzert.

練習題 35a

(1) Es ist schön, **den Sommer in Hualien zu verbringen**.
(2) Es ist anstrengend, **in der Sonne zu wandern**.
(3) Es war Ihre Gewohnheit, **spät aufzustehen**.
(4) Wir haben vor, **eine Ausstellung in Baden-Baden zu besuchen**.
(5) Wir planen, **eine Kreuzfahrt zum Nordpol zu machen**.
(6) Wir versuchen, **Karten für das Konzert zu bekommen**.

練習題 35b

(1) Sie kommen nach Deutschland, **um** Musik zu studieren.
(2) Er trainiert jeden Tag, **um** besser Fußball spielen zu können.
(3) Er ging nach Hause, **ohne** ein Wort zu sagen.
(4) **Statt** zu arbeiten, ging sie ins Kino.

練習題 35c

(1) Hast du **Lust**, mit mir einen Spaziergang **zu** machen?
(2) Wir hatten leider keine **Zeit**, ins Konzert **zu** gehen.
(3) Sie äußerte den **Wunsch**, einmal in der Stadt **zu** wohnen.

不規則動詞變化表

原形動詞	過去式	過去分詞	特殊現在式	虛擬式 II
befehlen 命令	befahl	befohlen	du befiehlst, er befiehlt	befähle [beföhle]
beginnen 開始	begann	begonnen		begänne [begönne]
beißen 咬	biss	gebissen		bisse
biegen 彎曲	bog	gebogen		böge
bieten 提供	bot	geboten		böte
binden 綁，繫	band	gebunden		bände
bitten 請求	bat	gebeten		bäte
blasen 吹	blies	geblasen	du bläst, er bläst	bliese
bleiben 留下	blieb	geblieben		bliebe
braten 炒	briet	gebraten	du brätst, er brät	briete
brechen 折斷	brach	gebrochen	du brichst, er bricht	bräche
brennen 燃燒	brannte	gebrannt		brennte
bringen 帶來	brachte	gebracht		brächte
denken 想，思考	dachte	gedacht		dächte
dringen 穿透	drang	gedrungen		dränge
empfehlen 推薦	empfahl	empfohlen	du empfiehlst, er empfiehlt	empfähle[empföhle]
essen 吃	aß	gegessen	du isst, er isst	äße
fahren 駕駛	fuhr	gefahren	du fährst, er fährt	führe
fallen 落下	fiel	gefallen	du fällst, er fällt	fiele
fangen 捕捉	fing	gefangen	dufängst, er fängt	finge
finden 找到	fand	gefunden		fände
fliegen 飛	flog	geflogen		flöge
fliehen 逃離	floh	geflohen		flöhe

原形動詞	過去式	過去分詞	特殊現在式	虛擬式 II
fließen 流	floss	geflossen		flösse
fressen（動物）吃	fraß	gefressen	du frisst, er frisst	fräße
frieren 凍結	fror	gefroren		fröre
geben 給	gab	gegeben	dugibst, er gibt	gäbe
gehen 前去	ging	gegangen		ginge
gelingen 成功	gelang	gelungen		gelänge
gelten 通用	galt	gegolten	du giltst, er gilt	gälte[gölte]
genießen 享受	genoss	genossen		genösse
geschehen 發生	geschah	geschehen	es geschieht	geschähe
gewinnen 贏取	gewann	gewonnen		gewänne [gewönne]
gießen 倒	goss	gegossen		gösse
gleichen 一樣	glich	geglichen		gliche
graben 挖掘	grub	gegraben	du gräbst, er gräbt	grübe
greifen 抓住	griff	gegriffen		griffe
haben 持有	hatte	gehabt	duhast, er hat	hätte
halten 保持	hielt	gehalten	du hältst, er hält	hielte
hängen 懸掛	hing	gehangen		hinge
heben 舉起	hob	gehoben		höbe
heißen 名字是	hieß	geheißen		hieße
helfen 幫助	half	geholfen	du hilfst, er hilft	hälfe[hülfe]
kennen 認識	kannte	gekannt		kennte
klingen 發生～聲音	klang	geklungen		klänge
kommen 來	kam	gekommen		käme
kriechen 爬行	kroch	gekrochen		kröche
laden 加載	lud	geladen	du lädst, er lädt	lüde
lassen 讓	ließ	gelassen	du lässt, er lässt	ließe
laufen 跑步	lief	gelaufen	du läufst, er läuft	liefe
leiden 遭受	litt	gelitten		litte
leihen 借貸	lieh	geliehen		liehe
lesen 讀	las	gelesen	du liest, er liest	läse
liegen 位於	lag	gelegen		läge
lügen 說謊	log	gelogen		löge

原形動詞	過去式	過去分詞	特殊現在式	虛擬式 II
meiden 避免	mied	gemieden		miede
messen 測量	maß	gemessen	du misst, er misst	mäße
nehmen 拿	nahm	genommen	dunimmst, er nimmt	nähme
nennen 命名	nannte	genannt		nennte
preisen 讚賞	pries	gepriesen		priese
raten 忠告	riet	geraten	du rätst, er rät	riete
reißen 撕裂	riss	gerissen		risse
reiten 騎法	ritt	geritten		ritte
rennen 奔跑	rannte	gerannt		rennte
riechen 聞	roch	gerochen		röche
rufen 呼喊	rief	gerufen		riefe
schaffen 創建	schuf	geschaffen		schüfe
scheiden 分	schied	geschieden		schiede
scheinen 閃耀，似乎	schien	geschienen		schiene
schelten 罵	schalt	gescholten	du schiltst, er schilt	schölte
schieben 推動	schob	geschoben		schöbe
schießen 射擊	schoss	geschossen		schösse
schlafen 睡眠	schlief	geschlafen	du schläfst, er schläft	schliefe
schlagen 打	schlug	geschlagen	du schlägst, er schlägt	schlüge
schließen 關閉	schloss	geschlossen		schlösse
schneiden 切	schnitt	geschnitten		schnitte
schreiben 書寫	schrieb	geschrieben		schriebe schrie
schreien 叫喊	schrie	geschrien		(e) schritte
schreiten 大步向前	schritt	geschritten		schwiege
schweigen 沉默	schwieg	geschwiegen		
schwimmen 游泳	schwamm	geschwommen		schwämme [schwömme]
schwören 發誓	schwor	geschworen		schwöre [schwüre]
sehen 看	sah	gesehen	du siehst, er sieht	sähe
sein 是	war	gewesen	ichbin, dubist, er ist, wir sind, ihr seid, sie sind	wäre

原形動詞	過去式	過去分詞	特殊現在式	虛擬式 II
senden 發送，放送	sandte [sendete]	gesandt [gesendet]		sandte[sendete]
singen 唱歌	sang	gesungen		sänge
sinken 下沉	sank	gesunken		sänke
sitzen 坐	saß	gesessen		säße
sprechen 講話	sprach	gesprochen	du sprichst, er spricht	spräche
springen 跳躍	sprang			spränge
stechen 刺	stach	gestochen	du stichst, er sticht	stäche
stehen 站立	stand	gestanden		stände[stünde]
stehlen 偷	stahl	gestohlen	du stiehlst, er stiehlt	stähle
steigen 上升，登高	stieg	gestiegen		stiege
sterben 死	starb	gestorben	du stirbst, er stirbt	stürbe
stoßen 碰撞	stieß	gestoßen	dustößt, er stößt	stieße
streichen 撫摸	strich	gestrichen		striche
streiten 爭吵	stritt	gestritten		stritte
tragen 攜帶, 穿著	trug	getragen	du trägst, er trägt	trüge
treffen 擊中, 遇見	traf	getroffen	du triffst, er trifft	träfe
treiben 從事	trieb	getrieben		triebe
treten 踩踏	trat	getreten	du trittst, er tritt	träte
trinken 喝	trank	getrunken		tränke
tun 做	tat	getan		täte
verderben 破壞	verdarb	verdorben	du verdirbst, er verdirbt	verdürbe
vergessen 忘記	vergaß	vergessen	du vergisst, er vergisst	vergäße
verlieren 失去	verlor	verloren		verlöre
wachsen 成長	wuchs	gewachsen	duwächst, er wächst	wüchse
waschen 洗	wusch	gewaschen	du wäschst, er wäscht	wüsche
weisen 指點	wies	gewiesen		wiese
wenden 迴轉	wandte [wendete]	gewandt [gewendet]		wendete
werben 招募	warb	geworben	du wirbst, er wirbt	würbe

原形動詞	過去式	過去分詞	特殊現在式	虛擬式 II
werden 變得	wurde	geworden	du wirst, er wird	würde
werfen 扔	warf	geworfen	du wirfst, er wirft	würfe
wiegen 稱重	wog	gewogen		wöge
wissen 知道	wusste	gewusst	ich weiß, du weißt, er weiß	wüsste
ziehen 拉，遷移	zog	gezogen		zöge
zwingen 強制	zwang	gezwungen		zwänge

索引

台灣廣廈 國際出版集團
Taiwan Mansion International Group

國家圖書館出版品預行編目（CIP）資料

我的第一本德語文法/森泉, Hans-Joachim Knaup著. --
初版. -- 新北市：國際學村出版社, 2023.10
　面；　公分
ISBN 978-986-454-295-6（平裝）

1.CST: 德語　2.CST: 語法

805.26　　　　　　　　　　　　112010276

 國際學村

我的第一本德語文法
從字母、發音到文法的德語文法入門書

作　　者／森泉、 Hans-Joachim Knaup	編輯中心編輯長／伍峻宏・編輯／古竣元
	封面設計／張家綺
審　　訂／張秀娟	內頁排版／菩薩蠻數位文化有限公司
譯　　者／碧水荷月	製版・印刷・裝訂／東豪・弼聖・紘億・秉成

行企研發中心總監／陳冠蒨　　　　　線上學習中心總監／陳冠蒨
媒體公關組／陳柔彣　　　　　　　　數位營運組／顏佑婷
綜合業務組／何欣穎　　　　　　　　企製開發組／江季珊

發　行　人／江媛珍
法　律　顧　問／第一國際法律事務所 余淑杏律師・北辰著作權事務所 蕭雄淋律師
出　　版／國際學村
發　　行／台灣廣廈有聲圖書有限公司
　　　　　地址：新北市235中和區中山路二段359巷7號2樓
　　　　　電話：（886）2-2225-5777・傳真：（886）2-2225-8052
讀者服務信箱／cs@booknews.com.tw

代理印務・全球總經銷／知遠文化事業有限公司
　　　　　地址：新北市222深坑區北深路三段155巷25號5樓
　　　　　電話：（886）2-2664-8800・傳真：（886）2-2664-8801
郵 政 劃 撥／劃撥帳號：18836722
　　　　　劃撥戶名：知遠文化事業有限公司（※單次購書金額未達1000元，請另付70元郵資。）

■ 出版日期：2023年10月　　　　　ISBN：978-986-454-295-6

WAKARU! DOITSUGO KISOBUNPOU TO RENSHU
© IZUMI MORI 2021
© Knaup Hans-Joachim 2021
Originally published in Japan in 2021 by BERET PUBLISHING CO., LTD., TOKYO.
Traditional Chinese Characters translation rights arranged with BERET PUBLISHING
CO., LTD., TOKYO,
through TOHAN CORPORATION, TOKYO and JIA-XI BOOKS CO., LTD., NEW TAIPEI
CITY.